Chiara Feneberger

King's Glory

Stimme der Vergangenheit

Fantasy

Herstellung und Verlag: BoD - Books on Demand, Norderstedt

ISBN: 9783750422308

PROLOG

Tapfer standen die drei mächtigsten Krieger der Reiche zusammen auf dem großen Hügel, auf welchem man ganz Noria überblicken konnte. Doch in diesem Moment sahen sie nicht die unendlich saftigen Wiesen und klaren Flüsse vor sich. Der Himmel war nicht wie immer klar und die Schlösser der Reiche glänzten nicht so wie an jedem anderen Tag.

Das Gras und das Wasser waren gesäumt von Blut. Rauchschwaden verdeckten den blauen Himmel und zwei der drei Schlösser drohten auseinander zu brechen.

Vor ihnen tobte ein Krieg so groß wie ihn keiner der drei je gesehen hatte. So grausam wie noch kein Kampf zuvor.

Doch Darius, Milenia und Chiron waren es leid erneut Morganhaven gegen Dielonera verteidigen zu müssen. Immer und immer wieder versuchte deren Adelsgeschlecht der Sinera Morganhaven zu übernehmen und mit jedem Krieg wurden die Opferzahlen höher und die Methoden immer brutaler. Die mutigen drei vor ihnen hatten diesen Krieg schon gekämpft. Genauso wie deren Vorfahren.

„Wir sollten dennoch mitkämpfen", erhob plötzlich Darius seine Stimme, welche über die Schreie der Kämpfenden kaum zu hören war.

„Ich werde nicht mein Leben für die Streitigkeiten zwischen Flame und Sinera opfern. Die vor uns mögen es getan haben. Aber Morganhaven muss eines Tages lernen, dass wir nicht immer deren Rücken stärken werden", meinte Chiron ernst und hielt das mächtige Schwert in seiner Hand fest umklammert. Seine Augen, von welchen eines grün und eines blau war, überblickten das Schlachtfeld gierig und versuchten festzustellen wie nahe Dielonera am Sieg tatsächlich war.

„Mein Vater setzt dort unten sein Leben aufs Spiel und du verlangst wirklich von mir einfach nur zuzusehen, Chiron?", fragte Darius verbissen und musterte den ältesten der drei mit festem Blick. Doch anstelle von Chirons Antwort kam eine von Milenia: „Darius, niemand zwingt dich hier neben uns zu stehen und zu warten. Aber Chiron hat recht. Unsere Kinder könnten die nächsten mutigen drei werden und müssen in wenigen Jahrzehnten ihr Leben da unten opfern. Ich bin unserem König loyal aber langsam müssen sie aus ihren Fehlern lernen."

„Unseren Fehlern? Hörst du dir zu, Maran? Es sind doch die Sinera, die uns angreifen. Die den Frieden einfach nicht wahren können", zischte Darius erbost zurück.

Milenia zuckte kurz zusammen als Darius sie mit ihrem Nachnamen angesprochen hatten. Die mutigen drei waren eine eingeschworene Gruppe bestehend aus guten

Freunden. Sich innerhalb dieser Gruppe mit dem Nachnamen anzusprechen galt schon als unhöflich.

„Wenn du in den Kampf ziehen willst, geh. Milenia und ich sind nicht so dumm um uns für ein Reich zu opfern, dass keinen Tag dankbar für unsere Dienste war", fuhr nun Chiron den Königssohn scharf an und musterte ihn bitter.

„Warum rufst du nicht deine Wesen? Sie könnten Morganhaven auf ewig schützen", versuchte Darius nun Chiron mit einem sanfteren Ton zu beschwichtigen.

„Sie sind Verbündete. Keine Waffen, die man auf Schlossmauern setzt um unseren Feinden Angst und Schrecken einzujagen", zischte der Auserwählte nun zurück und schob sein Schwert in die Scheide an seinem Gürtel.

„Ich verlasse das Reich nun. Sucht nicht nach mir. Erzählt dem König ich sei tot. Ich will ihm nicht mehr dienen", seufzte Chiron daraufhin und erhielt damit einen erschrockenen Blick von Milenia und Darius.

„Du willst uns einfach zurücklassen? Wir sind die mutigen drei!", entfuhr es nun Milenia während sie Chiron an der Schulter festhielt.

„Wir waren die mutigen drei", antwortete der Krieger und setzte einen Schritt vor den anderen in die entgegengesetzte Richtung als das Schlachtfeld lag.

„Du bist ein Feigling, Fakas!", brüllte im Darius wutentbrannt nach ehe er der Kriegerin einen verzweifelnden Blick zu warf.

„Ich bitte dich, Milenia. Hilf mir ein letztes Mal Morganhaven zu verteidigen. Sobald ich König bin werde ich nicht mehr zulassen, dass Dielonera uns angreifen, gar vernichten kann", sprach er nur wenige Sekunden darauf an die junge Frau gewandt. In seinem Blick lag etwas Gebrochenes. Tod Trauriges.

Milenia seufzte kurz erschöpft während sie an ihren Mann und deren Sohn dachte, welche unweit vom Schlachtfeld mit unzählig anderen Bürgern in einer Höhle unter der Erde in Sicherheit gebracht worden waren. Bereits als Chiron Darius und Milenia vom Krieg weggezerrt hatte, waren ihre Gedanken mit den beiden verbunden und sekündlich fiel es ihr schwerer nicht zurück auf das Schlachtfeld zu laufen und damit ihren Liebsten etwas mehr Sicherheit zu gewähren.

„Ein letztes Mal, Darius. Nach diesem Kampf kehre ich zu meiner Familie zurück", kam sie dem jungen Krieger nun entgegen und zog dabei erschöpft ihr Schwert. Darius nickte daraufhin selbstsicher und zog ebenfalls seine Klinge, welche düster funkelte. Seite an Seite stürmten die beiden Krieger den Hang hinunter und hinein in die Schlacht. Tapfer erschlugen sie ihre Feinde, wehrten die Gegner ab doch egal was sie taten, die Chancen von Morganhaven verbesserten sich nicht.

Milenia biss die Zähne fest aufeinander während ihr erneut das Blut des Gegners ins Gesicht spritzte und in ihren aschblonden Haaren hängen blieb. Wild sah sie sich um. Sah Darius, welcher zwanghaft versuchte seinen Vater im Schlachtfeld zu finden. Sah Krieger, welche ächzend stolperte und durch einen erneuten Streich des Gegner ihr Leben ließen.

"Darius!", rief sie doch der Königssohn überhörte ihre Stimme. Die Angst in seiner Brust, dass er vermutlich seinen Vater lediglich tot auffinden würde, nahm ihm jegliche Fähigkeit normal zu denken. Auf seine Umgebung zu achten. Und vor allem nahm sie ihm die

Fähigkeit den maskierten Jäger hinter ihm zu bemerken, welcher dem Mann gefährlich nahe kam. Der Fremde zog den kleinen Dolch und machte sich bereit dem ahnungslosen Krieger damit die Brust zu durchbohren.

"Darius!", versuchte es Milenia nun erneut und nahm zu dem Jäger Verfolgung auf. Der Maskierte war schnell doch in Milenia tobte der Wunsch Darius zu retten. Furios lief sie durch die fremden Reihen, riss Kämpfer in den Tod und versuchte immer wieder die Aufmerksamkeit ihres Freundes auf sich ziehen zu können.

Immer tiefer trieb sie dieser Wunsch in die feindlichen Reihen. Mit jedem Schritt wurde ihre Aufgabe gefährlicher. Doch genauso wie Darius konnte die junge Frau nicht mehr klar denken. Angst machte sich in ihr breit. Immer öfter blitzten ihr Sohn und ihr Geliebter vor ihrem inneren Auge auf. Doch ihnen würde es gut gehen. Darius würde als König dafür sorgen. Die Kriegerin musste keine Angst haben. Sie musste lediglich dafür sorgen, dass der Königssohn lebte. Ihr vor Jahren geleisteter Schwur verpflichtete sie praktisch dazu.

Und so lief sie immer schneller. Kam dem Jäger immer näher. Und schaffte es schließlich seine Aufmerksamkeit auf sich zu lenken. Der Maskierte schien sich an ihrer Anwesenheit zu stören und ließ den Dolch fallen. Geschickt zog er nun ein Schwert aus der Scheide an seinem Gürtel und forderte Milenia damit zum Kampf auf, welche den Fremden auch nicht enttäuschte. Während das Stahl immer wieder erneut aufeinander schlug versuchte sie zu erkennen wer sich unter der Maske verbarg. Doch als sie die eisblauen Augen, welcher mit jeder Bewegung kurz funkelten, endlich erkennen konnte, war es für sie zu spät. In der Bewegung stehen bleibend sah sie an sich hinunter und machte damit den Grund für den plötzlichen brennend Schmerz in ihren Brust aus. Ein Schwert, so edel und hochwertig geschmiedet, wie es nur ein Adeliger tragen konnte.

"Warum tust du das? Welchen Ausgang wünscht du dir hiervon?", ächzte sie und suchte den Blickkontakt zu dem Jäger, während Milenia sich auf den Boden kniete, welcher von dem Blut der Sterbenden bereits völlig aufgeweicht war. Der Jäger lächelte sie an und hockte sich vor sie.

"Gerechtigkeit für das Kind, das niemand wollte. Meinem Bruder endlich ebenbürtig sein", murmelte er verbissen. Er kicherte kurz ehe er fort fuhr: "Du solltest dich schämen, Maran. Deine Familie wird ausbaden, was du heute begonnen hast. Ich werde König und dein Kind brennen lassen."

Mit seinen Worten kochte in der jungen Frau erneut die Angst auf, welche sie all die Zeit unterdrückt hatte. Erneut wanderten ihre Gedanken zu dem jungen Mann in dieser Höhle, welcher krampfhaft versuchte, das Baby in seinem Arm zu beruhigen. Nicht wissend, dass die Liebe seines Lebens ihn in diesem Moment im Stich lassen sollte.

EINS

Bedächtig glitt der Blick des Jungen über die saftig grünen Wiesen, welche sich hinter dem kleinen Haus erstreckten. Sanft fuhren seine Hände währenddessen durch das hellblonde Haar und verknoteten es zu einem Zopf, welcher ihm im Nacken kitzelte. Dabei stand er vor dem Fenster in seinem Zimmer und versuchte sich fieberhaft eine Ausrede einfallen zu lassen um seinem Vater nicht erneut in der hauseigenen Schmiede helfen zu müssen. Eine Krankheit ließ er nicht mehr durchgehend und laut diesem schien auch keine Angelegenheit zu wichtig zu sein um die Arbeit mal für einen Tag liegen lassen zu können.

"Silver!", rief nun eine bereits erzürnte Stimme durch das Haus und deutlich konnte der Junge schwere Schritte hören, welche seinem Zimmer immer näher kamen. Nur Sekunden später wurde die Tür aufgerissen und ein bereits älterer und hagerer Mann musterte seinen Sohn streng.

"Ich komme ja schon", seufzte Silver und verfestige sich daraufhin seine Haare mit einem dünnen Lederband.

"Du solltest schon seit über einer halben Stunden draußen sein. Was treibst du denn nur so lange hier oben?"

Die Erschöpfung war deutlich aus der Stimme des Vaters zu hören und beinahe täglich wünschte sich dieser bereits endlich die Arbeit liegen lassen zu können. Doch durch die Verantwortungslosigkeit seines Jungens war dies ein Traum, welcher noch weit in der Zukunft lag.

Silver seufzte nach der kurzen Standpauke und folgte dem älteren Mann durch das Haus, hinaus in die freie Natur bis hin zu der alten Schmiede. Die Sonne blendete Silver doch die bunten Bätter, welche das sanfte Gras bereits säumten, machten nur allzu deutlich, dass die warme Jahreszeit so gut wie zu Ende war. Sobald der Winter einbrach wusste er, dass die Arbeit in der Schmiede noch rauer und härter werden würde. Die Kälte in der Stadt zu Füßen des großen Schlosses von Morganhaven war in dieser Jahreszeit beinahe kaum auszuhalten und des öfteren schneidend kalt. Sein Vater würde dann kaum noch arbeiten können und für Silver gab es noch eine Menge zu lernen bevor er die Schmiede alleine führen könnte.

"Warum muss ich eigentlich unbedingt die Schmiede übernehmen? Ich könnte doch auch einen anderen Beruf erlernen", fragte der Junge vorsichtig während er nach seiner Lederschürze griff und sie sich überzog.

"Der Beruf des Schmiedes ist Familientradition, Silver. Mein Vater hat ihn mir gelehrt sowie dessen Vater es deinem Großvater gelehrt hat."

Eine Antwort, welche ihn nicht zufrieden stimmte. Seine Ausbildung war bei der kleinen Familie bereits ein umstrittenes Thema gewesen und wohl auch der Grund warum sich der Sohn immer weiter von seinem Vater entfernte. Tief im Inneren wünschte er sich dessen Zustimmung. Doch er musste sie nicht haben um seinem Ziel näher kommen zu können. Silver seufzte kurz ehe er weiter sprach: "Und was bringt dir diese Tradition? Wolltest du den Schmied sein?"

Ein sanftes Lächeln umspielte die Lippen des Vaters während sein Sohn ihn immer mehr an sich selbst erinnerte.

"Als ich so alt war wie du wollte ich Abenteuer bestreiten und mich als Krieger ausbilden lassen. Wenn ich allerdings an die vergangenen Jahre denke bin ich froh, dass dein Großvater mich davon abgehalten hat.", fuhr er nun fort und begann damit den großen Ofen der Schmiede anzuzünden. Knisternd begannen die kleinen Funken zu brennen und entfachten ein Feuer.

"Ich dachte alles sei besser geworden?"

Silver warf dem anderen Mann einen kurzen verwirrten Blick zu während er an die Geschichten in der Taverne dachte. Geschichten, in denen der neue König groß angepriesen wurde. Seit seiner Regentschaft sei das Reich friedvoller geworden und die ewigen Feinde von Morganhaven waren bis zur Gänze verstummt.

"Zeltin war ein guter König und sein Sohn scheint ihn sogar noch zu übertreffen aber ganz in Sicherheit wiegen werden wir uns nie können", seufzte sein Vater und schien nach diesem Satz noch älter als zuvor zu wirken.

"Wie viel weißt du eigentlich tatsächlich über das Königshaus? Du sprichst soviel Böses dabei warst du doch nie mehr als ein einfacher Schmied?", meinte Silver und klang dabei viel frecher und gemeiner als er eigentlich wollte. Sein Vater stoppt in der Bewegung und warf seinem Sohn einen kurzen Blick zu. Doch dieser kurze Augenkontakt reicht aus um Silver das Blut in den Adern gefrieren zu lassen. Soviel Bitterkeit und Zorn lagen darin, dass es ihm lieber gewesen wäre, wenn der alte Mann gar nicht erst angefangen hätte zu sprechen. Doch er fing an zu sprechen mit einer absolut ruhigen Stimmlage: "Ich muss den König und seine Intrigen nicht kennen um zu wissen, dass sie existieren. Abenteuer erleben zu wollen ist gefährlich und wird dich umbringen. Sowie es auch deine Mutter umgebracht hat."

"Vielleicht hätte es sie nicht umgebracht wenn du an ihrer Seite gewesen wärst", murmelte nun Silver so leise wie möglich aber laut genug, dass es sein Vater nicht überhören könnte.

"Wäre ich an ihrer Seite gewesen, wären wir nun beide tot! Wäre dir das lieber gewesen?"

Die Stimme des Mannes verlor jede Ruhe und bedrohlich baute er sich nun vor seinem rebellischen Sohn auf.

"Ich weiß, dass du dir mehr wünscht als Schmied zu sein. Dass du dem König dienen willst. Aber das werde ich nicht zulassen. Du wirst nicht genauso unnötig dein Leben lassen wie deine Mutter, Silver! Niemals!"

Wut machte sich nach diesen Worten in Silver breit und ließ sein Blut kochen. Erbost riss er seine Schürze hinunter und warf sie achtlos zu Boden ehe er seinem Vater den Rücken zukehrte und diesen in der Schmiede zurück ließ. Blind lief er los während er Trost in seinen Gedanken suchte.

Nicht ein einziges Mal hatte ihm sein Vater die Geschichte seiner Mutter erzählt. Hatte nur immer wieder wiederholt, dass ihr Tod die alleinige Schuld des Königs war. Hatte Zorn gegenüber dem Königshaus geschürt und war nur umso erzürnter gewesen als er erfahren hatte, dass sein Sohn ebenfalls diesem König dienen wollte. Die Angst erneut einen geliebten Menschen zu verlieren hatte den alten Mann verbittern lassen. Und Silver jegliche Chance auf ein Leben nach dessen Wünschen genommen. Erpicht war er darauf gewesen den Jungen in die selbe Rolle zu zwingen doch übersah dabei, dass der Lebensmut noch nicht aus seinem Sohn gewichen war.

Silver war auf den großen See zugelaufen an dessen Ufer sich die Stadt befand. Seufzend ließ er sich auf dem Steg nieder, welcher sich am Ufer befand und musterte das blaue Wasser. Schwach konnte er darin sein Spiegelbild erkennen. Konnte all die Wut erkennen, welche sich in seinen beiden verschiedenen Augen wiederspiegelte. Sein linkes Auge war so blau wie der Himmel während die Farbe seines rechten Auges eher die einer dunklen Gewitterwolke glich. So verschieden und doch ein Teil von ihm. Auch der Grund warum er die Stadt kaum betrat. Bereits in frühen Jahren war er von Kindern in seinem Alter verspottet worden während die Älteren ihm flüsternd merkwürdige Blicke zu geworfen hatten. Niemand wollte ihm erklären, warum seine Augen diese Reaktion hervorriefen und so hatte der Junge immer versucht sie so gut wie möglich zu verstecken.

Nach wenigen Minuten, in denen er sein Spiegelbild angestarrt hatte, sah Silver auf und beobachtete dabei ein Schiff, welches unweit von ihm an dem Ufer anlegte. Es war beinahe gigantisch. Gefertigt aus dunklen Holz mit unzähligen Schnitzereien und Verzierungen. Nachdem die Arbeiter das Boot sicher befestigt hatten, kamen die Gäste des Schiffes zum Vorschein. Allen voran verließ eine schlanke Frau das Boot. Ihre langen dunkelbrauen Haare waren kunstvoll zu einen Zopf verflochten und fielen über ihren schmalen Rücken. Ihr Körper war in ein weinrotes Kleid gehüllt, dessen Rock sie nun vorsichtig mit ihren Händen festhielt um nicht darauf zu treten.

Neugierig erhob sich Silver und versuchte vorsichtig ein Stück näher an die Frau kommen zu können. Währenddessen verließ ihre Begleitung das Schiff. Es war ein groß gewachsener Mann mit dunklen Haaren. Eine leichte Rüstung umschmiegte seinen Körper während die Scheide seines Schwertes gut sichtbar an seinem Gürtel hing. Die kunstvolle Verzierung machte nun umso deutlicher, dass es sich bei den beiden Fremden um Mitglieder des Königshauses handeln musste. Silver hatte schon oft Schwerter für diese Familie gesehen. Die Griffe waren meist aufwendig verarbeitet worden während hin und wieder auch teure Edelsteine den Stahl zierten.

Silvers Blick war wie gefesselt von dem Anblick der Schwertscheide. Erneut kam in ihm der unerbittliche Wunsch auf selber eines Tages so ein Schwert führen zu dürfen. Sein Vater würde weiterhin versuchen ihn zu Hause festzuhalten doch dieses Verlangen machte seinen Willen so stark, dass der Junge den Entschluss fasste nicht länger auf die Meinung seines Vaters einzugehen. Er würde zum Schloss aufbrechen und von der Legende höchst selbst lernen. Silver wollte für sein Reich kämpfen und gegen jegliche Gefahr verteidigen. Der Junge wollte so sein wie die Krieger und Helden aus den Geschichten und Liedern, welcher in der Taverne zum Besten gegeben wurden.

Augenblicklich verließ er den Steg und lief wie von einer Tarantel gestochen zurück zu dem kleinen Haus. Das stetige Hämmern in der Schmiede deutete ihm, dass sein Vater nach wie vor arbeitete und er nun genügend Zeit hatte sich vorzubereiten.

Bis zum Schloss würde er einige Zeit unterwegs sein also musste er zur Dämmerung aufbrechen um seinen Weg im Schutze der Nacht zurücklegen zu können.

Er schnappte sich einen kleinen Jutebeutel und begann eifrig diesen mit Kleidung und sonstigen benötigten Gegenständen zu füllen.

Seine Familie war nicht wohlhabend und so besaß Silver nicht viele Dinge, welche er auf seiner Reise unbedingt brauchen würde. Sobald er seine Ausbildung beginnen würde, würde der Junge mehr Gold am Tag verdienen als sein Vater all die Jahre in der Schmiede. Er würde in dem Wohlstand leben, welcher ihm sein Vater immer verboten hatte.

Nachdem er eifrig zusammen gepackt hatte, sah er sich erneut in seinem Zimmer um. Wollte auf keinen Fall etwas vergessen. Wenige Strähnen seiner blonden Haare fielen ihm dabei ins Gesicht. Silver setzte sich langsam auf sein Bett und musterte kurz diese Strähnen ehe er seinen Zopf öffnete und seine Haare ihm offen über die Schulter fielen. Er ließ die Finger seiner linken Hand hindurch gleiten eher er flüsternd zu sich selbst sprach: "Wenn ich ein Krieger bin, werde ich sie mir abschneiden. Den letzten Teil von diesem Leben begraben."

Und so machte sich der Junge bereit endlich ein neues Leben beginnen zu können. Abseits seines Vaters und dessen Familiengeschichte. Weit weg von den flüsternden und tuschelnden Bewohnern des Dorfes. Und endlich in der Position sein Leben selbst in die Hand nehmen zu können. Endlich das sein zu können, was er sich jeden Tag erträumt hatte.

Die untergehende Sonne tauchte die nun ruhige Stadt in ein rotes Licht. Der Himmel wirkte als würde er in Flammen stehen und sah damit unheilvoll aus. Stetig drauf bedacht das Hämmern nicht zu übertönen, warf sich Silver seinen Beutel um die Schulter und verließ flink das kleine Haus. Sein Vater hatte seine Arbeit keine Sekunde unterbrochen und die ständigen Geräusche machten es dem Jungen leichter ein mögliches Entdecken zu vermeiden.

Er war beinahe davon überrascht wie beständig ihn sein Wunsch an trieb. Vor ihm lag ein weiter Weg doch er verbrachte keine Sekunde damit auch nur ein Stück an seinem Vorhaben zu zweifeln.

Die Straßen und Gassen des Dorfes lagen zu dieser Zeit ruhig vor ihm. Die Sonne verschwand immer weiter hinter dem Horizont und mit jedem Stück schlichen mehr Bewohner in ihre Häuser. Manche von ihnen warfen Silver die altbekannten Blicke zu doch in diesem Moment dachte der Junge nicht eine Sekunde darüber nach. Das nächste Mal, wenn er diese Stadt betritt, wird er ein Krieger und Held sein. Kein kleiner Junge über den nur aufgrund seiner Augen gesprochen wurde.

"Ist es nicht ein wenig spät für jemanden für dich? Solltest du nicht bei deiner Mutter zu Hause sein, Kleiner?", kam plötzlich eine spöttische Stimme aus dem Schatten eines Hauses. Abrupt blieb Silver stehen und musterte den Fremden seufzend. Seine Bewegungen deuteten darauf hin, dass er soeben die Taverne verlassen hatte und allgemein sah der Mann nicht so aus, als sollte man sich an dessen Lebensstil ein Beispiel nehmen. Doch das hämische Grinsen verschwand aus dessen Gesicht als sich die Augen der beiden trafen. Überraschung machte sich in seiner Miene breit und langsam trat er aus dem Schatten heraus.

"Was macht einer wie du in diesem Dorf? Ich dachte, der König würde jeden von euch ausnutzen?"

Verwirrung lag nun in Silvers Augen und ungläubig musterte er diesen Mann.

"Wovon sprecht Ihr?", hackte er nun nach und ließ es sich nicht nehmen den Betrunken stets mit höflichen Floskeln entgegen zu kommen.

"Deine Augen. Die haben doch zwei Farben!"

"Das weiß ich bereits mein Leben lang. Danke, dass Ihr es mir erneut mitteilt. Aber was meint Ihr damit? Wen nutzt der König aus?"

"Na, euch. Leute wie dich. Die Zweifärbigen."

Silver verstand kaum ein Wort des Fremden. Weder in seiner Aussprache noch in seiner Bedeutung. Er winkte mit einer schnellen Handbewegung ab und setzte seinen Weg fort.

"Solltest du auf den Weg ins Schloss sein würde ich an deiner Stelle wieder umkehren, Kleiner. Der König ist skrupellos!", brüllte ihm der Betrunkene noch nach doch der Blonde wollte keines seiner Worte noch hören. Wegen diesem Unsinn, den der Fremde von sich gab, würde er seinen Traum nun auch nicht ruhen lassen. Endlich hatte er diesen Schritt gewagt.

Silver verlor im Laufe seiner Reise sein Zeitgefühl. Er hatte gerade erst das Dorf verlassen, als die Sonne bereits erneut hinter dem Horizont hervor kam. Morganhaven war groß. Das Dorf lag zu Fuße eines Hügels an dessen Spitze das Schloss und die Unterkünfte der Soldaten lag. Die Arbeiter lebten an einem Ende des großen Sees. Nur schwach konnte man von dieser Seite das Schloss von Dielonera erkennen. Es war nur schwer zu erkennen aber dennoch unübersehbar. Dunkel und verheißungsvoll stand es dort und wirkte als würde es seinen ewigen Feind nur so beobachten.

Der Junge erinnerte sich nur noch schwach an die Geschichte aus der Zeit des letzten Krieges. Dieser lag nun bereits beinahe sechzehn Jahre in der Vergangenheit und immer öfter hörte man besorgte Stimme in den Straßen, welche predigten, dass es nicht allzu lange dauern würde, bis Dielonera wieder angreifen würde. Es kam schon beinahe einem alten Ritual gleich und bereits einige Bewohner des Dorfes hatte mehr als nur einen dieser Krieg miterlebt. Es war stets eine düstere Zeit.

Der Weg vor ihm führte um den Hügel herum bis er schließlich bei dem Schloss endet. Nur selten kamen ihm hier Leute entgegen. Und wenn dies der Fall war, waren es entweder Adelige, welche ihn verwirrt musterten oder Krieger, welche auf dem Weg zwischen dem Königshaus und dem Dorf patrouillierten.

Silver würde lügen, wenn er behaupten würde, dass er seine Entscheidung keine Sekunde in Frage stellte. Ganz im Gegenteil. Mit jedem Schritt wurde er nervöser und unruhiger. Fragte sich immer öfter ob es tatsächlich eine kluge Entscheidung gewesen war einfach zu gehen. Sein Vater würde sich ohne Frage unglaubliche Sorgen machen. Kiran würde versuchen seinen Sohn wiederzufinden bis er sich schließlich geschlagen geben würde. Akzeptieren würde, dass er sein eigenes Fleisch und Blut nun genauso verloren hatte wie die Liebe seines Lebens.

Doch anders als seine Mutter war der Junge noch am Leben. Er setzte alles daran seinen Traum zu erfüllen selbst wenn er zuvor alles verlieren musste. Bereits als kleines Kind hatte Silver die Krieger voller Ehrfurcht gemusterte, wenn sie die Straße vor seinem Haus passiert hatten. Mit ihren mächtigen Rüstungen und edlen Schwertern waren sie für ihn zu Helden geworden. Umso älter er wurde umso mehr hatte er sich in Legenden und Geschichten rund um vergangene Kriege, dem Königshaus und berühmten Soldaten vergraben. Er wollte zu einem der nächsten mutigen drei werden.

Der Blonde blieb stehen und atmete tief durch. Der Weg war steiler und anstrengender geworden. Er wandte sich um und betrachtete das Dorf, welches nun zu seinen Füßen lag. Er hatte sich bereits ein gutes Stück davon entfernt und konnte nun überall Leute herum wuseln sehen. Selbst sein Haus entdeckte er. Rauch stieg aus der dortigen Schmiede und bestätigte Silver damit, dass sein Vater noch nicht nach ihm suchte. Oder die Suche bereits aufgegeben hatte. Beides war ihm recht.

Silver konnte sich beim besten Willen nicht vorstellen wer Kiran wohl war, als seine Mutter noch lebte. Oft hatte er gehört, dass sein Vater einst der beste Schmied von Morganhaven gewesen war. Abgesehen davon auch ein lebensmutiger und optimistischer Mann. Kiran war glücklich gewesen und voller Zuversicht.

Doch wenn der Junge eines wusste, dann dass in dem Dorf viele Gerüchte und Geschichten kursierten, welche gar nicht stimmten. Den Leute war langweilig. Ihr Leben war trist und grau. Also erfanden sie Sachen um es spannender zu machen. Auch wenn ihre Lügen nichts ändern würden, so fühlten sie sich dennoch besser.

Das Schloss vor ihm wurde mit jedem Schritt größer und Silver erkannte nun, warum die Leute im Dorf das Königshaus mieden. Ehrfürchtig erstreckte es sich vor ihm dem Himmel entgegen. Nur schwer konnte er die vereinzelten Krieger auf den Wehrgängen erkennen, welche ab und an zwischen den Zinnen zu sehen waren.

Doch die Höhe des Schlosses wurde von einem der Türme noch weit übertroffen. Stolz erhob sich dieser während des Dach golden in der Sonne glänzte. Dieser Turm war nichts geringeres als der Königsturm. Der König selbst sowie seine Familie lebten in diesem Teil. Die Strategien für die größten und siegreichsten Schlachten waren dort erdacht worden.

Der Junge gab sein Bestes um den Blicken der Wachen auf den Wehrgängen auszuweichen aber schnell musste er feststellen, dass dies weit schwieriger war als er angenommen hatte. Er besaß definitiv kein Talent als Spion. Durch die Arbeit als Schmied war sein Oberkörper breit, muskulös und massiv. Diesen im Schatten zu verstecken war ohne Frage eine Herausforderung.

"Was willst du?", rief eine der Wachen von den Wehrgängen hinab während er Silver beim näher kommen beobachtete.

"Ich möchte vom König zum Krieger ausgebildet werdet, Herr", antwortete er Angesprochene schreiend während er seine Hand schützend vor die Sonne hielt um den Fremden wenigstens etwas erkennen zu können.

Doch der Fremde lachte plötzlich laut auf während er sprach: "Du solltest nach Hause gehen, Kleiner. Die Sonne tut dir nicht gut."

Die Wache wandte sich von dem Jungen ab und führte ihre Patrouille auf den Wehrgängen fort. Enttäuscht sah Silver ihm nach und seufzte wehmütig. Er trat näher an die Mauer des Schlosses heran um ich schützend in den Schatten zu stellen. Gedanklich begann er sich selbst an zu schreien. Schimpfte sich selbst einen Narr während sein Blick erneut auf das kleine Dorf hinunter wanderte.

Jahrelang hatte sie dort davon gesprochen, dass der König alle seiner Art mit offenen Armen begrüßte. Nie war sich Silver bewusst gewesen, was das bedeutete aber dennoch wurde in ihm der Kern einer Hoffnung gepflanzt, dass man ihn im Schloss wirklich haben wollte.

Erschöpft sank er zu Boden und riss das Gras vor sich heraus nur um es daraufhin achtlos wegzuwerfen. Der Junge dachte darüber nach ob ihn sein Vater vielleicht wieder zurücknehmen würde. Vielleicht wenn er ihm glaubhaft machte, dass er seine Aktion bereute und auf Kiran hätte hören sollen.

"Wer seid Ihr?", fragte ihn plötzlich eine neue Stimme. Erschrocken riss Silver den Kopf in die Luft und musterte die Gestalt, welche nun vorsichtig auf ihn zu trat. Ein Junge, kaum einen Tag älter als er selbst. Kupferrote Haare fielen ihm frech ins Gesicht während seine grünen Augen den Fremden neugierig musterten.

"Mein Name ist Silver. Ich wollte mich zum Krieger ausbilden lassen aber wie ich sehe hat ein einfacher

Schmied wohl keine Chance dazu", seufzte er während er den anderen stets im Blick behielt.

"Es wäre mir neu, dass mein Vater einen Unterschied macht. In der Armee kämpfen Lords und Ladys wie auch Bauern und Mägde."

"Dein Vater?", fragte Silver erschrocken nach bevor er wild aufsprang und sich vor dem anderen ehrfürchtig verbeugte. "Es tut mir leid Euch nicht eher erkannt zu haben, mein Prinz."

Der Königssohn begann zu grinsen und meinte: "Bitte, lass das. Nenne mich bitte Alistair. Ich muss ihm Schloss bereits genug von diesem Höflichkeitsmist ertragen. Es tut gut mal nicht erkannt zu werden."

Unsicher erhob ich Silver und musterte Alistair. Ein freches Grinsen lag auf seinen Lippen während seine Augen schelmisch funkelten.

"Ganz wie Ihr meint, Herr."

Der Prinz begann nun zu lachen ehe er laut seufzte. "Du willst ein Krieger sein?", fragte Alistair nach um das Thema zu wechseln.

"Ja, ich träume davon bereits mein ganzes Leben lang", antwortete Silver schnell.

Der Blonde kam nun näher auf ihn zu und musterte ihn genauer. Er betrachtete seinen Oberkörper, die muskulösen Oberarme und den massiven Körperbau. Alistair überlegte ob Silver tatsächlich dazu geeignet sei.

Nachdem der Prinz ihn umrundet hatte blieb er dicht vor ihm stehen und sah ihm in die Augen. Verwirrt verzog er das Gesicht ehe er fragte: "Könntest du aus dem Schatten heraus treten?"

Silver leistete seiner Bitte ohne zu zögern folge und trat in das Sonnenlicht. Dieses blendete ihn doch Silver kämpfe erpicht dagegen an seine Augen nicht zusammen zu kneifen.

"Du hast verschiedene Augenfarben, richtig?", hakte Alistair nach während er seinen Blick nicht von Silvers abwenden konnte. Diesem war es bereits ein wenig unangenehm so von dem Königssohn gemustert zu werden aber er war sich sicher, dass dies sein Ticket in die königliche Armee sein könnte.

"Ja, Herr. Eines ist blau und das andere grau", antwortete er schnell bevor seine Augen dem Licht nicht mehr standhalten konnte und er sie erschöpft zusammen kniff.

"Ich bringe dich zu meinem Vater, Silver. Er muss davon erfahren", sagte Alistair und packte Silvers Hand. Gestresst zog er ihn hinter sich nach in Richtung des gigantischen Tores, welches Einlass in das Schloss bat.

Der junge Mann war überrascht von der plötzlichen Reaktion des Prinzen doch dabei musste er an die Worte von den Leuten aus dem Dorf denken. Offensichtlich hatten diese tatsächlich Recht bewiesen.

"Lasst uns durch"!", rief Alistair den Wachen bei dem Tor bereits von weitem zu während diese ohne zu zögern den Eingang öffneten. Natürlich nicht ohne Silver zuvor einen zweifelnden Blick zuzuwerfen.

Der Prinz führte ihn durch das gesamte Schloss. Unzählige Blicke wurde ihm dabei gewidmet. Manche davon waren überheblich während andere voller Neugier waren.

Gemeinsam betraten sie den Königsturm, welcher aus der Nähe betrachtete noch eindrucksvoller war als ohnehin schon. Das Erdgeschoss war eine gigantische Halle voller Ölgemälde, welche eine gesamte Ahnenreihe zeigte. Jeder vergangene König war dort festgehalten worden.

Alistair und Silver nahmen eine der Treppen, welche die Stockwerke miteinander verband. Sie durchschritten weitere Räume, welche mächtigen Kriegern oder starken Herrschern gewidmet worden waren. Morganhaven legte ohne Frage großen Wert auf seine Helden.

Die Treppe führte sie schließlich in eine Art Vorraum, welche mit Marmor ausgekleidet worden war. Der Boden glänzte schwarz und weiß während des Gold der Wände im Licht der Sonne hell schimmerte.

Vor ihnen erstreckte sich eine große Tür. Daneben waren Wachen postiert, welche die beiden fragend musterten.

"Eurer Vater ist inmitten einer Konferenz mit der Königin und seinem Bruder, mein Prinz. Er wollte nicht gestört werden", sprach eine der Wachen während Alistair bereits seinen Hand auf den Türgriff gelegt hatte.

"Ich danke Euch. Allerdings ist mein Anliegen von höchster Dringlichkeit und kann nicht verschoben werden", antwortete der Prinz während er den Eingang öffnete und ohne zu zögern eintrat. Silver zog er dabei hinter sich nach.

Vor ihnen erstreckte sich nun ein weiterer Raum, welcher durch einen Boden aus Marmor geziert wurden. Hohe Fenster schenkten diesem Licht und ließ die Rüstungen strahlen, welche als Dekorationen an der Wand standen. Inmitten von diesem Raum stand ein großer Tisch mit unzähligen Karten und Figuren.

Um diesen Tisch standen zwei Männer und eine Frau. Einen dieser Männer und die Frau hatte Silver bereits gesehen. Er hatte sie beobachten als sie das Schiff in Morganhaven verlassen hatten.

"Alistair, wir sind in einer Besprechunng. Wie kannst du es wagen uns zu unterbrechen?", fragte dieser nun und musterte den Prinzen mit seinen stahlblauen Augen.

"Vergil, Bruder, lasst ihn erst sprechen. Mein Sohn würde die Regeln nicht ohne Grund brechen", antwortete der König woraufhin er auf seinen Sohn zu trat. Nachdenklich musterte er dabei Silver.

Vergil schnaubte verächtlich während sein Bruder sprach: "Alistair, Sohn, was suchst du hier? Und wer ist dieser Fremde bei dir?"

Alistair nickte seinem Vater dankend zu während er wild zu erzählen begann: "Ich habe diesen jungen Mann heute vorm Schloss entdeckt. Er sprach davon Krieger werden zu wollen. Silver ist lediglich ein Schmied aus dem Dorf aber seht Euch seine Augen an."

Der König verzog fragend das Gesicht während er sich Silver zuwandte. Verwirrt packte er diesen an der Schulter und zog ihn an eines der Fenster. Das Licht, welches von dort hinein strömte blendete den Jungen erneut doch machte zugleich auch die Farbe seiner Augen unverkennbar.

"Ein Zweifärbiger, ich fasse es nicht", meinte der König woraufhin nun auch Vergil an Silver herantrat und zweifelnd dessen Augen musterten.

"Sie müssen ihn im Dorf versteckt haben", sprach der König weiter ehe er sich zu seinem Bruder umwandte:"Ich veranlasse, dass ihm sofort ein Quartier vorbereitet wird. Ich werde ihn persönlich ausbilden."

"Darius, ich bitte Euch, hat das Königreich nicht im Moment genug Schwierigkeiten als dass Ihr Euch nun auch noch der Ausbildung eines dahergelaufenen Balges annehmen solltet?"

"Bruder, seid nicht so stur. Er ist viel zu wertvoll. Wir können ihn nicht zurück ins Dorf schicken. Ich will Dielonera unter keinen Umständen auch nur den Hauch einer Chance geben ihn zu erwischen", antwortete Darius durch zusammen gebissene Zähne.

Vergil seufzte, unzufrieden mit der Entscheidung seines Bruders. Ohne ein weiteres Wort verließ er den Raum und kümmerte sich um seine Aufgabe, Silver ein Quartier zu organisieren.

"Du hast einen weiten Weg hinter dir, Junge. Hast du Hunger?", fragte der König während er Silver ein sanftes Lächeln zuwarf.

"Nein, Eure Majestät", antwortete er knapp. Er wusste nicht ob er sich in diesem Moment freuen sollte oder nicht. Er würde endlich seine Ausbildung zum Krieger beginnen. Doch die Aussagen, von Vergil hatten ihn ohne Frage verunsichert.

"Wie ist dein Name?", hakte Darius nun weiter nach.

"Silver, Herr."

"Du bist der Sohn von Kiran, nicht wahr? Er ist ein wahrhaft großartiger Schmied", lächelte der König. Er spürte Silvers Anspannung und versuchte sie ihm so gut es ging zu nehmen.

Der Junge nickte lediglich während sein Blick vom König zur Königin und ihrem Sohn wanderte. Neugierig musterten die beiden ihn.

"Schaffen wir es seine Zeremonie bereits heute Abend durchzuführen? Umso früher wir mit seiner Ausbildung beginnen umso besser", fragte Darius und wandte sich zu Alistair um.

"Ich spreche mit dem Zeremonienmeister und Vergil, Vater", antwortete sein Sohn so gleich und ließ Silver alleine mit dem Königspaar.

Es war nicht viel Zeit vergangen als der Bruder des Königs den Raum erneut betrat. Sein Gesichtsausdruck war nach wie vor eine Mischung aus Zweifel und Wut. Darius' Entscheidung hatte ihn ohne Frage erzürnt doch im Gegensatz zu seinem großem Bruder hatte er keine Entscheidungsgewalt wenn es um Rekruten ging.

Vergil war bereits vor Jahren von seinem Bruder zum Kommandant der Streitmächte erklärt worden doch dass dies nichts weiter als ein schöner Titel war, war schnell klar geworden.

"Das Quartier ist nun vorbereitet, Darius", sprach der Dunkelhaarige während er den Raum betrat. Silver, welcher nach wie vor beim Fenster stand und den Blick verzweifelt nach draußen gewandt hatte, widmete er dabei keines Blickes.

"Gut, dann begleitet ihn zu seinem Quartier, besorgt ihm eine Rüstung und ein Schwert. Er feiert heute Abend seine Zeremonie. Er muss fertig ausgerüstet sein bis dahin", befahl der König streng.

"Gewiss", antwortete Vergil mit einem verbissenen Unterton während er sich sarkastisch verbeugte. Mit einer darauf folgend schnellen Handbewegung deutete er Silver ihm zu folgen.

Der Mann führte ihn aus dem Turm hinaus und quer durch den Innenhof. Unzählige Menschen gingen dort eifrig ihrer Arbeit nach. Ob Händler, Handwerker oder Krieger. Sie alle waren sich sicher dem richtigen zu dienen und gaben dementsprechend ihr Bestes.

Am anderen Ende angekommen öffnete Vergil eine dunkle Holztür und trat hindurch. Vor ihnen erstreckte sich ein langer Gang, dessen Boden vollständig aus Holz bestand. Die Wände waren kahl und grau. Es bestand kein Zweifel, dass sie sich nun in einem ganz anderen Teil des Schlossen befanden als zuvor.

Unzählige weitere Türen unterbrachen das Grau. Ab und an konnte man Stimmen aus den dortigen Räume hören.

"Das hier sind die Quartiere der Soldaten. Auch du wirst hier leben solange du deinem König dienst", erklärte Vergil während er eine der Türen öffnete und eintrat.

"Für gewöhnlich teilt man sich die Zimmer mit einer zweiten Person aber du lebst fürs erste alleine."

Das Zimmer war genauso kahl wie de Gang zuvor. Ein kleines Fenster spendete Licht. Zwei hölzerne Betten und Schränke standen darin. Ein Holzofen gab die Gelegenheit essen zu kochen und an einem Tisch mit zwei Stühlen konnte man ohne Probleme Platz nehmen. Neben jedem der Bett stand auch eine Puppe auf der die Rüstung gelagert wurde und ein Waffenständer.

"Lass deine Sachen hier. Du brauchst noch eine Rüstung und Darius will, dass du die bis heute Abend hast. Wir sind also in Eile", sprach der Kommandant. Der bittere Unterton war nach wie vor nicht aus seiner Stimme gewichen doch Vergil schien mittlerweile nicht mehr über die Entscheidung seines Bruders nachdenken wollen. Er schien müde.

Silver nickte und verbrachte daraufhin Stunden damit Vergil zu unzähligen Schmieden und Händlern zu folgen. Viele von ihnen flüsterten gedämpft als der Junge an ihnen vorbei schritt doch die Anwesenheit des Kommandanten verhinderte, dass auch nur einer von ihnen diese Wort in einer hörbaren Lautstärke aussprach.

Vergil beauftragte drei verschiedene Schmiede für die Arbeit an der Rüstung. Die Last des Zeitdruckes lag schwer auf den Schultern des Dunkelhaarige doch er setzte alles daran es sich nicht anmerken zu lassen. Eine Verspätung würde innerhalb der Königsfamilie zu erneutem Drama führen, auf welches er gerne verzichten würde. Sein Bruder war stur und ab und an etwas zu impulsiv. Doch Darius war sein König.

"Bis deine Rüstung fertig ist wird noch einige Zeit vergehen. Derweil sollen dir Alistair und Armina den Ablauf deiner Zeremonie erklären. Das wird für dich alles andere als einfach", erklärte der Mann und schlug erneut eine andere Richtung ein ohne auf Silver zu achten, welcher lediglich schüchtern nickte.

Vergil führte ihn nun in einen neuen Raum, welche innerhalb der Außenmauer in der Nähe des Königsturms lag. Weinroter Teppich fühlten diesen Raum aus. Ein Kamin knisterte behaglich und warf Licht auf den Tisch und die Bänke in der Mitte des Zimmers. Die Fenster waren hinter roten Vorhängen verborgen.

Alistair und ein Mädchen saßen auf einer der Bänken und sprachen wild miteinander als Vergil und Silver eintraten. Sofort kehrte Stille zwischen die beiden als sie den neuen Rekruten betrachteten.

"Ihr habt nicht viel Zeit mit ihm also gebt euer Bestes", sprach der Mann während er dem Jungen einen leichten Schubser in Richtung der anderen Rekruten gab. Stolpernd versuchte er ich abzufangen und konnte sich lediglich mit Mühe am Tisch festhalten.

Vergil verdrehte bei diesem Anblick die Augen und während er den Raum verließ murmelte er: "Das fängt ja schon gut an."

"Schön, dich wiederzusehen", begrüßte Alistair Silver und deutete ihm Platz zu nehmen. "Das ist Armina Dinarus. Sie wird derzeit ebenfalls ausgebildet."

Armina, welche ihre kupferroten Haare unordentlich zu einem Dutt hochgebunden hatte, warf Silver nun einen musternden Blick mit ihren intensiv grünen Augen zu.

"Alistair hat mir bereits von dir erzählt, Silver. Ich bin gespannt. Ich hab noch nie zuvor einen Zweifarbigen getroffen", sprach sie ernst. Ihre Stimme war sanft und weich.

Silver war die Verwunderung ins Gesicht geschrieben. "Zweifarbigen? Was bedeutet das?" Der Junge war ohne Frage wütend auf seine Unwissenheit.

"Du weißt nicht was Zweifarbige sind obwohl du einer bist?", fragte Alistair und zog überrascht seine buschigen Augenbrauen in die Höhe.

"Im Dorf wollte es mir nie jemand erklären. Ich bemerkte nur, dass mir die meisten dadurch aus dem Weg gingen", murmelte Silver während er neben Alistair Platz nahm und ermüdet seufzte.

"Die Zweifarbigen besitzen unmenschliche Gaben, welche durch ihre Augen geweckt werden. Früher besaß anscheinend jeder zweite so eine Sternengabe doch mittlerweile ist es unglaublich selten jemanden von euch zu treffen", erklärte Alistair und hielt Silver dabei fest im Blick. Die Verwirrung übernahm in dessen Gesicht die Hauptrolle und kurzzeitig zweifelt er daran ob er den Worten des Prinzen Glauben schenken konnte.

"Dann besitze ich also eine übermenschliche Fähigkeit und weiß nichts davon?", fragte der Junge nun verwirrt und hob langsam den Kopf.

"Es scheint im Dorf wohl nicht üblich zu sein so etwas gelehrt zu bekommen, oder?", meinte Armina vorsichtig und verzog die Nase.

"Es gibt nur im Dorf kaum jemanden, der eine anständige Ausbildung und das dementsprechende Wissen erhalten hat, Mylady", antwortete Silver und fokussierte sie mit einem erzürntem Blick.

Die Dinarus waren ein großes Adelsgeschlecht von Morganhaven und bei den meisten aus dem Dorf lediglich wegen dessen Arroganz bekannt. Oft waren Lords und Ladys von dieser Familie durch die Straßen marschiert und hatte sich über dessen Bewohner lustig gemacht. Einige von ihnen waren zu ihren Füßen verhungert und doch waren sie gekleidet in Seide und Gold und mit einem hämischen Grinsen durch deren Reihen marschiert.

"Das ist Grundwissen. Das sollte selbst unter Bauern verbreitet sein", äffte Armina nun nach und musterte ihn böse durch ihre grünen Augen.

"Hört auf euch zu streiten! Alle beide! Dafür haben wir keine Zeit", mischte sich nun Alistair ein. Seine grünen Augen, welche Darius' unglaublich ähnlich waren, fixierte die beiden anderen Rekruten streng.

"Um dein fehlendes Wissen wird sich Vater noch früh genug kümmern. Der Ablauf der Zeremonie heute Abend ist nun allerdings wichtiger. Wenn du das ruinierst ist dein Ruf bei den Adelsfamilien auf ewig zerstört", erklärte der Königssohn.

"Und das ist weshalb so wichtig?", hakte Silver nach.

"Ein Krieger, der von niemanden gemocht wird, fliegt. Keine Adelsfamilie lässt sich von einem beschützen, der nicht einmal eine ordentliche Zeremonie hinbekommt", seufzte das Mädchen nun während sie ihre Hände knetete.

"Die Ältesten erkennen einen der zukünftigen mutigen drei auch bereits bei seiner Zeremonie", sagte Alistair und beobachtete dabei wie Silvers Augen zu glänzen begannen.

"Ich habe bereits von den mutigen drei gehört. Tapfere und unvergleichliche Krieger. Ich wünsche eines Tages so zu sein wie sie", antwortete er.

Der Prinz verzog das Gesicht ehe er meinte: "Ich nicht. Im letzten Krieg sind zwei von denen gestorben. Das ganze Reich erwartet von den mutigen drei, dass sie Kriege beenden können und dennoch sind sie lediglich Soldaten."

"Wo ist der dritte?"

"Auf dem Thron."

Alistair seufzte während er daran dachte wie ihm Darius die gesamte Geschichte der einst glorreichen Helden erzählt hatte. Doch lediglich die Königin wusste wie sehr er es gehasst hatte.

"Dein Vater war einer der mutigen drei? Und er will mich ausbilden?", fragte Silver ungläubig nach.

"Sieht ganz danach aus", seufzte der Prinz.

Z W E I

Den drei Rekruten waren lediglich zwei Stunden geblieben bis Vergil erneut den Raum betrat. Seine Gesichtsausdruck deutete, dass er nach wie vor nicht glücklich mit dieser Situation war. Silver wusste nicht was er getan hatte doch der Kommandant wollte ihn ohne Frage nicht hier haben.

Er holte ihn ab um seine Rüstung anzuprobieren. Stetig wiederholte er den Ablauf der Zeremonie in Gedanken während Diener ihm die Rüstung anzogen, sie verschnürten und Schnallen schlossen.

Das Gefühl das Metall an seinem Körper zu spüren war etwas, was Silver mit nichts in dieser Welt vergleichen konnte. Mehrmals sah er an ich herunter. Das Licht der untergehenden Sonne, welches gleißend in das Zimmer fiel, ließ das Material silbern glänzen. Der Brustpanzer war massiv, die Arme und Stiefel beschlagen, der Helm unnatürlich schwer. Doch seine Bewegungsfreiheit war kaum eingegrenzt. Das Leder unter der Rüstung sorgte dafür, dass diese dennoch gut saß und er sich daran nicht verletzen konnte.

Das Schwert in seiner Hand fühlte sich um vieles schwerer an als die Holzschwerter mit denen er früher geübt hatte. Der Griff war einfach gehalten und lediglich mit ein paar Mustern im Material und etwas Stoff verziert worden.

"Wie gefällt sie dir?", fragte der König als er höchst selbst nach seinem neuen Schützling sah. Vorsichtig lehnte er sich an den Türrahmen und betrachtete Silver.

"Ich bin Euch sehr dankbar dafür. Nicht in meinen kühnsten Träumen hätte ich gedacht eine so edle Rüstung tragen zu dürfen."

Darius lachte während er näher kam. "Ich hoffe Alistair hat genug getan um dich auf die Zeremonie vorzubereiten. Du hast leider weniger Zeit als alle anderen vor dir", sprach er. Das Licht fiel dabei auf eine Weise auf seine Haare, dass Silver erst in diesem Moment bemerkt warum die Familie Flame hieß. Im Sonnenschein wirkte seine Haare als würden sie in Flammen stehen. Das Kupfer glänzte unvergleichlich.

"Ich habe weniger Zeit wegen meiner Augenfarbe, oder? Ich verstehe den Grund dahinter noch nicht vollends aber Eurer Sohn tat sein Bestes um es mir zu erklären", meinte Silver und wich dabei dem Blick von Darius aus. Er wollte nicht, dass seine Frage sich so anhörte als wolle er ihn in Frage stellen.

"Ganz genau. Diese Besonderheit wird dich zu einem herausragenden Krieger machen bei dem ich es nicht riskieren will, dass Dielonera ihn mir wegschnappt", erklärte der Rothaarige seufzend. Sein

Blick machte klar, dass sich unzählige Sorgen und Gedanken in diesem Moment in seinem Kopf befinden mussten.

"Es tut mir leid, Silver. Ich habe gar nicht gefragt ob du jemanden zu deiner Zeremonie einladen möchtest. Der Tradition zu folge nimmt die Familie daran teil. Das soll auch bei einem Schmied nicht anders sein. Außer du wünscht es so", erklärte Darius.

Die Gedanken des Rekruten wanderten zu seinem Vater. Alleine wird dieser wohl in diesem Moment in der Schmiede stehen und Arbeiten verrichten, die eigentlich sein viel stärkerer Sohn hätte machen sollen.

"Nein, mein König. Ich denke nicht, dass mein Vater hierbei teilnehmen möchte", antwortete Silver abrupt während er daran dachte wie enttäuscht Kiran sein würde, wenn er seinen Sohn in dieser Rüstung ansehen müsste.

"Bist du dir sicher? Es wird eine Weile dauern bis du ihn wiedersehen kannst", antwortete Darius.

"Ich bin mir absolut sicher, Herr."

Silver fühlte sich als würde ihm dabei ein großer Stein vom Herzen fallen. Er hatte immer gewusst, dass er das Verhältnis zu seinem Vater brechen müsse um ein Krieger sein zu können. Doch dies endlich hinter sich zu haben fühlte sich besser an als er zuvor erwartet hatte.

Darius nickte während er sich langsam der Tür zu wandte. "Die Zeremonie beginnt bei Anbruch der Dunkelheit. Es wäre nicht angebracht wenn du dich verspätest." Mit diesen Worten hatte der König den Raum verlassen. Silver sah ihm noch minutenlang nach bevor er erschöpft seufzte. Blanke Nervosität kochte in ihm hoch und krallte sich an seine Knochen. Er durfte sich unter keinen Umständen auch nur einen Fehler erlauben.

Dem Rekruten war nicht viel Zeit geblieben bevor die Sonne ihren Weg beinahe abgeschlossen hatte und es erneut an der Tür klopfte. Zögerlich trat Alistair ein. Sein Körper war in eine edle Robe gewickelt, welche mit goldenem Stoff verziert worden war.

"Man hat mir die Aufgaben geben dich abzuholen. Die Zeremonie beginnt gleich", sprach der Prinz und musterte Silver auffordernd.

"Hatte Darius nicht genug Vertrauen, dass ich es auch alleine schaffe pünktlich zu sein?", fragte dieser und versuchte dabei mit einem gespielten Lächeln die Nervosität zu verdrängen.

"Scheint so", ginste Alistair nun. Mit einer Handbewegung deutete er Silver schließlich nach ein paar Sekunden der Stille ihm zu folgen. Silver atmetet tief durch bevor er nach dem Prinzen durch die Tür in den kahlen Gang folgte. Innerhalb des Schlosses herrschte Stille. Viele hatten sich in dem Hof eingefunden um endlich zu wissen wer der Neue war, welcher bereits den ganzen Tag durch das Schloss gelaufen war. Der Junge mit den zweifarbigen Augen.

In der Mitte des Hofes war eine kleine Tribüne aufgebaut worden. Darius saß dort auf einem Thron in königlicher Rüstung, welche golden im Licht der Fackeln glänzte. Auf seine Kopf prangte die mächtige Krone verziert mit unzähligen Juwelen und vermutlich ein Vermögen wert.

Neben dem König saß seine Königin. Sie braunen Haare waren geschickt nach hinten verflochten worden.

Eine Krone, welcher allerdings kleiner und weniger eindrucksvoll als Darius' war, verlieh ihr ein machtvolles Aussehen. Ihr Körper war in ein edles weinrote Samtkleid gewickelt, welches mit goldenen Stickerein und weißem Pelz verziert worden war.

Um diese Tribüne herum standen die Bewohner des Dorfes. An vorderster Front konnte Silver Vergil und Armina selbst in dem seichten Licht des Feuers ausmachen.

Die Bewohner bereiteten einen Weg wodurch Alistair und Silver durch die Reihen auf die Tribüne zutraten. Am Ende dieses Weges nickte der Prinz ihm zu und gesellte sich zu Armina in die Reihen der Bewohner. Silver schluckte hart ehe er ohne weiter zu zögern auf die Tribüne schritt. Dicht gefolgt von dem Zeremonienmeister, welcher ein schwarzes in Leder gebundenes Buch auf schlug. Silver ging vor dem Königspaar auf die Knie während der Meister zu sprechen begann: "Bewohner Morganhavens, heute wurden wir zusammen gerufen um den Beginn der Ausbildung des Rekruten Silver Maran zu feiern. Seine Wurzeln sind einfach doch er wird wachsen und seiner Krone dienen wie es jeder ehrwürdige Krieger vor ihm tat und wie es jeder ehrwürdige Krieger nach ihm tun wird."

De Zeremonienmeister hielt für eine Sekunde inne ehe er fortfuhr: "Silver wurde als Sohn eines einfachen Schmiedes geboren. Er wuchs in ärmlichen Verhältnisse auf. Dennoch ist sein Blut nicht weniger wert als dass jedes einzelnen Kriegers."

Verwirrt darüber woher der Meister seine gesamte Lebensgeschichte kannte seufzte Silver kurz auf bevor

sich Darius vor ihm erhob und anfing zu sprechen:
"Erhebe dich, Silver, und leiste deinen Schwur!"

Der Zeremonienmeister gab dem König das
schwarze Buch in die Hand. Silver nickte nervös während
er seine Hand darauf ablegte und zu sprechen begann:
"Ich, Silver Maran, verspreche Morganhaven zu
beschützen und der Krone zu dienen. Ich verspreche
mein Volk zu beschützen, selbst wenn ich mein Leben
dafür opfern muss. Ich verspreche meine Fähigkeiten
stets im Sinne der Krone zu benützen und niemals gegen
sie. Ich verspreche meine Vergangenheit ruhen zu lassen
und meine Zukunft Morganhaven zu widmen!"

Nachdem Silver seine Worte gesprochen hatte
begann das Volk zu seinen Füßen zu jubeln. Kurz
erschrocken über diese Reaktion zuckte er zusammen.
Begann jedoch sogleich zu lächeln.

"Gib mir nun dein Schwert!", fuhr Darius fort
woraufhin Silver seine Klinge zog und sie ihm in die
Hand lege.

"Nach diesem Tag sollst du, Silver Maran, ein
Krieger Morganhavens sein. Ein Diener der Krone und
Beschützer des Volkes!", sprach der König. Der Rekrut
ging vor ihm auf die Knie während Darius ihm sein
Schwert nun feierlich überreichte.

"Nun bist du es würdig diese Klinge zu tragen!"

Mit einem Lächeln im Gesicht nahm Silver das
Schwert in seine Hand. Etwas zögerlich wandte er sich
den Zuschauern zu ehe der Rekrut die Klinge in die Luft
riss und dabei laut jubelte. Die Zuschauer vor ihm taten
ihm sogleich nach.

Silver fühlte sich an diesem Ort genau richtig.
Endlich würde er die Chance bekommen zu beweisen,

dass er mehr als ein Schmied mit verschiedenfärbigen Augen war. Er würde ein stolzer Krieger werden. In die Fußstapfen großer Legenden steigen.

Doch noch während er gefeiert wurde und sich leidenschaftlich feiern ließ, wurde ihm schwarz vor Augen. Er spürte wie er sein Gleichgewicht verlor während unzählige Bilder vor seinem inneren Augen vorbeizogen. Doch alle viel zu schnell, als dass er sie deuten hätte können.

Hart schlug Silver mit seinem Kopf auf dem Boden der Tribüne auf. Das Schwert fiel ihm dabei aus der Hand und blieb klirrend neben ihm liegen.

Dennoch hörten die Bilder nicht auf. Wurden allmählicher klaren doch manche von ihnen waren nach wie vor unmöglich zu erkennen.

Lediglich eines brannte sich in sein Gedächtnis. Zwei Männer gehüllt in schwarzen Stoff. Er konnte sie nicht erkennen. Das einzige Sichtbare waren die blauen Augen des einen und die leuchtend grauen des anderen.

Weitere Bilder zogen in seinem Kopf herum bis Silver schließlich die Kraft ausging. Sanft sank er in eine undurchdringbare Schwärze während die Stimmen, die seinen Namen um ihn herum riefen, immer weiter verstummten.

Als Silver wieder erwachte blendete ihn die Sonne. Verwirrt sah er sich um bis er bemerkte, dass er in seinem Quartier lag. Die Sonne stand bereits hoch am Himmel und leuchtete den gesamten Raum aus.

Unsicher setzte er sich in seinem Bett auf und rieb sich den schmerzenden Kopf. Er war ohne Frage härter aufgeschlagen als er vermutet hatte. Dennoch hielt ihn das nicht davon ab zu erfahren was passiert war.

Flink sprang er von seinem Bett auf, warf sich seine Kleidung über und machte sich auf den Weg zum königlichen Turm. Er war sich nicht ganz sicher, wer in diese Fall seine beste Ansprechperson war, doch da Darius sein Ausbilder war, fiel Silvers Wahl auf den König.

Der Rekrut öffnete das Tor zum Turm während er innerlich hoffte, dass er Darius nicht bei irgendeiner Besprechung unterbrach. Dass er das Bewusstsein bei seiner Zeremonie verloren hatte, war schon peinlich genug. Er schmeckte etwas bitteres als er daran zurück dachte, dass Alistair ihm eingetrichtert hatte, dass er auf keinen Fall seine Zeremonie versauen sollte.

Unsicher trat er die Treppen hinauf. "Eure Majestät erwartet Euch bereits", sagte eine der Wachen augenblicklich als Silver näher trat überrascht von seiner Höflichkeit.

Der Rekrut atmete tief durch ehe er das Tor öffnete und den Raum betrat. Darius saß vor ihm auf seinem erhöhten Thron und musterte ihn mit einem unlesbaren Gesichtsausdruck.

Silver ging augenblick auf die Knie während er vorsichtig sprach: "Mein König, es tut mir leid, dass ich Euch enttäuscht habe. Es war nie meine Absicht meine Zeremonie derart zu ruinieren."

"Steh auf, Silver!", antwortete Darius während er seinen Schüler beobachtete, welcher sich nur zögerlich erhob.

Der Rothaarige stand von seinem Thron auf und ging näher an Silver heran.

"Was ist da passiert? Was ist mit dir passiert?",
hakte er nach während er dicht vor dem Rekruten stehen
blieb, welcher ihn verunsichert musterte.

"Ich weiß es nicht. Plötzlich wurde alles schwarz,
dann sah ich Bilder. Unzählige Bilder. Bis schließlich mein
Kreislauf aufgegeben hat und ich bewusstlos wurde",
erklärte der Schüler gedämpft, den Blick stur zu Boden
gerichtet.

Darius griff nach dessen Kinn und hob seinen
Kopf um seine Augen betrachten zu können. Lächelnd
sprach er schließlich: "Meinen Glückwunsch, deine
Sternengabe hat sich gezeigt. Du scheinst der Visionär zu
sein." Der Herrscher ließ seinen Schüler daraufhin los
und trat ans Fenster heran.

"Der Visionär?", fragte Silver nach, welcher wie
fest gewurzelt stehen blieb.

"Mein Vater hat mir einst eine Geschichte erzählt.
In dieser Geschichte rettete ein Mann ein ganzes Reich
vor einer Katastrophe, da er sie bereits Wochen zuvor
gesehen hat. Mein Vater hat sich immer gefragt, wann
endlich ein Visionär auftauchen würde. Starb sogar mit
dem Gedanken, dass dieser sich in Skaria oder, noch
schlimmer, in Dielonera befinden würde. Doch nun ist es
mir eine Ehre selber vor dem Visionär zu stehen auf den
mein Vater Jahrzehnte gewartet hat", erklärte Darius
ohne seinen Blick abzuwenden.

"Warum seid Ihr Euch so sicher, dass ich es bin?
Vielleicht hab ich auch nur irgendeinen Schwachsinn
geträumt?", fragte Silver ungläubig nach.

Der König lächelte ihm zu bis er schließlich
meinte: "Deine Augen haben sich verändert. Ihre Farben

sind nun viel intensiver. Der Unterschied ist kaum noch zu übersehen."

"Seid Ihr schon einmal einem Zweifärbigen begegnet?", fragte de Schüler während ihn seine Neugier packte.

"Ein alter Freund von mir war einer. Die Farben seiner Augen waren unvergleichlich. Doch leider verschwand er vor vielen Jahren und ich sah ihn nie wieder. Vermutlich ist er bereits tot", sprach Darius während er seinen Blick wieder der Landschaft zuwandte.

"Viel wichtiger ist nun allerdings deine Ausbildung. Wie fühlst du dich? Bist du fit oder brauchst du noch etwas Ruhe?"

Silver begann zu lächeln ehe er mit stolz geschwollener Brust antwortete: "Ich bin mehr als bereit endlich anfangen zu können."

"Dann besorg dir deine Ausrüstung. Wir treffen uns in einer Stunden vor dem Haupttor. Ich zeige dir einen unseren Übungsplätze und sehe mir an, wie weit du mit deinem eigenem Taining gekommen bist", meinte Darius während ein sanftes Lächeln seine Lippen umspielte.

Ohne auch nur ein weiteres Wort zu sagen sprang Silver los und holte seine Rüstung aus dem Quartier. Sein Start war etwas holprig gewesen doch er freute sich nun ohne Frage darauf endlich das sein zu können wovon er seitdem er denken kann geträumt hatte. Für ihn schien nun alles endlich einen Sinn zu ergeben.

Als er bei dem Tor ankam wartete Darius bereits auf ihn. Dieses Mal trug er eine schlichte Rüstung, welche sich kaum von Silvers unterschied. Neben dem König stand allerdings Vergil, welcher wild auf ihn einredete.

"Ihr könnt doch nicht einfach vor die Tore der Stadt gehen und trainieren, Bruder. Was wenn Morganhaven Euch in dieser Zeit braucht?", fragte der Dunkelhaarige während er seinen König ungläubig musterte.

"In dieser Zeit wird Morganhaven schon nicht untergehen. Und Mirabelle ist hier. Sie versteht ihr Handwerk als Königin und wird schon für ein paar Stunden auf das Reich aufpassen können", antwortete Darius gelassen und grinste als er seinen Schüler näher treten sah.

"Außerdem gefällt es mir wieder zur Abwechslung draußen trainieren zu können. Ich kann das viele Marmor und Gold schon nicht mehr sehen", fuhr der Rothaarige fort.

"Aber Ihr seid unser König, Darius! Seid vernünftig!"

"Vergil, beruhigt Euch nun endlich. Ihr redet Unsinn."

Die blauen Augen des Kommandanten blitzten erzürnt doch er wagte es nicht auch nur ein weiteres Wort zu sagen. Er wusste, dass Darius sich nicht umstimmen lassen würde.

"Lass uns aufbrechen, Silver, bevor mein Bruder mich noch an den Thron kettet", grinste der König und wandte sich dem Tor zu. Ein wütendes Seufzen von Vergil verabschiedete ihn dabei.

Die Sonne schien unerbittlich auf die beiden Krieger herab als sie ihren Weg in Richtung des Waldes, welcher etwas weiter hinter dem Schloss lag, antraten.

Schnell begann Silver unter seiner Rüstung zu schwitzen und seine Haare klebten ihm im Gesicht.

"Vielleicht solltest du dir die abschneiden. Lange Haare sind nicht unbedingt brauchbar im Kampf", meinte Darius während er beobachtete wie Silver krampfhaft versuchte seine Haare zusammen zu flechten.

"Ich werde sie abschneiden sobald ich ein vollwertiger Krieger bin. Keinen Tag früher", sprach sein Schüler voller Zuversicht.

"Das habe ich auch einmal gesagt. In meiner Jugend trug ich meine Haare auch offen. Wollte sie ganz feierlich später abtrennen. Allerdings hat mein Vater sie mir noch früher abgeschnitten als ich überhaupt meine Ausbildung begonnen hatte", lachte der König.

Silver kam diese Situation surreal vor. Erst vor wenigen Tagen hatte er davon geträumt von einem Helden zu einem Krieger ausgebildet zu werden. Hatte seinem Vater damit in den Ohren gelegen, dass er es schaffen könnte.

Und nun war er weit weg von Kiran, welcher keinerlei Ahnung davon hatte, welches Leben sein Sohn nun führte. Stattdessen spazierte er über Felder an der Seite des Königs, über den sein Vater nie ein gutes Wort gesprochen hatte. Silver wusste im Inneren, dass Kiran vermutlich alles andere als stolz darauf wäre, was aus seinem Sohn geworden war.

Die beiden betraten den Wald worin sie auf eine kleine Lichtung hinaus traten. Die Schnitte an den umliegenden Bäume machten klar, dass hier bereits öfter trainiert worden war.

"Hast du bereits Erfahrung im Kampf gesammelt, Silver?", fragte Darius bei ihrer Ankunft.

"Ich habe versucht mir etwas alleine beizubringen. Allerdings weiß es nicht wie nützlich das tatsächlich ist."

"Dann zeige mir etwas davon", antwortete der König während er mit seiner Hand auf einen der zerschellten Bäume deutete.

Die Zeit verging wie im Flug während Darius sein Bestes gab Silver soviel wie möglich beizubringen. Dieser war fleißiger und geschickter als der Herrscher zuvor vermutet hatte.

Als er beschloss Silver auszubilden ging es ihm lediglich um dessen Sternengabe. Die Zweifarbigen waren viel zu selten geworden als dass er es riskieren konnte, dass der Rekrut vielleicht Zuflucht bei einem anderen Reich suchen würde. Darius wollte seinen Feinde ohne Frage nicht mehr Macht schenken, als diese bereits besaßen.

Der Mond stand bereits hoch am Himmel als die beiden aufbrachen um ins Schloss zurückzukehren. Silver schwitzte unter seiner Rüstung als hätte er Stunden lang in der prallen Sonne gestanden. Die Kronen der Bäume konnte die aufheizenden Sonnenstrahlen nur wenig aufhalten.

Darius war nach seiner ersten Einheit mit seinem neuen Schüler mehr als begeistert. Silver besaß bereits bemerkenswerte Fähigkeit und dort wo ihm das nötige Geschick fehlte machte er es mit seinem Ehrgeiz wieder wett. Der König spürte, dass diese Ausbildung tatsächlich der Traum des Jungen gewesen war und vermutlich immer noch ist.

"Ich lasse Vergil ausrichten, dass er dich sobald wie möglich in den Dienst setzen soll. Einfache Patrouillen mit Armina und Alistair dürften absolut kein

Problem für dich darstellen", sprach der Rothaarige mit einem Grinsen im Gesicht während sie durch das Eingangstor traten.

"Ich danke Euch für diese Gelegenheit, Majestät", erwiderte Silver während ein stolzes Lächeln über seine Lippen tanzte.

"Innerhalb der Trainingszeit bin ich für dich bitte nichts weiter als dein Ausbilder, Silver. Diese ganzen Floskeln müssen für einen Schüler wie dich ja ungemein anstrengend sein", meinte Darius.

Der Junge nickte ihm dankend zu bevor sich der König verabschiedete und sich auf den Weg zurück in den Königsturm machte.

Innerhalb des Schlosses war bereits Ruhe eingekehrt und nur sehr selten kreuzte jemand seinen Weg als Silver sich in sein Quartier zurück zog. Er zündete die Kerze auf seinem Tisch an, welche nur schwach Licht bot, während er sich mit aller Mühe aus der Rüstung befreite und diese ordnungsgemäß verstaute.

Nachdem er sich umgezogen hatte, setzte er sich auf sein Bett, holte sich ein Tuch und begann die Klinge seines Schwert von Resten des Baumes und Harzes zu befreien. Seine Gedanken hinge nach wie vor an dem vergangenen Training. Er war unglaublich glücklich darüber endlich seine Chance bekommen zu haben. Endlich ein Leben leben zu dürfen wovon er jahrelange geträumt hatte.

Seine Sternengabe allerdings bereitete ihm nach wie vor Sorgen. Den ganzen Tag über hatte er darüber nachgedacht ob er Darius berichten sollte, was er gesehen hatte. Vielleicht hätte der König die beiden Männer erkannt und bereits dementsprechende Maßnahmen in Gang setzen können. Doch wie wichtig würde dem Herrscher tatsächlich Silvers Vision sein? Darius glaubte fest an seine Sternengabe doch für den Rekruten schien sie nichts weiter als ein Hirngespinst zu sein. Eine Legende, welche vor Jahren ausgestorben war.

Es war als hätte Silver mit seinen Gedanken die Schwärze heraufbeschworen, welche ihm erneut die Sicht nahm. Erneut verlor er die gesamte Kontrolle über seinen Körper, welcher kurz darauf zusammen sackte. Der Blonde spürte wie das Fleisch seines Armes durch die scharfe Klinge verletzt wurde. Scharf sog er die Luft ein als der Schmerz sich ausbreitete.

Doch dafür blieb nun keine Zeit mehr. Dieses Mal sah er mehr als nur ein paar Bilder ohne Zusammenhang. Er sah die Königin, Mirabelle. Sie spazierte über eines der umliegenden Felder, Wachen überall um sie herum. Ihr braunes Haar und das weiße edle Kleid bewegten sich flüssig in der sanften Brise.

Mit einem Wimpernschlag änderte sich die Atmosphäre des Bildes. Der Himmel wurde schlagartig dunkel und die sanfte Brise wurde zu einem kalten Sturm. Die Wachen lagen nun tot auf dem Feld während sich auch das Kleid der Königin mit ihrem Blut voll sog, welches aus ihre Brust tropfte. Erschrocken hatte sie die Augen aufgerissen während sie das Messer betrachtete, welches zwischen ihren Rippen steckte.

Silver fiel dieses Mal nicht in Ohnmacht. Stattdessen verschwand das Bild schlagartig und langsam nahm er seine Umgebung wieder war. Etwas durcheinander musterte er die kahle Decke, welche nur spärlich von der Kerze beleuchtet wurde, während er das soeben gesehene noch einmal im Kopf überdachte.

Schließlich erhob er sich und betrachtete seinen rechten Oberarm. Die Wunde dort blutete und sein weißes Kissen hatte sich stellenweise bereits dunkelrot gefärbt. Er fluchte leise während er sich ein weiteres Tuch nahm und es behelfsmäßig um seinen Arm band. Doch es dauerte nur wenigen Minuten bis auch dieses blutrot war.

Ohne länger über seine Vision nachzudenken verließ er sein Zimmer und trat auf den Hof hinaus in der Hoffnung jemanden zu entdecken, welcher ihm mit seiner Wunde helfen konnte. Zu seinem Glück war er nicht lange unterwegs bis eine weibliche Stimme fragte: "Suchst du jemanden?"

Silver wandte sich um und entdeckte Armina, welche ihn besorgt musterte. Ihre Haare fielen ihr nun offen über die Schultern und reichte bis zu ihrer Hüfte.

"Ich bräuchte etwas Hilfe. Ich bin gestolpert und habe mich verletzt. Ich weiß nicht so recht wie ich die Wunde richtig verbinden soll", log Silver um zu verheimlichen, dass ihn ein erneute Vision heimgesucht hatte. Oder eine Fantasie wie er sie stets bezeichnete.

Das Mädchen lächelte sanft. Der Rekrut war sich sicher, dass er sie zum ersten Mal lächeln sah.

"Komme mit", sprach Armina während sie sich auf den Weg machte, sich stetig umdrehend und kontrollierend ob Silver ihr folgte.

Schließlich betraten sie den Raum in dem er sie zum ersten Mal getroffen hatte. Sie deutete ihm sich auf die Bank zu setzen, während sie einen der Schränke öffnete und Verbandsmaterial herausholte.

Vorsichtig nahm sie das blutige Tuch von seinem Arm und begann die Wunde zu säubern während sie sprach: "Du bist also in dein eigenes Schwert gefallen?"

Silver konnte die Arroganz der Dinarus aus ihrer Stimme heraushören doch er wollte sie in diesem Moment ausblenden. Zögernd begann er zu nicken und antwortete: "Ich wurde wohl ein wenig übermütig."

"Alistair bat mich ebenfalls bereits um Hilfe. Er hat es beinahe geschafft seine gesamte Hand abzutrennen mit nur einem Schlag. Er kann von Glück sprechen, dass ihm nur eine Narbe geblieben ist", meinte Armina.

Silver gluckste amüsiert während er das Mädchen bei ihrer Arbeit beobachtete.

"Es gibt offensichtlich nicht viele Frauen in der Armee. Wie kommt's, dass du dich ausbilden lässt?", fragte er nach wenigen Sekunden der Stille.

"Ich möchte mehr sein als eine Lady, welche lediglich von Adelshaus zu Adelshaus reist und so tut als wäre die Welt absolut in Ordnung und die Reiche nicht ständig im Krieg", antwortete die Rothaarige ohne zu zögern. Vorsichtig sah sie auf und fixierte ihren Blick auf Silvers Augen.

Der Rekrut nickte lediglich während er vorsichtig den Blick abwandte. Die plötzliche Nähe zu der Rekrutin machte ihn unsicher.

"Ist dir aufgefallen, dass sich deine Augen seit der Zeremonie verändert haben? Unglaublich, welche Kraft die Sternengaben haben", sprach Armina plötzlich um das Schweigen zu beenden.

"Woher willst du wissen ob ich wegen meiner Sternengabe umgekippt bin oder nicht?"

"Man hat Gerüchte gehört. Vergil schien da ziemlich offen aus dem Nähkästchen geplaudert zu haben. Und nachdem ich deine Augen jetzt gesehen habe, weiß ich, dass die Gerüchte wahr sind. Sehr faszinierend", antwortete des Mädchen während ein Lächeln ihre schmalen Lippen zierte.

"Ich weiß nicht was daran so faszinierend sein soll? Für mich sind diese Sternengaben nichts weiter als ein Hirngespinst", murmelte Silver während er unsicher seine Hände knetete.

Armina zog den Verband fest um seinen Oberarm bevor sie meinte: "Weil du bestimmt noch keinem zuvor begegnet bist. Ich verstehe schon, dass es schwer zu verstehen ist, wenn alle nur von Legenden sprechen, welche man blind glauben sollte."

Silver nickte lediglich seufzend während er seinen Verband zögerlich begutachtete. Diese Mal drang kein Blut an die Oberfläche und an sich hielt er fest auf seinem Arm.

"Der letzte Zweifarbige in Morganhaven verschwand im letzten Krieg vor beinahe zwanzig Jahren. Du wirst vielleicht in deinem ganzen Leben keinen Gleichgesinnten treffen und trotzdem musst du an dieser Gabe festhalten und das Beste daraus machen", erklärte Armina während sie das Verbandsmaterial wieder verstaute.

"Ich bin nur ein Visionär, Armina. Ich kann keine Riesen beschwören oder ununterbrochen kämpfen. Ich denke nicht, dass ich zu der nützlichen Art de Zweifarbigen gehöre", murmelte Silver froh darüber seine Bedenken endlich mit jemandem teilen zu können.

"Du kannst die Zukunft sehen, Silver. Keines der Reiche würde freiwillig auf diese Fähigkeit verzichten. Diese Gabe kann die Türen zu den mächtigsten Adelsfamilie, wenn nicht sogar in fremde Schlösser, öffnen", erklärte das Mädchen während sie ehrgeizig lächelte. Sie wirkte als würde sie ihren eigenen Traum verfolgen.

"Ich will nicht fremde Adelshäuser oder Schlösser bereisen. Alles was ich will ist ein Krieger zu sein."

"Und selbst da hat dich deine Gabe unterstützt. Alistair hätte dich niemals zu Darius gebracht, hätte er nicht deine zweifarbigen Augen gesehen", antwortete das Mädchen überstürzt und versuchte Silvers Blick mit ihren grünen Augen einzufangen doch dieser wich ihr gekonnt aus.

Silver seufzte erzürnt eher er sprach: "Genau das ist das Problem. Alle sehen meine Augen aber nicht mein Talent oder der Mensch, der ich bin. Im Dorf wurde ich dafür gehasst und im Schloss bevorzugt ihr mich jetzt alle dafür?"

"Du verstehst es nicht", sagte Armina während sie beleidigt ihre Hände vor ihrem Körper verschränkte.

"Ja, ich verstehe nicht warum ich auf ein einziges Detail beschränkt werde. Ich bin dir für deine Hilfe dankbar, aber ich muss nun gehen", meinte Silver bevor er schlagartig den Raum verließ.

Natürlich wollte er nicht mit Armina streiten oder diskutieren oder was auch immer sie gerade getan hatten. Doch während ihres Gespräches waren ihm Erinnerung aus seiner Zeit bei seinem Vater hochgekommen. Selbst wenn dies noch nicht lange in der Vergangenheit lag, so wollte er doch nicht mehr daran denken wie die Leute ihn damals betrachtet hatten. Die Abscheu, die ihn verfolgt hatte, wenn er lediglich Material für seinen Vater hatte besorgen müssen.

Und nun gab das Mädchen vor ihm zu, dass er ohne seine Gabe keinerlei Zutritt zu dem Schloss bekommen hätte. Hätte seine Augen die gleiche Farbe wäre er zu diesem Zeitpunkt wahrscheinlich wieder zurück in der Schmiede von Kiran.

Silver hatte es ohne Frage bereits geahnt, wenn nicht sogar gewusst, dass er bevorzugt worden war doch unterbewusst hatte er dennoch geschafft sich selbst von dem Gegenteil zu überzeugen.

Während er hinaus in den Hof trat ging er erneut seine letzte Vision durch den Kopf. Sein Blick wanderte währenddessen zum Königsturm. Er hatte ohne Zweifel Mirabelles Tod gesehen doch sein eigener Unglaube ließ ihn zweifeln ob es eine gute Idee sei den König deshalb zu informieren. Silver wollte keineswegs für Aufregung sorgen wenn er sich selber nicht einmal sicher war ob er diesen Visionen Glaube schenken konnte.

Die nächsten Tage zogen nur so an Silver vorbei. Beinahe täglich waren er und Darius an einem der Trainingsplätze gewesen. Der König war ohne Frage stolz auf seinen Rekruten doch die Tatsache, dass Silver nicht mit ihm über seine Sternengabe sprach enttäuschte ihn.

Der Blonde verriet nicht ein einziges Detail. Und Darius wusste nicht ob Silver lediglich nie etwas Klares gesehen hatte oder es ihm einfach verschwieg. Jedoch versuchte er das Vertrauen des Rekruten zu stärken.

"Vergil, Silver wird heute Nachmittag der Patrouille meines Sohnes beiwohnen. Ihr könnt also gerne im Schloss bleiben", sprach der König während er gedankenverloren die unzähligen Briefe auf dem schweren Holzschreibtisch vor ihm durchsah.

Silver stand unschlüssig in einer Ecke des dunklen Raumes und musterte die beiden Brüder. Der Kommandant hatte ungläubig das Gesicht verzogen als er die Worte des Königs verstand.

"Seid Ihr Euch da sicher? Er könnte die gesamte Gruppe gefährden", offenbarte er seine Bedenken doch sein Bruder ging wie gewohnt nicht darauf ein. Stattdessen erhob er den Blick und warf Vergil einen strengen Blick zu: "Ich bin sein Ausbilder, Bruder. Und Euer König. Stellt meine Entscheidung nicht in Frage!"

Der Dunkelhaarige murmelte etwas undeutlich ehe er stürmisch den Raum verließ. Darius seufzte daraufhin genervt.

"Alistair wird in wenigen Stunden aufbrechen, Silver. Mach dich bereit. Training hast du heute dementsprechend keines.Und jetzt geh", der König deutete wild zur Tür ehe er ich wieder den Papieren vor ihm zu wandte. Der Angesprochene verließ daraufhin den Raum ohne es auch nur zu wagen eine Antwort zu geben. Darius schien gestresst zu sein. Er wollte nicht noch einen weiteren Grund hinzufügen.

Draußen im Hof blendete ihn die hohe Mittagssonne. Seine Haare waren zusammengebunden doch die Hitze, welche sie ohne zu zögern speicherte, trieb ihm den Schweiß ins Gesicht und in den Nacken. Er sollte sich tatsächlich endlich die Haare kürzen doch es fühlte sich für ihn falsch an es schon so früh zu tun.

"Hey Sil", begrüßte ihn in diesem Moment eine fröhliche Stimme, welche nun nach ihm aus dem

Königsturm hinaus trat. Alistair blieb neben ihm stehen und grinste breit.

"Du gehst heute also mit? Tausendmal besser als erneut meinen Onkel dabei zu haben", seufzte er während er sich schützend die Hand vors Gesicht hält.

Silver lachte kurz ehe er antwortete: "Vergil lässt mich nur ungern gehen. Es scheint als hätte er ein Problem mit mir."

"Der muss nur erstmal warm mit dir werden. Das ist einfach seine Art. Kühl und berechnend."

"Vermutlich hast du recht."

Der Prinz baute sich nur vor dem Rekruten auf und meinte: "Sieh zu, dass du in deine Rüstung kommst und dein Schwert geputzt ist. Wir treffen uns sobald wie möglich vor dem Tor. Dann brechen wir auf."

"So früh schon?",antwortete Silver überrascht während Alistair meinte: "Umso früher desto besser. Wir sollten vor Sonnenuntergang wieder zurück sein. Danach könnte es auf den Straßen etwas zu gefährlich für uns werden."

Ohne ein weiteres Wort gingen die Rekruten getrennte Wege und begannen sich vorzubereiten. Silver hatte zwar Hilfe beim Anlegen der Rüstung doch er war nach wie vor etwas tollpatschig mit dem Umgang und so dauerte es eine gefühlte Ewigkeit bis auch er auf das Tor zu schritt. Alistair und Armina standen bereits davor und plauderten während sie ungeduldig auf ihren Kameraden warteten.

"Du hast dir ganz schön Zeit gelassen", kam es nun auch von dem Prinzen woraufhin Silver lediglich eine Entschuldigung murmelte. Ohne eine weitere Minute zu verschwenden wurde der Ausgang geöffnet und die drei schritten hinaus in die wilde Natur. Vergils brennender Blick verfolgte sie bei jedem Schritt bevor seine Sicht durch das dicke Holz des Tores blockiert wurde.

Ihr Weg führte die Rekruten weg vom Schloss die Straße zum Dorf entlang. Nicht einer von ihnen wagte es dabei ein Wort zu sprechen. Das Mädchen schien dabei Silver bewusst auszuweichen. Als sei sie wütend auf ihn nach ihre letzten Gespräch. Alistair schien dies zu spüren und ging stets in der Mitte der Gruppe. Silvers Blick hingegen fixierte sich auf das Dorf,welches vor ihnen lag. Selbst von hoch oben konnte er das wilde Treiben dort erkennen.

"Vergil schickt uns heute durch das Dorf bis zum Wasser und wieder zurück", brach der Prinz schließlich das Schweigen.

"Dafür braucht er extra eine Patrouille? Was sollte das unten schon passieren, dass die königliche Armee Leute schickt?", fragte Armina verwirrt.

"Ich sah oft Männer des Königs durch die Straßen gehen. Auch oft bei unserem Haus vorbei. Allerdings machen sie dort meistens nie mehr als kleinere Streiterein schlichten", seufzte Silver während seine Gedanken zu seinem Vater wanderte. Ein Teil in ihm freute sich darauf zurück ins Dorf zu gehen und jedem, der ein schlechtes Wort über ihn gesprochen hatte, zu beweisen, dass er nun mehr war. Doch genauso wenig wollte er dabei auf den enttäuschten Blick von Kiran treffen.

"Wie meinst du reagieren die Leute, wenn sie dich sehen, Sil?", fragte Alistair plötzlich als hätte er seine Gedanken gelesen. Erschrocken zuckte der Blonde zusammen ehe er antwortete: "Ich weiß es nicht. Die

Meinungen über das Königshaus sind gespalten doch es würde ohne Frage Aufsehen erregen, wenn der Sohn des Schmiedes plötzlich bei der Armee ist."

Stille kehrte wieder ein. Sie wanderten den langen Pfad hinab, welcher Silver erst vor wenigen Tagen beschritten hatte um endlich seinen Traum zu verwirklichen. Die Sonne schien dabei unermüdlich auf die Rekruten hinab und Silver bereute die Entscheidung sich seine Haare nicht zusammen zu binden um Gegensatz zu Armina, welche ihre Haare elegant zusammen gewickelt hatte und mit ein paar Haarklammern befestigt hatte.

Schon nach weniger Zeit kamen ihnen die ersten Dorfbewohner entgegen. Einfache Bauern, welche sich auf den Weg zu ihren Herden machten. Sie alle warfen den Rekruten einen ehrfürchtigen Blick zu, welche jedoch meist an Silver hängen blieb.

"Die meisten erkennen mich ohne Zweifel wieder", meinte der Blonde während er einen alten Bauern beobachtete, der so eben an ihnen vorbei gegangen war und es kein bisschen versteckt hatte, dass er den Jungen wieder erkannte.

"Hör doch endlich auf dir deshalb Gedanken zu machen, Silver", sagte Armina und verwunderte dabei Silver mit ihrer plötzlichen Antwort.

"Lass es gut sein, Armina. Wir können nicht nachempfinden wie schwierig es vielleicht für Silver war so eine Entscheidung zu treffen. Wir musste nie unsere Heimat, Freunde oder Familie verlassen", verteidigte Alistair daraufhin seinen Freund ohne den Blick vom Weg zu lösen.

Silver seufzte ehe er murmelte: "Mein Vater wird mir vermutlich nicht einmal in die Augen sehen können."

Der erste Teil des Weges verging ohne ein weiteres Wort oder jegliche Schwierigkeiten. Beim See angekommen entschieden sie sich eine Pause zu machen. Erschöpft von der Hitze suchten sie nach einem Schatten und lenkten ihren Blick auf das ruhige Blau.

Unzählige Gedanken rasten dem Blonden durch den Kopf. Er konnte auf den Platz sehen auf dem er vor weniger Zeit noch gestanden hatte bevor er beschlossen hatte das Dorf zu verlassen. Er wollte keineswegs sentimental werden doch er hatte zu diesem Zeitpunkt unterschätzt wie schwerwiegend diese Entscheidung gewesen war.

"Ist alles in Ordnung?", fragte Armina ihn so plötzlich, dass er vor Schreck beinahe das Gleichgewicht verloren hatte. Sie hatte ihn bereits mehrere Minuten beobachtet.

"Es ist alles Bestens. Ich hing lediglich etwas meinen Gedanken nach."

"Das tust du gerne, was?", hakte die Adelstochter nach und warf dem Rekruten ein schiefes Grinsen zu. Silver kicherte kurz.

Der Blonde wandte seinen Blick zum Dorf woraufhin er Augenkontakt zu einem alten Mann aufbaute, welcher sichtlich betrunken auf die drei zu kam. Er humpelte, seine Kleidung war zerrissen und sein Bart hing lediglich ungepflegt an seinem Kiefer.

"Das bedeutet Ärger", meinte Silver, der bereits oft Zeuge von Auseinandersetzungen zwischen der königlichen Patrouille und ärmeren Bewohnern des Dorfes erlebt hatte.

Der Flasche, welche der Unbekannte eben noch fest umklammert gehalten hatte, zerschellte nun vor den Füßen der Krieger.

"Hat der König wieder genug Gold um euch hier runter zu schicken? Könnte ruhig mal ein wenig mehr davon in das Dorf fließen lassen. Manche von uns verhungern hier unten!", brüllte er.

"Sir, bitte beruhigt Euch. Wir sind hier um Eure Sicherheit zu gewähren", antwortete Alistair so höflich wie er konnte. Doch die Wut stand ihm ohne Frage in seine grünen Augen geschrieben.

"Wo wart ihr denn wie sich gestern zwei in der Taverne beinahe abgestochen haben? Oder als der Sohn von Kiran verschwand?"

Silver zuckte bei dem Namen seines Vaters zusammen. Er wollte darauf reagieren, wollte ihm erklären warum er gegangen war. Doch der Kloß in seinem Hals machte das Sprechen unmöglich.

"Kirans Sohn ist nicht verschwunden", meinte der Prinz während er auf den Blonden deutete und weitersprach: "Er ist nun ein stolzes Mitglied der königlichen Armee."

Geschockt wandte de Betrunkene nun seinen Blick Silver zu. Seine Augen weiteten sich als er die zweifarbigen Augen erkannte.

"Du Verräter!", schrie er daraufhin und versuchte den Blonden am Kragen zu packen. Doch Armina reagierte schneller und zog ihr Schwert. Stumm hielt sie es zwischen den Rekruten und seinem Angreifer.

Als dieser bemerkte, dass er nicht näher an ihn heran kam fuhr er fort: "Weißt du, dass dein Vater am Boden zerstört ist? Seine Schmiede steht seit dem Tag still. Ist so gut wie pleite. Hat sein gesamtes Geld in der Taverne versoffen."

Silver betrachtete nun das grüne Gras zu seinen Füßen. Er schluckte hart. Wollte sich verteidigen, doch er konnte nicht die richtigen Worte finden. Der Rekrut wusste, dass er seinen Vater verletzt hatte, als er einfach gegangen war. Doch nie hatte er damit gerechnet, dass er ihn brechen würde.

"Wie ziehen ab", beendete schließlich der Königssohn das Gespräch.

Ohne auch nur ein weiteres Wort wandten sich die Krieger ab und machten sich auf dem Weg zurück ins Schloss. Silver blieb dabei die ganze Zeit über still. Die Sätze des Fremden spukten in seinem Kopf herum und ließen ihn keinen klaren Gedanken mehr fassen.

DREI

"Du bist heute so unkonzentriert, Silver. So kann ich mit dir nicht arbeiten", sprach Darius nachdem Silver erneut unter Schweiß zusammenbrach und es versäumt hatte, das Schwert des Königs abzuwehren. Blut tropfte von seiner Stirn aus der kleinen Wunde, welche die Spitze der scharfen Klinge verursacht hatte.

"Es tut mir leid, Herr", murmelte der Blonde während er sich versuchte zu verbeugen. Seine schwere Rüstung und die müden Knochen erschwerten allerdings sein Vorhaben.

"Steh auf", sprach der König streng und packte ihn dabei am Arm nur um den Rekruten auf Augenhöhe zu ziehen.

"Ich bin dein Ausbilder und damit deine Vertrauensperson. Also sag mir endlich was los ist. Ansonsten unterbreche ich unser Training bis du endlich deinen Mund öffnest."

Silver senkte schuldbewusst den Kopf. Er hatte die ganze Nacht kein Auge zugemacht, so war es nicht überraschend, dass er kaum Kraft für seine Ausbildung hatte. Darius forderte ihn. Allerdings nicht mehr als an anderen Tagen.

Als sein Schüler immer noch nicht reagiert hatte, zog der Herrscher ihn noch fester an sich heran. Er versuchte dessen Blick zu finden doch Silver entzog sich diesem jedes Mal aufs Neue.

Der Blonde spielte ohne Frage mit dem Gedanken ihn über seine letzte Vision in Kenntnis zu setzen. Doch dieser Fremde während seiner Patrouille hatte sein gesamtes Selbstbewusstsein hinsichtlich seiner Gabe restlos zerstört. Er schenkte sich doch selbst keinen Glauben. Wie sollte Silver dies dann vom König verlangen?

Darius lies ihn ruckartig los und schubste ihn in dieser Bewegung ein paar Meter zurück. Wild drehte er ihm seinen Rücken zu und fuhr sich durch den verschwitzten Nacken. Sein Rekrut hatte währenddessen die Mühe nicht nach hinten zu stolpern. Sein Ausbilder hatte mehr Kraft als man zuvor erahnen konnte.

"Vertraust du mir nicht, Silver?", fragte der Herrscher plötzlich ruhig und senkte den Blick zu Boden. Die plötzlichen Worte des Rothaarigen ließen ihn nun restlos verstummen. Steif blickte er zu Boden während ihm der Angstschweiß auf die Stirn trat.

Seinen Ausbilder und König zu enttäuschen war das absolut letzte, was er wollte. Er kam sich gerade vor wie in einem schrecklichen Albtraum. Stets versuchte er aufzuwachen aber egal wie fest er sich zwickte, es hatte kein Ende.

"Herr!", rief plötzlich ein Soldat, welcher zwischen den Bäumen hervor stolperte. Er war verschwitzt, die dunklen Haare klebte an seiner nassen Stirn. Die Angst stand ihm ins Gesicht geschrieben. Doch das wohl Schrecklichste an seinem Anblick war das Blut, welcher seine Brustplatte und Armschienen bedeckte.

"Was ist passiert?", fragte der König während er wild herumwirbelte. Silver konnte währenddessen den Blick nicht von dem vielen Blut nehmen. Es tropfte zu Boden und hinterließ dort ein Mal. So dunkel und düster, wie es nur Blut vermochte zu tun.

"Die Königin..Wir wurden auf ihrem täglichen Spaziergang angegriffen", stotterte und ächzte der Soldat. Er wollte erneut den Mund öffnen um weiterzusprechen, doch mehr wollte Darius nicht hören. Sofort stieß er ihn aus dem Weg und lief in Richtung des Schlosses zu.

Auch sein Rekrut zögerte in diesem Moment nicht lange. Die Vision schoss durch seinen Kopf und innig hoffte er, dass er sich geirrt hatte. Doch mit jedem Schritt, den er lief, wurde ihm klarer, dass er den Mund hätte aufmachen sollen. Der Herrscher hätte ihm vermutlich Glauben geschenkt und hätte Mirabelle in Sicherheit gebracht.

Als Silver endlich aus dem Wald hinaus kam und das Schloss erblicken konnte, bemerkte er sofort die ungewöhnliche Anzahl von Soldaten, welche vor dem Tor standen. Am Horizont zogen bereits erste dunkle Wolken auf und es würde nicht mehr lange dauern bis die ersten Regentropfen den Boden berühren würden.

Darius kämpfte sich vor ihm durch die Soldaten durch, welche augenblicklich Platz machten als sie den König bemerkten. Silver wollte ihm folgen doch jemand griff nach seinem Handgelenk und riss ihn herum. Armina drehte ihn zu sich herum und musterte ihn mit Tränen in den Augen.

"Das willst du nicht sehen", murmelte sie und wandte den Blick zu Boden.

"Was ist denn passiert?", fragte der Rekrut nervös.

Doch noch bevor das Mädchen, den Mund öffnen konnte zerriss ein markerschütternder Schrei die Luft. Die Stimme war unverkennbar und beinahe augenblicklich senkte jeder Anwesende den Blick. Darius währenddessen verfiel in blanke Verzweiflung. Während die ersten Regentropfen zu Boden fielen konnte man still sein Schluchzen vernehmen.

Der Regen wurde schnell stärker und Blut drang zwischen den Soldaten hervor und färbte nun auch das Gras zu Silvers Füßen rot.

"Mirabelle?", fragte er Armina vorsichtig und beinahe unhörbar.

Diese nickte lediglich während die ersten Tränen über ihr Gesicht liefen. Vorsichtig zog der Blonde sie an sich heran und schloss sie ihn eine Umarmung. Durch die Rüstung war er etwas ungelenk doch sie schmiegte sich augenblicklich an ihn heran.

Währenddessen wurde sein Gewissen mit dieser Erfahrung gebrandmarkt. Hätte er es verhindern können? Sein Unglaube hatte nun ein Leben geopfert. Die Bilder seiner ersten Vision drangen erneut in seinen Kopf und die Angst krallte sich um seinen Brustkorb. Schnürte ihm beinahe die Luft ab.

Nur wenige Tage vergingen als sich wohl die gesamten Bewohner des Schlossen etwas Abseits versammelt hatten. Dort wo die Gefallenen beerdigt und gewürdigt wurden. Darius hatte den Königsturm kaum verlassen und auch Alistair war kaum anzutreffen gewesen. Vergil kümmerte sich derzeit um die Verpflichtungen eines Königs. Doch Silvers Ausbildung war stehen geblieben.

Langsam hoben vier Soldaten den edlen Sarg in das zuvor geschaufelte Loch. Darius stand dicht daneben. In seiner Hand eine rote Blume. Sein Körper in edelstem schwarzen Stoff gewickelt. Doch keine Krone, keine Juwelen. Sein zermürbtes Gesicht, welches durch die Augenringe sehr alt wirkte, nahm ihm jegliche königliche Eleganz.

Sein Sohn stand dicht neben ihm. Trug ähnliche Kleidung doch hielt stattdessen eine weiße Blume. Reden wurden gesprochen und Mirabelles Leben wurde geehrt. Doch Silver bekam davon nichts mit. Starr stand er innerhalb der Reihen neben Armina und hatte den Blick zu Boden gerichtet.

Schuldgefühle zerfraßen ihn. Hätte er auf Arminas Worte gehört und hätte mit Darius gesprochen wäre ihr Tod vermeidbar gewesen. Doch sein Stolz war ihm im Weg gestanden. Die Angst, dass man ihn wie früher lediglich als bescheuert einstufen würde.

Langsam hob er den Kopf und lenkte seinen Blick zum König. Schock durchzuckte ihn als er feststellte, dass dieser ihn beobachtet hatte. Die grünen Augen waren emotionslos und kalt. Vereinzelte Tränen spiegelten sich darin wieder. Doch sie gaben Silver keine Antwort darauf, was dieser in dem Moment wohl denken mochte. Vielleicht wusste er ja bereits von seiner Vision und überlegte wie er seinen Rekruten am besten verbannen könnte.

Die Tage vergingen und Silvers Befürchtung hatte sich nicht bestätigt. Darius hatte sich zurück gezogen. Nur sehr selten war er im Hof anzutreffen und selbst dann schien er nicht an Gespräche interessiert zu sein. Wie sehr sich die Bewohner von Morganhaven auch anstrengten. Niemand kam auch nur ansatzweise an den König heran.

Der Blonde ließ einen schnellen Blick darüber gleiten. Trauer spielte in dem Schloss nach wie vor die Hauptrolle. Das Lachen war verstummt und sie alle trauerten um ihre geliebte Königin.

Die Rüstung lag schwer auf seinem Körper während Silver sich auf das Tor zubewegte. Armina und Alistair hatten ihm angeboten ihn etwas bei der Ausbildung zu unterstützen. Sie waren ohne Frage weiter als er und sein Ausbilder machte im Moment keinerlei Anstalten das Training fortzusetzen.

Als er das Schloss verlassen hatte fiel sein Blick sofort auf eines der Felder. Kampfpuppen waren dort aufgestellt worden. Arminas Haare glänzten unverkennbar rot im Licht der Nachmittagssonne während sie mit ihrem Schwert immer wieder auf eine der Puppen einschlug. Alistair stand lediglich daneben und beobachtete sie. Nach und nach gab der Prinz ihr Anweisungen.

Silver kam näher und begrüßte die beiden mit einem schnellen Nicken. Armina erwiderte den Gruß schnell bevor sie erneut ihr Schwert erhob. Zögerlich suchte sich der Blonde Platz neben dem Königssohn. Vorsichtig musterte er ihn und fragte leise: "Wie geht es dir?"

Langsam senkte Alistair den Blick und antwortete murmelnd: "Ich vermisse sie. Doch ich versuche meinen

Kummer im Training zu vergessen. Ich will mich nicht so zurückziehen wie mein Vater."

Nun ließ auch Armina von der Puppe ab und wandte sich zu den beiden um. "Das was Darius macht ist auch eine Katastrophe. Wir brauchen unseren König."

"Hab doch etwas Rücksicht, Armina. Er hat seine Geliebte verloren", antwortete Silver harsch.

"Das ändert nichts daran, dass er ein Königreich zu führen hat", meinte das Mädchen bitter und verschränkte ihre Arme nachdem sie ihr Schwert zurück in die Scheide an ihrem Gürtel geschoben hatte.

"Armina hat Recht, Silver. Ein König sollte da drüber stehen können", sprach Alistair bitter und hob den Blick in Richtung des Himmels. "Mutter würde nur ungern sehen wie er sich wegen ihr schleifen lässt."

"Wir können doch nicht erwarten, dass er nach dem Tod seiner Frau so funktioniert wie vorher", meinte Silver ungläubig und schwankte mit seinen Gedanken zu seinem Vater. Oft hatte er gehört wie fröhlich und offen Kiran war bevor die Liebe seines Lebens ihn auf ewig verlassen musste. Nicht einen einzigen Tag danach hatte er noch so funktioniert wie er es zuvor getan hatte.

"Dann hätte er Vergil den Thron geben sollen", meinte die Rothaarige streng. Der Königssohn nickte als Bestätigung.

"Und der Kommandant hätte über so ein Geschehen hinwegsehen können?"

Alistair sog beinahe lachend die Luft ein und sprach: "Du kennst meinen Onkel doch mittlerweile etwas. Der ist kalt wie Eis. Der hätte wahrscheinlich auch nur als Mittel zum Zweck irgendeine Adelige geheiratet um den Thron in unserer Familie halten zu können."

"Aber das wären düstere Zeiten für Morganhaven geworden", murmelte Armina und senkte den Blick zu Boden.

"Vergil greift sich im Moment den Thron, Armina. Wenn mein Vater sich nicht bald wieder aufrichtet wissen wir beide, was dann der Fall ist."

Silvers verwirrter Blick musterte die beiden Kinder des Adels bevor Alistair fortsetzte: "Ab einem gewissen Punkt kann die Königsfamilie darüber abstimmen ob der König oder die Königin noch in der Lage ist zu herrschen. Sollte das nicht mehr der Fall sein wird der nächste Thronerbe auf den Thron gesetzt. In dem Fall also Vergil."

"Und du glaubst, dass es soweit kommen könnte?", fragte der Blonde unsicher. Die Idee, dass Vergil über Morganhaven herrschen sollte bereitet ihm ein merkwürdiges Gefühl im Magen.

"Wenn Darius sich nicht bald aufrafft wird Vergil wahrscheinlich auf dieses Recht plädieren", meinte Armina gedämpft.

"Ziemlich sicher sogar. Mein Onkel war immer schon scharf auf den Thron."

Als hätten sie ihr heraufbeschworen zerschnitt plötzlich die tiefe Stimme des Kommandanten die Luft. Wie immer trug er eine dunkle Lederkleidung, welche seine blauen Augen nur noch mehr hervorstechen ließen. Die Hände hatte er hinter dem Rücken verschränkt und sein Blick war wie gewohnt emotionslos.

"Ihr werden im Morgengrauen zur Patrouille aufbrechen. Die See entlang bis kurz vor die Grenze von Dielonera", setzte er die drei Rekruten in Kenntnis während er auf sie zu trat.

"Ihr wollte drei Rekruten im Morgengrauen in Richtung Dielonera schicken, Onkel? Verlangt Ihr uns da nicht etwas zu viel ab?" Alistair musterte Vergil verwirrt. Obwohl Armina und er bereits länger in Ausbildung waren als Silver deuteten ihre Blicke stark an, dass sie nur ungern in Richtung Dielonera marschieren wollten.

Der Bruder des Königs verzog den Mund zu einem merkwürdigen Grinsen und nickte langsam. "Ihr werdet morgen früh aufbrechen. Für dich wird es Zeit Verantwortung zu übernehmen. Dein Vater wird dir nicht ewig alles nachtragen können. Schon gar nicht in seiner Verfassung, Neffe."

Der Königssohn sah seinen Onkel an als wolle er ihm gleich an die Kehle fallen. Doch er wagte es nicht seine Stimme gegen ihn zu erheben. Im Moment war Vergil mehr oder weniger der König von Morganhaven. Er hatte ihm zu gehorchen. Ob blutsverwandt oder nicht.

Silvers Augen funkelten unsicher. Er beobachtete das stille Gefecht der Adeligen bevor die eisblauen Augen des Kommandanten plötzlich auf ihm ruhten. "Du siehst dich doch dazu im Stande, Silver? Oder sollte ich jemand anderes statt dir schicken?"

Treffer. Das Ego das Blonde wehrte sich nach diesem Angriff und so nickte der Rekrut schnell. Er fühlte sich definitiv nicht in der Lage nach Dielonera zu gehen und heile wieder raus zu kommen. Doch um nichts in der Welt wollte er Vergil diesen Triumph schenken.

"Na dann", nickte der Kommandant kurz und wandte sich wieder von den Rekruten ab. Stolz marschierte er zurück zum Schloss.

Ärger hatte sich in Alistairs Gesicht gefressen während er seinen Onkel betrachtete.

"Ich werde ihm nie ganz vertrauen können", meinte Armina während sie sich mit verschränkten Armen dicht an die Schulter des Königssohns stellte.

"Du traust ihm eine Menge zu, was?", fragte dieser während er der Rothaarigen einen schnellen Blick zuwarf.

"Im Moment hätte er eine Chance auf den Thron. Sag nicht, dass du nicht erwartest, dass er dich da loswerden möchte?"

"Ich erwarte gar nichts. Aber ich werde deine Sorge im Kopf behalten. Ihr werdet sehen, zum Abendrot sind wir morgen wieder zurück."

"Dann hoffe ich, dass du recht behältst", meinte Armina während sie wieder nach ihrem Schwert griff und damit auf eine der Trainingspuppen schlug. Das Stroh, womit die Puppen gefüllt waren, wirbelte dabei durch die Luft.

Alistairs Blick folgte währenddessen Vergil, welcher durch das Tor des Schlosses schritt. Seine Miene war unergründlich. Silver versuchte seine Emotionen zu verstehen doch er hatte keine Chance.

Allerdings hatte er auch nicht lange Zeit dazu. Weiße Punkte tanzten in seinem Blickfeld. Leise fluchend kniete er sich auf den Boden. Langsam schloss er die Augen.

"Sil?", fragte Armina vorsichtig. Der Blonde konnte ihre Schritte spüren als sie langsam auf ihn zu kam.

"Vision", antwortete Silver schnell bevor die Schwärze ihn umhüllte. Das Gleichgewicht seines Körper verschwand und er kippte nach vorne in die Arme der Rothaarigen.

Ein Bild formte sich langsam vor seinem inneren Auge. Dunkler Nebel umhüllte eine düstere Umgebung. Im Hintergrund zeichnete sich nur langsam ein schwarzes Gebäude ab. Mächtig und gigantisch. Der Rekrut meinte zu wissen, dass es eine Burg oder ein Schloss sein musste.

Nachdem das Bauwerk sich gefestigt hatte erschienen Augen in dem Nebel. Sie hatten zwei verschiedene Farben. Eines war rot und das andere schwarz wie die Nacht. Ein Zweifarbiger.

Plötzlich wurde das Bild ausgetauscht. Silver sah Feuer. Nichts weiter als Feuer, dessen Hitze seinen ganzen Körper erwärmte und ihn gefühlt erblinden ließ.

Vertraue.

Eine weibliche Stimme hatte gedämpft geflüstert. Kaum zu verstehen unter dem Lärm des Feuers.

Keine Sekunde später war der Blonde wieder vor dem Schloss in Morganhaven auf dem Übungsplatz. Sachte erhob er sich während Alistair und Armina ihn vorsichtig musterten.

"Was hast du gesehen?", fragte die Rothaarige vorsichtig.

Silver schüttelte seinen Kopf und erhob sich. "Lass mir kurz eine Sekunde", murmelte er während der Rekrut einen Kreis mit seinen Schritten formte und versuchte die Bilder zu verarbeiten.

"Dunkelheit. Einen Zweifarbigen. Zumindest die Augen.Schwarz und Rot. Und Feuer. Eine Menge Feuer."

"Einen Zweifarbigen?", fragte der Königssohn ungläubig.

"Einen Hinweis auf eine neue Sternengabe in Morganhaven?", antwortete die Rekrutin nachdenklich.

"Ich weiß es nicht. Es war ein Gebäude zu sehen. Vermutlich tatsächlich eine Burg oder ein Schloss. Aber definitiv nicht Morganhaven."

Alistair verschränkte erneut die Arme während er sprach: "Dielonera? Skaria?"

Silver zuckte als Antwort lediglich mit den Schulter. Er hatte die anderen Reiche bereits auf Gemälden gesehen doch das Bild in seinem Kopf war viel zu düster gewesen um Details ausmachen zu können.

"Vielleicht eine Warnung vor der Patrouille morgen?", führte Armina die Gedanken nun weiter. Mit der Folge, dass dem Blonden nun der Geduldsfaden riss. Nach dem Tod der Königin verstand er, dass seine Vision Gewicht hatten und er sie auf keinen Fall ignorieren durfte. Doch, dass die anderen beiden nun Theorien spannten, wo er doch gar nicht wusste, was genau er gesehen hatte oder wie er es verstehen durfte, zehrte an ihm.

"Ich weiß es nicht! Ich weiß es einfach nicht, Armina. Und selbst wenn ich es wüsste, welchen Unterschied würde es machen? Vergil würde niemals auf mich hören. Er schickt uns morgen da raus. Ganz gleich, welche Gefahr uns eventuell drohen könnte", antwortete er beinahe schreiend. Silver spürte klar die Abneigung des Kommandanten. Er wusste, dass der dem Schwarzhaarigen ein Dorn im Auge war. Darius war nicht ansprechbar so wurde seine Vision absolut nutzlos. Eine Last, welche nun ebenfalls schwer auf seine Schulter drückte.

"Da hast du wahrscheinlich recht", murmelte Alistair und wandte den Blick wieder ab.

"Auf jeden Fall sollten wir mit einem Zweifarbigen rechnen. Vielleicht lässt sich auch herausfinden, ob die Farbe der Augen bereits auf eine Sternengabe zugewiesen sind", schlug der Blonde nun vor woraufhin der Prinz lediglich nickte.

"Hat Morganhaven so ein Register?", fragte das Mädchen vorsichtig und warf ihm einen schnellen Blick zu. Alistair nickte daraufhin kurz. "In der Königsbibliothek. Mein Großvater hatte da einen Fabel für."

"Darius hat mir schon einmal von ihm erzählt. Angeblich wusste er auch die Farben der Visionäre."

"Nur entwickeln sich Sternengabe auch erst über die Jahre. Von roten und schwarzen Augen hätte ich noch nie etwas gelesen", warf der Prinz daraufhin nachdenklich ein.

Es kam wie Alistair gesprochen hatte. Beinahe die ganze Nacht hatten die Rekruten die Bibliothek durchforstet. Stetig darauf bedacht, dass niemand Silver und Armina dabei entdecken würde. Für gewöhnlich hatte lediglich die königliche Familie Zugriff auf die Sammlung doch der Königssohn hatte absolut keine Lust darauf gehabt, alles alleine zu durchsuchen. Sie fanden die unterschiedlichsten Kombinationen. Ob rot und grün, grün und blau oder schwarz und violett. Doch von rot und schwarz war keine Spur zu finden. Selbst als sie versucht hatten sich einen Reim aus den anderen Fähigkeiten zu machen konnte sie beim besten Willen nicht erraten worum es sich handeln mochte. Doch alles was sie wussten war, dass diese außergewöhnlichen Farben auf Gefahr hindeuten mochten. Umso ausgefallener die Farbe umso gefährlicher konnte der Träger werden.

Nach lediglich zwei Stunden Schlaf war Silver wieder auf den Beinen. Seine Vision ging ihm nicht aus den Kopf und er würde lügen wenn er behaupten würde, dass diese ihm keine Angst machte. Er war ohnehin angespannt seit Darius' unfreiwilligen Rücktritt vom Thron. Die Vision und der bevorstehende Auftrag linderte seinen Stress nicht.

Zwei Diener der Krieger schlichen um ihn herum und schnallten seine Rüstung eng an seinen Körper. Silver stand dabei vor dem Spiegel in seinem Schlafgemach und fixierte seine Augen. Blau und grau schimmerten sie in dem fahlen Licht der Sonne, welche nur langsam über dem Himmel aufstieg.

Darius hatte nicht gelogen. Seit seiner ersten Vision waren die Farben viel kräftiger geworden. Es war nun nicht mehr zu leugnen, dass er eine Sternengabe besaß. So sehr der Blonde auch auf sie verzichten wollen würde. Doch Armina hatte Recht. Für Morganhaven könnte sie eines Tages ein starker Triumph werden. Mit etwas Erfahrungen würden die Vision vielleicht auch ersichtlicher und klarer werden. Einfacher zu deuten.

Er wusste, dass Feuer für Zerstörung stand. Doch Silver kam nicht darauf um wessen Zerstörung es sich handelte. Auch konnte er nicht ausmachen, welches Gebäude er gesehen hatte. In derselben Nacht hatte der Rekrut noch Bilder in Büchern von Dielonera und Skaria gesehen. Hatte auf jedes Detail geachtet und so gut er konnte mit seiner Vision verglichen. Doch er fand keinen Ansatzpunkt.

Die letzte Schnalle über seinen Rippen wurde festgezogen um die Brustpanzer zu spannen und schon war Silver bereit zu Aufbruch. Er war nervös. Verschwendete weitere Minuten vor dem Spiegel während die Diener flink alles um ihn herum aufräumten und das Zimmer verließen. Sein Blick fiel auf das Schwert, welches hinter ihm in Stoff eingehüllt auf dem Bett lag. Zweifel erfüllten ihn. Nach wie vor unwissend darüber ob er tatsächlich den richtigen Weg gegangen war.

Er atmete tief durch bevor er sich die Waffe schnappte, auspackte und in die Scheide an seiner Rüstung schob. Für Gedanken hatte der Blonde nun keine Zeit mehr. Er wollte Morganhaven verlassen bevor Vergil ihn noch anschnauzen konnte.

Armina und Alistair warteten bereits ungeduldig vor dem Tor als Silver auf sie zukam. "Verspätung ist schick, was?", rief Armina ihm bereits von weitem zu und warf ihm ein schiefes Grinsen zu.

Der Blonde war überrascht, dass der Prinz nicht seine gewöhnliche Rüstung trug. Stattdessen schimmerte diese golden im Licht.

"Neue Rüstung, Alistair?", fragte er bevor Silver vor ihm stehen blieb.

"Vaters Rüstung. Sie ist besser als meine und im Moment benötigt er sie nicht", antwortete dieser trocken.

"Hast du sie gestohlen?", fragte das Mädchen ungläubig und Alistair schüttelte lediglich kurz mit dem Kopf. Die Rothaarige schien dies als Antwort nicht zu genügen doch sie sprach kein weiteres Wort mehr.

Der Königssohn deutete lediglich kurz auf das Tor und kündigte damit den Anbruch an. Die anderen beiden fügten sich ohne Widerworte seinem Kommando. Die Soldaten auf der Mauer öffnete ihnen das Tor ein Stück und ließ die drei Rekruten durchgehen.

Und so machten sie sich auf den Weg. Ohne eine Ahnung davon zu haben was sie erwarten könnte doch sie alle drei trugen Angst tief in sich. Sie versuchten es zu verstecken. Den anderen zu verheimlichen. Doch die Schweigsamkeit, mit der sie diesen Weg beschritten, ließ das tiefe Gefühl die anderen spüren. Es verband sie auf einer Ebene. Auf einer Ebene auf der sie nicht miteinander verbunden sein wollten. Sie waren zukünftige Krieger Morganhavens, welche dafür bekannt waren stark und tapfer zu sein. In jeder Sekunde dazu bereit ihr Leben für das des Königreiches zu opfern.

Die Sonne ging mit ihnen diesen Weg. Immer höher steigend als würde sie die Rekruten beobachten. Mit einer Hitze, die Silver an das Feuer in seiner Vision erinnerte. Die langen zurück gebundenen Haare klebten auf seiner Stirn und Schweiß stand in seinem Nacken. Seit seiner Ankunft in Morganhaven schien das Wetter verrückt zu spielen. Als wolle der Winter noch auf sich warten lassen.

Viel zu schnell hatten sie das Dorf durchschritten und kamen der Grenze nun immer näher. Schweigsam waren sie an der ehemaligen Heimat des Blonden vorbei getreten. Klar und deutlich hatte man das Aufschlagen des Hammers in der Schmiede gehört. Dunkler Rauch stieg aus dem Schornstein auf und verlor sich im blauen Himmel.

Verzweifelt hatte er versucht sich neben Alistair zu verstecken. Ein Treffen mit seinem Vater um jeden Preis zu vermeiden. Doch vermutlich hatte es sich ohnehin im Dorf bereits herum gesprochen. Klatsch und Tratsch war heiß begehrt. Schenkte dem einsamen Leben der ärmeren Bevölkerung einen Sinn im grauen Alltag.

"Wir erreichen bald die Grenze. Davor legen wir eine Pause ein. Ich möchte, dass wir alle dort möglichst konzentriert sein können", sprach Alistair ohne den Blick von dem Weg vor sich abzuwenden.

"Wir patrouillieren doch nur bis zur Grenze. Hab ich was verpasst? Wofür die Pause?", hackte Silver nach.

"Ich hab die Anweisung heute Morgen noch erhalten. Vergil will uns an der Grenze behalten bis wir abends von anderen Soldaten abgelöst werden."

Der Blonde konnte den tiefen Seufzer nicht unterdrücken. Auch Armina wirkte mit den Anweisungen kein bisschen zufrieden doch der Prinz schien sich damit bereits abgefunden zu haben. Vorsichtig lehnte er sich gegen einen der Bäume, welche vereinzelt auf dem Feld standen und nur wenig Schatten spendete.

"Warum hast du dich da nicht dagegen gewehrt, Alistair? Wir sind doch lediglich Rekruten", fragte das Mädchen erschüttert. Unglauben stand in den sonst so funkelnden Augen.

"Ich hätte dem Thronfolger widersprechen sollen? Hörst du dir zu, Armina?"

"Thronfolger?", wiederholte sie gedämpft. Der Unglauben war nun Schock gewichen, welcher sich durch jede Facette ihres blassen Gesichtes zog.

"Vater wird sich nicht mehr aufrappeln. Er hat sich seit Tagen nicht vorm Volk gezeigt", sprach der Königssohn düster.

"Du könntest doch dein Erbe beanspruchen. Du bist Darius' Sohn."

"Ein König, welcher noch nicht einmal seine Kriegsausbildung absolviert hat? Du machst dich lächerlich."

Silver beobachtete währenddessen stumm die Diskussion. Er war sich unsicher ob es ihm zustand sich eine Meinung zu bilden. Eventuell war er dafür noch nicht lange genug auf Morganhaven. Der Blonde wollte um keinen Preis die Königsfamilie beleidigen und schon gar nicht Alistair, welcher sich doch als Freund herausgestellt hatte. Zumindest bis zu diesem Punkt. Es war ihm nicht entgangen, dass er sich mit dem Tod von Mirabelle veränderte und tief im Herzen rief er jeden erdenklichen Schöpfer an, dass diese Veränderung nicht ins Schlechte führen sollte.

Armina hatte sich währenddessen vom Prinzen abgewandt. Sie haderte offensichtlich mit sich selbst. Schien regelrecht Angst vor Vergils potenzieller Herrschaft zu haben.

"Vielleicht täuschst du dich in Vergil?", fragte Silver das Mädchen so plötzlich, dass sie zusammen zuckte.

"Das kommt ausgerechnet von dir? Du warst doch gestern alles andere als erfreut zu hören, dass er König werden könnte."

"Keiner von euch beiden kennt meinen Onkel so wie ich es tue also hat keiner von euch das Recht ihn zu verurteilen! Und nun packt eure Sachen, wir brechen wieder auf!", fuhr Alistair seine Kameraden plötzlich an. Sein Blick war schärfer als die Klinge seines Schwertes.

Die drei wanderten nicht lange bis der Königssohn plötzlich stehen blieb. Weder Armina noch Silver hatten sich während des Marsches getraut auch nur ein Wort zu sprechen. Sie hatten Angst. Nicht vor Alistair und seiner Reaktion sondern, dass er Vergils Herrschaft befürwortet und nicht daran dachte etwas dagegen zu unternehmen. Es schien beinahe als würde er mit sich selbst verhandeln. Unsicher dessen, was er wollte, wozu er imstande war und was das Beste für sein Reich war.

"Seht ihr das da vorne?", fragte der Prinz und deutete auf ein Gebäude, welches tief in einem dichten Nebel versteckt war. Es war groß. Das war allerdings auch alles, was Silver sehen konnte. Es schien als hätte die Sonne die Gruppe verlassen, als sie der Grenze immer näher kamen. Die Luft war spürbar kälter geworden.

"Schloss Dielonera", murmelte Armina gedämpft.

"Ganz genau. Wir beginnen ab diesem Punkt mit der Patrouille, laufen durch den Wald aufs nächste Feld. Dort erwartet uns die zweite Einheit später", kündigte Alistair an und zeigte nun mit seiner Hand nach links. Ein großer düsterer Wald tat sich unweit von den Rekruten auf. So düster als wäre er einer Geistergeschichte entsprungen.

Sie brachen auf in Richtung des Bäume. Silver konnte währenddessen den Blick nicht von dem dunklen Gebäude lassen. Gespenstisch stand es etwas erhöhter auf einem Hügel und schien die drei regelrecht zu beobachten. Dem Blonden war unwohl zumute. Der Schweiß in seinem Nackten hatte sich mittlerweile in Angstschweiß verwandelt. Immer öfter lief ihm der Gedanke durch den Kopf ob er mit seiner Ausbildung den richtigen Weg gewählt hatte wenn er nun bereits auf einer einfachen Patrouille Angst verspürte. Wobei einfach in diesem Fall noch ein gewagtes Wort war.

Armina hatte derweil ihre rechte Hand auf den Griff ihres Schwertes gelegt. Die Rothaarige rechnete jederzeit mit einem Hinterhalt von dielonerischen Soldaten. Bevor sie sich für den Pfad des Krieger entschieden hatte, hatte ein Privatlehrer ihr die Vorgänge der vergangene Kriege zwischen Dielonera und Morganhaven erklärt. Sinera war dafür bekannt aus dem Dunklen heraus anzugreifen und seine Feinde zu überraschen.

Allerdings blieb alles ruhig. Tiere hüpften durch das Gebüsch und ließ die Patrouille kurz zusammenfahren. Doch als die Sonne, welche nach wie vor hinter Wolken und Nebel versteckt war, ihren Weg durch das Dickicht der Bäume vor ihnen bahnte hörte man zwei der Rekruten aufatmen.

"Freut euch nicht zu früh. Wir sind bis Sonnenuntergang hier", meinte Alistair bitter, welcher den beiden die Diskussion wohl nach wie vor nicht verziehen hatte.

"Ich weiß", antwortete Armina und musterte den Königssohn, welcher vor ihr ging.

Doch umso näher sie dem Ausgang des Waldes kamen umso unruhiger wurde Alistair. Schließlich riss er sein Schwert aus der Scheide am Gürtel und ging hinter einem Baum in Deckung. Seine beiden Kameraden taten ihm nach.

"Was ist los?", flüsterte Silver kaum hörbar.

"Ich habe was gehört. Viel zu dumpf als, dass es ein Tier sein könnte", erklärte der Prinz ohne den Blick vom Ausgang zu nehmen.

"Eine feindliche Patrouille?", fragte Armina nach.

"Möglich."

Silver öffnete den Mund um zu antworten. Doch bevor auch nur ein Ton seine Lippen verlassen konnte verspürte er einen dumpfen Schlag gegen seinen Hinterkopf. Warmes Blut tropfte auf das Laub unter ihm während er augenblicklich das Bewusstsein verlor.

"Darius wird König, Vergil. Er ist der Ältere", sprach Zeltin während er sich zu seinem Sohn um wandte. Vergil kniete vor ihm. Die neue Lederrüstung schmiegte sich an seinen muskulösen Körper während ihm die schwarzen langen Haare ins Gesicht fielen.

Er hatte seinen Vater am frühen Morgen aufgesucht als er die Nacht zuvor von der bevorstehenden Krönung seiner Bruders erfahren hatte. Natürlich war ihm klar, dass er sich an das Gesetz der Könige binden musste. Sowie jeder jüngere Bruder vor ihm.

Doch Vergil wollte dies bei bestem Willen nicht verstehen. Er sah sich im Unrecht.

"Er ist lediglich Stunden älter als ich, Vater", versuchte der Schwarzhaarige sich nun zu verteidigen.

Zeltin runzelte die faltige Stirn. Jahrzehnte lange hatte er Morganhaven als König gedient doch er wusste, dass seine Zeit bald abgelaufen sein mochte. Die weißen Haare und der ebenso weiße Bart bestätigten dies nur umso mehr.

Er trat auf die großen Fenster des Thronsaals zu und seufzte: "Das ändert die Tatsache nicht, dass du der Jüngere von euch beiden bist. Das Gesetz sieht es vor, dass Darius König wird."

"Es muss doch eine Regelung geben um so etwas unter Zwillingen klären zu können."

"Und die ist nicht anders, als bei Söhne, welche nicht als Zwillinge geboren werden."

"Das ist nicht gerecht", sagte Vergil während er sich aufrichtete. Seine Stimme war nun lauter geworden und hallte durch den Raum.

"Du wirst damit leben müssen, Vergil", sprach sein Vater nun etwas harscher.

"Du bevorzugst ihn doch lediglich, weil er wie ein Flame aussieht im Vergleich zu mir!"

"Du wärst gar nicht am Leben, wenn ihr keine Zwillinge wärd!", rief Zeltin nun. Ärger schwang stark in seiner tiefen Stimme mit.

Die Worte trafen Vergil wie ein perfekter Pfeil in seine Brust. Er biss sich auf die Unterlippe und verließ laufend den Raum. Etwas zerbrach in dem jungen Prinzen und tief im Inneren wusste er, dass diese Verletzung niemals heilen würde. Im Laufschritt lief er in sein Schlafgemach, riss dabei eine Dienerin von ihren Füßen doch er hatte nicht die Geduld stehen zu bleiben und ihr mit der Aufsammlung der Früchte zu helfen.

Als er sein Zimmer erreicht hatte ging er aufs Fenster zu und riss die Vorhänge zu. Sperrte die Sonne, welche nur spärlich durch den tobenden Regen kam, restlos aus. Als das erledigt war trat er an den großzügigen Spiegel und zückte den Dolch, welchen er versteckt in seine Stiefel trug. Vergil nahm ihn in die rechte Hand während er mit der linken Hand seine dunklen Haare in einen Zopf formte. Nur um ihnen daraufhin dabei zuzusehen wie sie zu Boden fielen. Dies tat er solange bis der Boden zu seinen Füßen schwarz war.

Ein Blitz zuckte über den Himmel als er sich im Spiegel betrachtete. Die eisblauen Augen musterten seine vollständige Statur. Betrachteten die Haare, welche ihm kaum noch bis in den Nacken reichten.

Sein Aussehen war untypisch für die Flame-Familie. Sie alle trugen die grasgrünen Augen und beinahe feuerroten Haare. Nur er nicht. Vergil hatte das Aussehen seiner Mutter geerbt. Und er war sich sicher, dass dies der Grund war, warum Zeltin seinen perfekten Sohn Darius bevorzugte.

"Vergil?", unterbrach plötzlich eine warme Stimme die kalte Stille.

Der Angesprochene verdrehte die Augen als er seinen Bruder erkannte. "Was willst du?", fragte er scharf.

"Du hast dir ja die Haare abgeschnitten", sprach Darius ohne weiter auf die Frage einzugehen. Überraschung lag in seinen Augen wenn er daran dachte, wie stolz Vergil auf die dunklen langen Haare war.

"Zeltin wollte sowieso all die Jahre, dass ich sie kürze."

"Zeltin? Du meinst Vater", meinte sein Bruder. Beinahe schockiert, dass Vergil sich das Recht nahm seinen Vater mit dem Vornamen anzusprechen.

Er verdrehte erneut die blauen Augen und antwortete harsch: "Er sprach doch zu mir, dass ich nie am Leben wäre, wenn ich nicht dein Zwilling wäre."

"Das ist Schwachsinn, Bruder. Mutter bekam doch auch noch unsere Schwester."

"Dann frage doch ihn warum er so etwas dann sagt?", rief Vergil nun. Seine eisblauen Augen verdunkelten sich. Die Wut war deutlich darin zu erkennen.

Darius verschränkte die Arme und meinte: "Vater würde das nie ohne Grund sagen. Warum warst du bei ihm? Worüber habt ihr gesprochen?"

Sein Zwilling wurde mit jedem seiner Worte wütender. Darius verstand Vergil nicht und würde es auch nie tun. "Weil ich dein Zwillingsbruder bin. Du bist lediglich Stunden älter. Es ist nicht gerecht, dass du König wirst und nicht ich!"

"Das Gesetz der Könige, Vergil. Erinnerst du dich daran?"

"Natürlich erinnere ich mich daran! Doch das ändert die Tatsache nicht!"

"Du willst eine Sonderregelung?"

Vergil kniff seine Augen zusammen und musterte seinen Bruder nachdenklich. "Ja", antwortete er ohne zu zögern.

Es war ihm unklar ob die folgende Reaktion von Darius' in schockieren sollte. Denn dieser riss nun das Schwert aus der Scheide, welche an seinem Gürtel hing und zeigte damit auf Vergil. "Ein Duell. Du und ich. Wenn ich gewinne, werde ich König. Wenn du gewinnst, sage ich Vater, dass du König werden sollst."

Sein Zwilling nickte kaum ersichtlich und folgte dem Königssohn daraufhin aus dem Schloss, durch den Wald auf eine kleine Lichtung.

Beide zogen ihre Schwerter und beobachteten währenddessen jede Bewegung des anderen. Beide trugen keine Rüstung und so war ihnen klar, dass sie sich auf dessen starke Panzerung nicht verlassen konnten. Sie könnten einander töten und genau das war ihnen mehr als klar.

Nach nur wenigen Sekunde der Stille machte sich Darius zum Angriff bereit und stob auf seinen Bruder zu. Er setzte zum Schlag an, welcher von Vergils Waffe blockiert wurde. Dumpf traf Stahl auf Stahl.

Wind zog durch die Bäume und ließ sie erzittern während der Regen nach wie vor unbändig auf die Zwillinge fiel. Es wirkte als würde die Welt weinen. Weinen, dass das Band der Flame Brüder zerbrechen sollte.

Darius traf und zog einen Schnitt durch Vergils Gesicht. Dieser kniete sich durch den Schock zu Boden und wischte sich mit seiner freien Hand das Blut aus den Augen. Daraufhin blickte er auf und wagte einen erneuten Angriff. Doch sein Bruder war schnell. Ohne zu zweifeln großartig ausgebildet von den besten Leuten, die sich sein Vater leisten konnte.

Und so traf Vergil ein erneuter Schlag an der Brust. Seine Lederkleidung zerriss und Blut bahnte sich erneut seinen Weg. Darius hingegen hatte er noch nicht ein einziges Mal treffen können. Viel zu geschickt war dieser im Kampf. Offensichtlich nicht ohne Grund einer der mutigen drei.

"Akzeptierst du deine Niederlage, Bruder?", fragte dieser nun und blickte auf Vergil hinab.

"Noch bin ich nicht am Ende."

Die beiden Schwerter trafen erneut auf einander. Das Klirren hallte durch den Wald und klang so schrill wie der Schrei eines Hasen, welcher in eine Bärenfalle getappt war. Markerschütternd.

Vergil setzte zum Schlag an und traf Darius erfolgreich an dessen Ohr. Doch sein Bruder ließ sich davon nicht beirren und setzte erneut zum Schlag an. Und traf Vergils Hals. Dieser ging zu Boden und versuchte die Blutung zu stoppen.

"Ich werde König, Vergil. Nicht weil ich älter bin sondern weil ich dem Thron gerecht werde." Mit diesen Worten wandte sich Darius von seinem Bruder ab und ging in Richtung des Schlosses zurück. Er ließ seinen Zwilling zurück. Sich im Klaren, dass dieser ohne Hilfe sterben würde.

Auch dem Schwarzhaarigen war dies mehr als klar. Er seufzte und legte sich auf das nasse Laub. In der Ferne konnte er einen Blitz sehen, welcher nur knapp vom

Donner verfolgt wurde. Er nahm die Hand von seiner Wunde und betrachtete das Blut, was ihm nun ins Gesicht tropfte.

"Er hat dich einfach zurück gelassen", sprach plötzlich eine düstere Stimme. Vergil zuckte hoch und griff blitzartig nach seinem Schwert.

"Ich tue dir nichts, Flame. Ich will dir lediglich helfen", fuhr der Unbekannte nun fort und ging auf den Verletzten zu. Er kniete sich hin und musterte die Wunde durch seine grauen Augen.

Vergil wusste, dass er dem Fremden nicht trauen durfte doch er hatte keine andere Wahl. Ob er nun durch die Wunde oder durch die Hand des anderen sterben würde, war nun egal.

Der andere legte nun seine Hand auf die Wunde. Grünes Licht flackerte darunter auf und der Königssohn spürte wie das Fleisch sich zurückbildete und wieder ein vollständiges Gewebe bildete.

"Wird zwar nicht mehr so wie vorher aber lieber eine Narbe am Hals als tot oder?", fragte der Heiler nun und grinste dabei schief.

"Da hast du wohl recht."

Vergil erhob sich als der Fremde seine Hand weggenommen hatte.

"Ich habe dir geholfen, Vergil. Nun will ich, dass du mir hilfst."

Der Prinz war überrascht darüber, dass der andere ihn auf Anhieb erkannte. "Zuerst verrätst du mir wer du bist."

"Das werde ich. Aber nicht heute. Zuerst will ich, dass du mir hilfst, Vergil. Ansonsten muss ich dich ohnehin töten."

"Wobei helfen?"

"Darius Flame vom Thron zu stürzen."

Er riss die eisblauen Augen auf. Doch die Momente des Kampfes zuckten vor seinem Kopf herum und ohne noch eine Sekunde zu zögern streckte er dem Fremden die Hand entgegen, welcher erfreut zupackte. Und so wurde ein Handel beschlossen, welcher Vergils Leben auf ewig verändern sollte.

VIER

Stunden vergingen bis Silver erwachte. Sein Kopf dröhnte und getrocknetes Blut hatte seine blonden Haare verklebt. Ächzend erhob er sich und griff nach der Beule, welche sich bereits auf seinem Hinterkopf gebildet hatte. Überrascht blickte er auf, als seine Augen die Steinboden unter ihm bemerkt hatte.

Schock breitete sich in seinem Gesicht auf als er die dicken Eisenstangen bemerkte, welche ihm seine Freiheit stahlen. Als er sich weiter umsah entdeckte er Alistair, welcher zusammen gekauert in einer Ecke saß und Armina, welche nach wie vor bewusstlos auf dem kalten Boden lag.

"Was ist passiert?", fragte Silver gedämpft während er sich neben dem Königssohn setzte.

"Es war ein Hinterhalt. Sie haben dich auf Anhieb erwischt. Armina und ich hatten keine Chance."

"Wo sind wir?"

"Vermutlich im Kerker von Dielonera", murmelte Alistair. Er wirkte niedergeschlagen. Enttäuscht von sich selbst.

Silver erinnerte sich wage an seine Vision zurück. Das schwarze Gebäude blitze vor seinem inneren Auge auf. "Kannst du dich an meine Vision letztens erinnern?"

"Ja, natürlich."

"Das schwarze Schloss, was ich darin sah. Man hatte es mir bereits gezeigt, dass wir hier landen werden", murmelte der Blonde daraufhin. Schlechtes Gewissen plagte ihn. Er hatte es erneut nicht geschafft, seine Visionen richtig zu deuten und hatte ein Geschehen nicht verhindern können.

Alistair dachte fieberhaft nach ehe er antwortete: "Stimmt. Doch keiner von uns kam auf die Idee dabei an Dielonera zu denken."

Der Königssohn sah in den Augen des anderen das schlechte Gewissen funkeln. Doch im Grunde hatten sie alle Fehler gemeint. Aufgrund der Diskussion zuvor waren sie nicht imstande gewesen sich restlos zu vertrauen und so waren sie mit den Gedanken ganz wo anders gewesen. Selbst Alistair hatte den Hinterhalt viel zu spät bemerkt und von den drei war er am längsten in Ausbildung.

Armina seufzte in diesem Moment und erhob sich zaghaft. Wie Silver zuvor sah sie sich verwirrt um ehe sie erneut aufseufzte.

"Bitte sagt mir ihr habt einen Plan", sprach sie an die beiden Männer gewandt. Sie ließ den Kopf hängen als die zwei zaghaft den Kopf schüttelten.

Nach einer Weile verloren die drei Rekruten ihr Zeitgefühl. Die Tage vergingen doch im Kerker war weder Nacht noch Tag spürbar. Nicht ein einziger Sonnenstrahl drang durch die dicken dunklen Mauern. Ihre Hoffnung auf Rettung verschwand immer weiter. Eine Hinrichtung im Reich das Feindes schien unausweichlich.

"Morganhaven?", fragte plötzlich eine zarte weibliche Stimme.

Silver schreckte aus seinem Halbschlaf hoch. Kurz sah er sich um. Bemerkte, dass Alistair und Armina beide noch schliefen. Sie lagen eng aneinander gedrängt um die Kälte und Angst aus ihren Knochen zu jagen.

Der Blonde hingegen richtete sich auf und trat vorsichtig auf die Eisenstangen zu. Nur schwer konnte er eine Gestalt sehen, welche sich lediglich als Schatten von der dunklen Mauer abhob.

"Wer seid Ihr?", fragte Silver und versuchte das Mädchen beim näher kommen genauer zu mustern.

Sie war ohne Frage eine Schönheit. Schwarze seidene Haare fielen ihr knapp über die Schulter, ihr Körper war weiblich, voller Rundungen in eine dunkle Robe gewickelt. Ihr Lippen waren dünn und mit einem dunklen Lippenstift geziert.

Doch am meisten faszinierten den Rekruten ihre Augen. Eines der beiden war hinter einer Art Augenklappe versteckt während das andere beinahe rot leuchtete.

"Mein Name ist Eden Sinera. Und Ihr?", sprach sie höflich und schenkte dem Blonden ein zaghaftes Lächeln.

"Silver Maran."

"Ihr seid Krieger aus Morganhaven richtig? Ihr und Eure Freunde."

"Richtig. Weshalb seid Ihr hier? Werden wir hingerichtet?"

"Wenn ich hier wäre um Euch zur Hinrichtung zu bringen hätte ich Euch bereits hingerichtet", lachte Eden und Silver musste sich gestehen, dass er noch nie ein schöneres Lachen gehört hatte.

"Ich möchte dir einen Handel anbieten, Silver."

"Einen Handel?"

"Genau. Ich helfe dir und deinen Freunden beim Ausbruch. Dafür nehmt ihr mich mit nach Morganhaven und ich werde versprechen eurem König alles über Dielonera zu erzählen, was ich weiß", sprach das Mädchen ohne zu zögern.

"Weshalb sollte ich dir vertrauen?"

"Ich kann dir keinen Grund geben mir zu vertrauen. Doch vielleicht reicht das Wissen, dass ich Dielonera mehr hasse als alles andere."

"Und deshalb lebt Ihr in Dielonera?", kam plötzlich eine strenge Stimme hinter Silver zum Vorschein. Alistair erhob sich zaghaft um Armina nicht zu wecken und baute sich schließlich bedrohlich vor Eden auf.

"Ich wurde dazu gezwungen, Prinz", sprach das Mädchen kühl und machte keine Anzeichen dem starken Blick des anderen auszuweichen.

"Woher…", fing Alistair an doch sie fiel ihm sofort ins Wort: "Die roten Haare. Die Intelligenz hast du ja scheinbar nicht von deinem Großvater geerbt oder?"

Der Königssohn biss die Zähne aufeinander doch er sparte sich einen weiteren Kommentar. Wenn Eden tatsächlich ihre Karte in die Freiheit ist hatte er nur wenig Lust darauf sie zu beleidigen.

"Also nehmt ihr an oder wollt ihr weiter darauf warten bis ihr hingerichtet werdet?", grinste das Mädchen die beiden Männer frech an.

Alistair warf Silver einen schnellen nachdenklichen Blick zu eher der Blonde das Wort erhob: "Hol uns hier aus, Eden. Wir bringen dich nach Morganhaven."

"Wir tun was?", erschrocken riss der Prinz die Augen auf. Schockiert musterte er seinen Kameraden. "Ich finde es nicht sonderlich anreizend in diesem Loch zu sterben, Alistair", erwiderte Silver ohne mit der Wimper zu zucken. Der Angesprochene verstummte auch wenn ihm der Befehlston in der Stimme des anderen absolut nicht ins Bild passte.

"Gebt mir zwei Stunden. Dann komme ich euch holen", meinte das Mädchen und drehte sich schwungvoll um. Im Laufschritt ließ sie den Kerker schnell hinter sich.

Der Königssohn trat währenddessen auf Armina zu und weckte sie vorsichtig. Die Rothaarige öffnete zaghaft die Augen und fragte schlaftrunken: "Was ist los? Müssen wir zum Sterben wach sein?"

"Wir werden nicht sterben, Mina. Wir fliehen heute noch von Dielonera", antwortete Alistair und warf ihr ein aufmunterndes Lächeln zu.

Sofort war sie wach und setzte sich auf. "Wir fliehen?", fragte sie unsicher nach woraufhin der Prinz nickte. Ein Schub von Freude durchzuckte den weiblichen Körper und sie schwang sich um Alistairs Hals.

"Wir fliehen", bestätigte nun Silver und ließ seine Fingerknöchel knacken.

Ihr Plan war ohne Frage waghalsig. Doch trotz allem waren sie Krieger Morganhavens. Teil der stärksten Armee der Reiche.

Etwa zwei Stunden später tauchte erneut die dunkle Gestalt vor den Eisenstangen auf. Die Rekruten hatten währenddessen mit einem Stein potenzielle Fluchtmöglichkeiten auf den dunklen Boden gekratzt. Hatten besprochen wie sie am besten vorgehen. Doch ohne Edens Wissen über Dielonera hätten sie sich wahrscheinlich ohnehin bereits im Kerker verlaufen.

"Seid ihr bereit?", fragte sie und hob einen Gegenstand hoch. Dunkel funkelte der Schlüssel im fahlen Licht.

Die Rekruten nickten kurz ehe sie die Tür zu dem kleinen Raum öffnete. Währenddessen erklärte sie: "Wir werden zuerst in die Waffenkammer müssen. Es wird nicht ausreichen, wenn nur ich bewaffnet bin."

Erst nach ihren Worten fiel Silver die dunkle Rüstung auf, die die Robe ersetzt hatte. Ein Schwert schmiegte sich an ihre rechte Hüfte. Zahlreich war der Griff mit Ornamenten und Juwelen bestückt.

"Wie könnt Ihr Euch so ein edles Schwert leisten?", fragte Alistair nun unsicher, nachdem er ebenfalls die Klinge gesehen hatte.

"Oh", lachte Eden ehe sie klärte: "Ich bin die Prinzessin von Dielonera. Ich dachte das wäre klar gewesen, als ich mich bei Eurem Kameraden vorgestellt hatte."

Kalt lief es Silver über den Rücken als der Königssohn ihm einen überraschten Blick zuwarf. Der Handel hatte wohl so ansprechend geklungen, dass er den Namen Sinera völlig aus seinem Gedächtnis gestrichen hatte.

"Ist doch egal jetzt, Alistair. Lass uns abhauen", mischte sich nun Armina ein und schob den Angesprochenen dabei durch die Tür aus der Zelle raus.

Silver trat als letztes aus dem Gefängnis raus. Unsicher blickte er zu Eden, welche dicht hinter ihm die Zelle schloss. Diese schenkte ihm allerdings ein freches Lächeln ehe sie sich an den Rekruten vordrängte und ihnen den Weg wies.

"In Dielonera sind zwar nur wenige Soldaten unterwegs, da die meisten im Außendienst sind aber wir sollten trotzdem möglichst leise sein. Mein Vater wird uns hinrichten wenn er davon erfährt. Ohne zu zögern", flüsterte Eden während sie die dunklen Gänge durchquerten.

"Uns? Dich also auch?", fragte der Blonde und schloss zu der Schwarzhaarigen auf.

Diese grinste lediglich und meinte: "Natürlich. Ich begehe gerade Hochverrat."

Silver war überrascht von der Leichtigkeit mit der sie zu ihrem Verrat stand. Sie schien keine Angst vor dem Tod zu haben und das faszinierte den Rekruten.

"Und warum genau wollt Ihr aus Dielonera raus?", fragte Alistair nun gedämpft.

"Mephilis ist alles andere als ein guter Mensch. Seine Pläne machen mir Angst. Das Geschlecht der Sinera wurde zum purem Bösen und damit will ich nichts mehr zu tun haben", erklärte das Mädchen ohne zu zögern. "Euer König wird dafür auch jegliche Information erhalten, die ich besitze, sobald wir in Morganhaven angekommen sind."

Silver schluckte schwer und hoffte innerlich darauf, dass Darius wieder auf dem Thron saß sobald die vier das Reich betreten.

Stille breitete sich wieder in der Gruppe aus. Armina war darauf konzentriert bloß nicht aufzufallen, Alistair versuchte Eden ohne Erfolg einzuschätzen. Doch egal wie viele und welche Gedanken ihnen durch den Kopf schossen, sie alle hatten ein Ziel.

Wenige Zeit später erreichten sie die Waffenkammer, welche Eden mit ein paar Handgriffen geschickt aufbrach. Die Rekruten Morganhavens schnappten sie die erstbeste Waffe und folgten der Königstochter hinaus in den Hof, welcher das absolute Gegenteil von Morganhaven darstellte. Die schwarzen Mauern spannten sich hoch und einschüchternd um den kahlen Hof. Nur vereinzelnd standen Bewohner bei ihren Obstständen oder Waffenschmieden. Mit bleichen Gesichtern, krank aussehend.

Eden spazierte quer über den Hof, vor aller Augen der Bürger. Die Rekruten blieben kurzzeitig stehen und musterten sie verwirrt. "Sie interessieren sich nicht für uns. Dafür behandelt sie der König zu schlecht", meinte die Prinzessin und forderte damit heraus, dass die anderen drei ihr folgten.

Silver musterte einen der Schmiede. Der alte Mann betrachtete ihn ununterbrochen. Hatte seinen Blick auf die Sternengabe des Blonden fixiert. Doch sein Gesicht wirkte als würde er ihm Hilfe rufen wollen. Silver darum bietet ihn ebenfalls aus Dielonera rauszuholen.

"Was habt ihr bloß mit Dielonera angerichtet? Vor Jahrzehnten sah das Schloss zumindest noch ansehnlich aus", murmelte Alistair voller Spott.

"Dann versteht Ihr ja warum ich weg möchte", antwortete Eden gedämpft. Sie wandte ihren Blick zu dem Tor und bemerkte die beiden Wachen, welche darüber auf der Mauer standen und den vier im Moment noch den Rücken zugewandt hatten.

Sie fluchte leise ehe sie die drei Rekruten in einen Schatten drängte. Weit abseits von allen übrigen sichtbaren Bürgern.

"Was ist los?", fragte Silver verwirrt woraufhin die Kriegerin lautlos auf die Mauer deutete.

"Ihr wartet ihr. Ich kümmere mich um die", sprach sie schnell und ließ die übrigen stehen.

"Wie will sie alleine mit zwei Soldaten fertig werden? So jung wie sie ist, ist sie doch selbst erst fertig mit der Ausbildung", hakte Alistair nach und verlor Eden dabei nicht aus dem Blick.

Die Prinzessin allerdings trat mit Selbstbewusstsein die Mauer hinauf und grinste ihre beiden Gegner frech an. Die Wächter begrüßten sie doch bald darauf merkten sie, dass die junge Frau nicht mehr auf deren Seite stand. Der erste riss die Klinge aus seiner Scheide. Eden zog augenblicklich die Verdeckung von ihrem zweiten Augen und starrte den Krieger einfach nur an. Einen Wimpernschlag später brach dieser am Boden zusammen. Den zweiten ereilte sofort dasselbe Schicksal.

"Nicht möglich", entfuhr es Armina während sie ihren Blick nicht von dem Bild abwenden konnte. Eden hingegen setzte ihre Augenklappe gelassen wieder auf bevor sie zurück zu den anderen marschierte. Auf halben Wege deutete sie ihnen ihr zu folgen.

Die drei Rekruten liefen auf sie zu und zu viert verließen sie Dielonera. Doch weit entfernten sie sich nicht bevor Silver abrupt stehen blieb.

"Meine Vision", flüsterte er kaum hörbar während er sich umdrehte und das Gebäude aus seiner Vision vor sich entdeckte. Sein Blick wanderte zurück zu Eden und blieb an ihrem roten Auge hängen.

"Du bist die Zweifarbige!", entfuhr es ihm.

Edens Wangen wurden knallrot und sie senkten den Blick. Schwer schluckte sie bevor sie kaum sichtbar nickte.

"Zeigt uns Euer zweites Auge!", forderte Alistair sie ohne zu zögern auf.

"Das kann ich nicht", sprach die Kriegerin ohne den Prinzen anzusehen.

"Weshalb?" Der Tonfall das Königssohnes war harsch und voller Strenge. Er war sich offensichtlich nun im Klaren darüber, dass er Eden nicht vertrauen wollte.

"Weil Ihr sofort tot zusammenbrechen würdet!"

"Der Mörder!", entfuhr es nun Armina. "Warum hab ich daran nicht eher gedacht?"

"Der Mörder?", hackte Silver nun nach woraufhin die Rothaarige sofort erzählte: "Meine Lehrer erzählten mir einst von der gefährlichsten Sternengabe, die je existiert hatte. Sie wurde vor Jahrhunderten von einem Mann getragen, welcher alleine ganze Dörfer ausgelöscht hatte. Irgendwann wurde er dann gefasst und hingerichtet. Mitsamt seiner ganzen Familie um sicher zu gehen, dass diese Gabe nie wieder entstehen konnte."

"Deshalb stand sie in keinem Register", stellte nun auch Alistair fest ohne den Blick von Eden zu nehmen.

"Aus diesem Mann entstand das Sinera Geschlecht. Einer seiner Söhne hatten sie vergessen nachdem er sich in ein kleines Dorf geflüchtet hatte, welches heute als Dielonera bekannt ist", vollendete nun die Königstochter die Geschichte und erhob endlich den Blick.

"Wir haben Euch vertraut und Ihr sagtet uns nicht, dass Ihr uns ohne zu zögern töten könntet!", rief nun der Prinz und packte Eden am Lederkragen ihrer Rüstung. Er packte so fest zu, dass ihr auf Anhieb die Luft entwich.

"Alistair, hör auf!", entfuhr es nun Silver und er versuchte seinen Griff zu lösen.

"Du stellst dich auf die Feindes Seite, Maran?"

"Ich stelle mich auf die Seite der Frau, die uns gerade das Leben gerettet hat!"

Der Rothaarige wurde daraufhin noch wütender und packte Eden direkt am Hals. Er hob sie ein Stück vom Boden auf. Die Prinzessin rang nach Luft und versuchte seine starke Hand zu entfernen. Doch ohne Erfolg.

Der Blonde wusste sich nicht mehr zu helfen und erhob das Schwert, welches er eben noch aus der Waffenkammer gestohlen hatte.

"Du weißt genauso gut wie ich, dass sie ein strategischer Vorteil gegen Dielonera ist", sprach er ruhig und richtete die Schwertklinge in Höhe von Alistairs Ohren.

"Meinst du wirklich, dass Vergil ihr auch nur ein Stück vertrauen würde? Sie verliert schneller ihren Kopf als sie das Schloss überhaupt betritt! Wenn sie nicht zuvor unser ganzes Dorf zerstört!"

Armina tat Silver nun nach und meinte: "Silver hat Recht, Ali. Sie ist zu wertvoll als dass du sie töten solltest."

Ein wütender Schrei entfuhr der Kehle des Prinzen bevor er sich abwandte und Eden ins Gras fallen ließ.

Diese rang wie wild nach Luft und griff sich an den Hals. Dunkle Würgemale waren dort bereits zu sehen. Silver kniete sich neben ihr hin und versuchte ihr zu helfen sich aufzurichten. "Alles in Ordnung?", fragte er vorsichtig woraufhin sie lediglich nickte.

Armina war währenddessen Alistair gefolgt, welcher ein paar Schritt abseits stand und gedankenverloren zu Boden blickte. Sanft schloss sie ihn in eine Umarmung und flüsterte ihn etwas zu. Allerdings so leise, dass es für Silvers Ohren verborgen blieb.

Doch die Stille wurde schnell von den lauten Worten des Königssohns zerrissen: "Ich hoffe, dass du weißt, dass es deine Schuld ist, wenn sie unsere Leute ermordet, Maran!"

Der Klang seines Nachnamens zuckte durch Silvers Körper. Seine Nackenhaare stellten sich auf während Alistair ihm in diesem Moment die Freundschaft nahm. So war es ein unausgesprochenes Gesetz. Es galt als unhöflich jemandes Nachnamen zu verwenden und kam einem Vertrauensbruch gleich.

"Und genauso wird es deine Schuld sein, wenn Vergil den Thron übernimmt und Morganhaven in ein Chaos stürzt, Flame!", kam die flinke Antwort des Rekruten während er aufstand.

Alistair schnaubte wütend bevor er sich auf den Weg nach Morganhaven machte ohne sich auch nur ein einziges Mal umzuwenden. Armina warf Silver einen entschuldigenden Blick zu bevor sie dem Prinzen folgte.

"Es tut mir so leid, Silver", ertönte plötzlich eine Stimme hinter ihm. Eden hatte sich aufgerichtet und sah ihn bestürzt an.

"Na komm. Bringen wir dich nach Morganhaven",
antwortete er ohne auf ihre Entschuldigung einzugehen.
Er schlug ihren rechten Arm um seine Schulter und
versuchte sie zu stützen so gut es ging. Zögerlich brachen
auch die beiden auf.

Stunden vergingen bis Eden und Silver die Grenze
zwischen Dielonera und Morganhaven passierten. Beide
waren sie tief in Gedanken versunken. Alleine die
Erinnerung an den Streit zwischen Alistair und dem
Blonden hinterließ ein bitteres Gefühl. Silver hatte ohne
Frage nicht gewollt, dass es so sehr eskalierte doch er
hatte keine andere Wahl. Er wusste, dass er die
Schwarzhaarige nicht nur wegen ihrem strategischen
Vorteil mitgebracht hatte. Nein. Weil er wusste wie hart
es war wo bleiben zu müssen wo man nicht bleiben
wollte. Doch natürlich hatte der Prinz das nicht verstehen
können. Wie auch? Sein ganzes Leben lang war er wohl
behütet im Schloss aufgewachsen.
"Silver!", sprach plötzlich Eden und riss ihn damit aus
den Gedanken. Verwirrt sah er auf und musterte das
Mädchen. Diese war allerdings wie versteinert stehen
geblieben und hatte ihren roten Blick in die Ferne
gerichtet.
Der Visionär folgte diesem und sah unweit von ihnen
dunkler Rauch aufsteigen. "Was ist da los?", dachte er
laut und warf Eden einen schnellen Blick zu.
"Ich weiß es nicht aber wir sollten uns beeilen",
antwortete diese.
Ohne zu zögern stimmte er ihr zu und die beiden
liefen so schnell sie ihre Beine tragen konnten. Der

Himmel über ihnen schien zu brennen. Rot reflektierte er die Geschehnisse vor ihnen.

Silver wusste nicht wie lange er lief. Das Adrenalin gepaart mit Angst schoss durch seine Adern und hinderte seinen Kopf daran nachzudenken. Er spürte das Feuer aus seiner Vision. Die Hitze drang durch seinen ganzen Körper.

Bald erreichten sie die ersten Gebäude des Dorfes, welche bereits in Flammen standen. Sie brachen einige der Türen auf, versuchten Überlebende zu finden. Doch alles was sie finden konnten waren verbrannte Leichen.

"Ich muss zur Schmiede!", rief Silver Eden zu versuchend den Lärm des Feuers zu übertönen. Diese nickte ihm lediglich zu und sie drangen immer weiter ins Dorf vor. Die meisten Häuser brannten oder waren bereits restlos zerstört worden. Dem Blonden war klar, dass er seinen Vater enttäuscht hatte und dieser alles andere als begeistert sein wird, dass sein Sohn wie aus dem Nichts auftaucht und sie selbst als Krieger bezeichnete. Doch genau das war ihm in diesem Moment egal. Alles was er wollte war Kirans Leben zu retten.

Die Straßen des Dorfes waren wie leer gefegt. Nicht ein einziges Lebewesen war darauf vorzufinden. Lediglich Soldaten und Krieger. Alle bereits verstorben. Verblutet an ihren Wunden.

"Dielonera", meinte Eden während sie eine der Leichen betrachtet. "Dielonera greift Morganhaven an", fuhr sie fort während sie ihren Blick hob und Silver damit fixierte.

"Wir kümmern uns darum, Eden. Ich will nur meinen Vater retten", antwortete Silver gestresst. Die

Königstochter nickte entschuldigend und sie machten sich weiter auf den Weg.

Schließlich kamen sie bei dem alten Haus an, welches ebenfalls bereits in Flammen stand. Der Rekrut fluchte bevor er auf die Schmiedewerkstatt zu lief. Hoffend, dass sein Vater darin Schutz gesucht hatte. Doch er war unauffindbar. Er lief weiter und trat die Tür des Hauses ein.

"Willst du wirklich da rein? Du bringst doch noch um, Silver!", rief Eden schockiert.

"Ich schaff das schon. Halt mir einfach den Rücken frei."

Mit diesen Worten hatte er das Gebäude bereits betreten. Es war kurz davor ein zustürzen. Balken waren durch die Decke gekracht und hatte einige der Mauern stark beschädigt. Das Feuer tobte bereits im Erdgeschoss doch schien das Obergeschoss noch nicht erreicht zu haben.

Silver atmete tief durch ehe er sich seinen Arm schützend vor das Gesicht hielt und auf die alte Holztreppe zu trat.

"Vater!", rief er mehrmals darauf hoffend, dass Kiran ihm antworten würde.

Er durchsuchte das Zimmer seines Vaters, die Abstellkammer, das Badezimmer. Jede Tür trat er ein und wandte sich enttäuscht zur nächsten. Die Hoffnung Kiran lebend zu finden erstickte immer mehr.

Schließlich erreicht er das letzte Zimmer. Sein Zimmer. Mit Schwung trat er die Tür auf woraufhin sich sein Gesicht erhellte. Sein Vater hatte sich dort in einer Ecke verkrochen und hatte offensichtlich auf Hilfe gehofft.

Silver lief auf ihn zu und versuchte sofort ihm aufzuhelfen.

"Sohn", gab währenddessen Kiran schockiert von sich doch der Angesprochene ging nicht weiter darauf ein. Erst musste er ihn raus schaffen. Der Ältere verstand und warf seinen Arme um die Schultern seines Kindes. Dieses stützte ihn so gut es konnte und half ihm vorsichtig die schmale Treppe hinunter.

Das Erdgeschoss war in der Zwischenzeit beinahe völlig ausgebrannt. Die Flammen türmten sich von allen Seiten auf und gaben den beiden keine Chance durch zukommen. Tränen der Verzweiflung stiegen in Silvers Augen während er fieberhaft einen Ausweg suchte.

"Wir machen euch den Weg frei!", drang plötzlich eine vertraute Stimme in das kleine Haus. Dicht gefolgt von mehreren Eimern Wassern, welche den Weg zum Ausgang frei machten.

Der Blonde überlegte nicht lange und zog Kiran zur Tür hinaus. Etwas abseits des Feuers half er ihm sich ins Gras zu setzen. Eden stand bereits mit Wasser vor dem Haus und gab es Kiran vorsichtig mit einem kleiner Schale heraus, welcher es gierig trank.

Silver wandte sich währenddessen zur seiner überraschenden Hilfe um und entdeckte Armina und Alistair, welche beide mit Eimern auf ihn zu kamen.

"Danke", antwortete er knapp und deutete eine leichte Verbeugung an um seinem Wort Ausdruck zu verleihen.

"Was ist passiert?", fragte Eden an die Neuzugänge gewandt.

"Dielonerische Soldaten haben Morganhaven belagert. Was wir gesehen haben sind sie bis zum Schloss durchgedrungen. Weiter oben toben gewaltige Kämpfe", setzte die Rothaarige die beiden schnell ins Bild.

"Der letzte Teil deiner Vision, Sil", meinte Alistair daraufhin.

Dieser seufzte daraufhin und murmelte: "Ich hoffe die werden im Laufe der Zeit noch etwas eindeutiger."

"Wir sollten keine Zeit verschwenden und an den Kämpfen teilnehmen", warf Eden ein.

"Das Problem ist lediglich, dass wir spärlich ausgerüstet sind. Wir wären schneller Tod als im Geschehen", erklärte der Prinz.

"Sie sterben da oben gerade ohne uns!", protestierte Silver.

Alistair verdrehte die Augen und entgegnete genervt: "Und was willst du tun? Tod nutzen wir niemanden."

"In der Schmiede ist Ausrüstungen. Alles für Kunden aber wenn ich das Dorf so sehe, werden die es verstehen wenn ihr euch diese leiht", warf plötzlich Kiran ein. So plötzlich, dass Silver vor Schreck zusammen zuckte. Die anderen drei nickten dankend und begannen sofort damit die Schmiede zu durchsuchen.

Der Blonde sah ihnen kurz nach eher er sich neben seinen Vater ins Gras hockte. Er wollte den Mund öffnen und etwas sagen doch der Ältere schnitt ihm das Wort ab: "Es ist alles in Ordnung, Silver. Du hast deine Entscheidung getroffen und gehst deinen Weg mit Stolz." Kiran lächelte eher er weitersprach: "Begebe dich in den Kampf. Und komme mich danach besuchen. Dann reden wir weiter. Ab hier schaffe ich es auch ohne deine Hilfe."

Silver zögerte kurz ehe er nickte und sich den anderen in der Schmiede anschloss. Sie griffen sich das erst beste, was sie finden konnten und halfen sich gegenseitig in die schweren Rüstungen. Diese waren viel zu gut für drei Rekruten doch im Krieg würde das niemand interessieren.

Als sie den letzten Schnallen schlossen und Schwerter in die Scheiden schoben erhob der Blonde das Wort: "Wir sollten uns beeilen und aufteilen sobald wir oben sind. Eden und ich werden versuchen uns zum Königsturm durchzuschlagen und Darius zu finden. Armina und Alistair, ihr nehmt direkt am Kampfgeschehen teil. Passt nur auf, dass sie dich nicht als Prinz entdecken. Sinera wird es ohne Frage auf die Königsfamilie abgesehen haben."

Alistair biss die Zähne zusammen. Es gefiel ihm nicht, dass Silver nun das Kommando übernahm doch er hatte recht. Krieg wurde mit unfairen Mitteln gewonnen. So war es kein Geheimnis, dass Sinera ohne Frage Flame restlos auslöschen würde um mit einem Sieg aus diesem Kampf zu gehen.

Sie nickten sich ein letztes Mal zu ehe sie in Richtung des Schloss aufbrachen. Armina und Alistair sprangen sprichwörtlich in die Schlacht während Eden und Silver auf ihr Geschick im Schleichen setzten. Doch als sie endlich das Tor der mächtigen Burg erreicht hatten war diese bereits restlos von Dielonera umstellt.

Der Blonde fluchte bevor Eden vorschlug: "Wir machen ihnen glaubhaft, dass wir beide zu ihnen gehören. Bei mir werden sie es wohl kaum in Frage stellen und bei dir auch nicht wenn wir es richtig anstellen."

"Und du denkst wirklich, dass sie uns das abnehmen?"

"Erinnere dich an meine Sternengabe. Natürlich werden sie uns das glauben."

Silver durchströmte ein unangenehmes Gefühl aber ihm war genauso auch klar, dass die beiden keine anderen Wahl hatten als sich für den Feind auszugeben. Der Anblick von Schloss Morganhaven und den unzähligen fremden Soldaten davor bestätigten dies erst recht.

Eden schritt stolz voran während sie auf die Krieger zuging.

"Lasst mich durch. Ich wurde geschickt um mir die Flames vorzunehmen!", rief die Schwarzhaarige bereits von weitem dem Trupp zu.

"Natürlich, Mylady", kam es augenblicklich von einem der Soldaten, welcher sich zaghaft verbeugte. Sein Blick blieb an Silver hängen während er den Eingang öffnete. Die Prinzessin und der Rekrut spazierten stolz unter dem Torbogen durch.

Doch der Anblick des Hofes ließ Silvers Blut in seinen Adern gefrieren. Blut. Überall klebte Blut. An den kleinen Hüten, der Burgmauer. Der Boden war beinahe restlos von der roten Flüssigkeit bedeckt.

"Lass jetzt bloß nicht deine Tarnung fallen", flüsterte Eden ihm ins Ohr, welche sehr nahe an ihn heran getreten war, dass bloß kein Wort falsche Ohren erreichen könnte.

Der Blonde schluckte schwer ehe er nickte. Die Königstochter nickte ihm ebenfalls zu ehe er die beiden in Richtung des Königsturms führte. Das sonst verschlossene Tor stand sperrangelweit offen. Die Spuren an der Mauer machten klar, dass der Eingang aufgebrochen worden war. Dielonera hatte sich bereits

Zugriff verschafft und würde in dieser Sekunde Darius töten.

"Los jetzt!", rief Silver während der Edens Hand packte und sie die Treppen hochzerrte. Sie beschwerte sich doch bemerkte schnell, dass der Blonde nun nicht mehr stehen bleiben würde. Er hatte viel zu große Angst um seinen Mentor. Um den König von dem er jahrelang nur Gutes gesprochen hatte. Den Menschen, den er um keinen Preis an der Spitze einer dielonerischen Klinge sehen wollte.

Doch als sie den Königssaal betraten war es keine dielonerische Klinge.

Armina und Alistair waren währenddessen dem Kampf als Fuße des Hügels beigetreten.

"Morganhaven verliert!", rief Armina dem Prinzen zu, welcher sich gegen ihren Rücken gelehnt hatte und die beiden sich somit Rückendeckung geben konnten.

Ein kleiner Blick über das Schlachtfeld war Beweis genug um ihre Aussage zu bestärken. Die Morganhaver gingen nach und nach zu Boden. Blut säumte das sonst saftige Gras und der Himmel wurde mit jeder Sekunde grauer. Ein Gewitter stand kurz davor, welches bald weitere Leben auf beiden Seiten fordern würde.

"Haben sie angegriffen, weil wir mit der Patrouille versagten oder war das alle so geplant?", hakte Armina plötzlich nach. Der Gedanke war so plötzlich durch ihren Kopf geschossen, dass es ihr beinahe die Haare aufgestellt hatte.

"Ich weiß es nicht Und das ist vielleicht auch besser so", antwortete Alistair während er sein Schwert erhob und einen Feind mit nur einem Hieb zu Boden schickte.

Er stellte dabei fest, welch gute Qualität die Maran-Schmiede lieferte.

"Versprichst du mir eines, Ali?", riss Armina ihn aus den Gedanken, während sie ein paar Sekunden Luft schnappen konnten.

Er warf ihr einen fragenden Blick zu während sie gedämpft antwortete: "Lass nicht zu, dass Vergil König wird."

Der Prinz sah die Angst in ihren Augen. So klar, dass das sonst so leuchtende Grün jeglichen Glanz verlor. "Ich werde es versuchen", meinte er und zog sie in eine schnelle Umarmung bevor die beiden zurück in den Kampf gingen.

Alistair musste zugeben, dass ihn bereits ähnliche Gedanken direkt nach ihrer Gefangennahme geplagt hatten. Die fremde Einheit hatte sie ohne Frage erwartet. Entweder lag es tatsächlich daran, dass Schleichen nicht unbedingt eine der Stärken der Gruppe war oder weil sie angeheuert worden waren. Doch abgesehen von den Rekruten gab es nur ein einzige Person, die von der Patrouille wusste.

Doch von einer anderen Seite betrachtet war ihm klar, dass er seinem Vater als König nicht gerecht werden konnte. Es fehlte ihm nicht nur an Wissen oder eine vollendeten Ausbildung. Viel mehr war es Darius' Gutmütigkeit und Opferbereitschaft, die ihn zu dem Herrscher machte, den die Bürger wollten und respektierten. Und diese würde weder ihn noch Vergil akzeptieren.

Die Bewohner von Morganhaven wurden immer unzufriedener. Der letzte Krieg hatte sie ausgelaugt und der jetzige Anschlag würde es ohne Frage noch schlimmer machen. Das Dorf lebte in Armut. Das wusste selbst die Königsfamilie. Doch hatten sie die Möglichkeit gehabt das zu ändern? Flame war ein großer Name. Jeder der vorherigen Könige hatte sich unter den mutigen drei befunden. Seine Kameraden waren stets zu seiner rechten und linken Hand geworden.

Doch Darius hatte sie beide verloren. So mussten Vergil und Mirabelle zu seinen Händen werden. Diese Entscheidung hatte die Familie geschwächt und ihnen Ansehen geraubt. Selbst obwohl es niemals seine Schuld gewesen war.

Sinera wurden dagegen mit den Jahrzehnten immer heimtückischer und deren Angriffe immer ausgeklügelter. Zeltin hatten sie ohne Schwierigkeiten vom Thron gerissen. Alistair's Vater war dem Anschlag nur mit Glück ausgewichen.

"Du redest Schwachsinn, Chiron", rief Darius während er von dem hölzernen Krug in seiner Hand nippte. Die dunkelrote Flüssigkeit darin bedeckte kaum noch den Boden.

Die mutigen drei hatten sich in einer kleinen Taverne im Dorf eingefunden. Die Sonne hatte bereits vor Stunden den Himmel verlassen doch keiner von ihnen machte auch nur Anstalten zu gehen.

"Wer sollte sonst König werden? Vergil?", lallte Chiron betrunken und kicherte daraufhin über diesen Gedanken.

"Warum nicht?", hackte Milenia nach, welcher nur zögerlich in ihren Krug blickte. Sie hatte noch kaum einen Schluck davon getrunken und schien auch nicht den Anreiz dazu zu verspüren.

Der ältere der drei folgte ihrem Blick neugierig mit seinen verschieden farbigen Augen. "Unser schlimmster Trunkenbold trinkt nicht. Bist du krank?", fragte Chiron darauf hin. Er versuchte seine Stimme möglichst nüchtern wirken zu lassen.

Darius verzog nun ebenfalls verwirrt das Gesicht und betrachtete seine Freundin.

Die junge Frau hingegen konnte das kleine Lächeln nicht unterdrücken, welches nun auf ihren Lippen spielte. Sanft legte sie ihre Hand auf ihren Bauch doch noch bevor sie antworten konnte wurde die Tür der Taverne geöffnet. Lachend traten ein Mann und eine Frau ein. Darius winkte diese augenblicklich zu deren Tisch.

"Mirabelle, Vergil, schön euch zu sehen", begrüßte der junge Prinz die beiden. Vergil nickte ihm lediglich kurz zu während Mirabelle ihm ein schnelles Lächeln schenkte.

"Stets eine Freude die eisblauen Augen zu sehen, die einem absolut keine Angst einjagen", meinte Chiron sarkastisch und klopfte dem Schwarzhaarigen freundschaftlich auf die Schulter.

"Als ob Zweifarbige weniger beängstigend sind", antwortete Vergil rasch und erwiderte den Gruß mit einem freudigen Schmunzeln.

Der Königssohn hatte Chiron bereits vor einem Jahrzehnt als Sklave auf einem alten Bauernhof nahe der Grenze zu Dielonera entdeckt. Vergil hatte ihm lediglich aus seiner misslichen Lage helfen wollen bevor er feststellte, dass dieser etwas besonderes war. Doch, dass dieser eines Tages einer der mutigen drei werden sollte, damit hatte damals wohl noch keiner gerechnet. Sie hatte sich beide ohne Frage verändert doch ein tiefes Band der Freundschaft war stets erhalten geblieben.

Milenia hatte währenddessen wieder die Hand von ihrem Bauch genommen und schob Mirabelle ihren Krug zu. "Trink aus, Belle. Ich brauche etwas Wasser."

Noch bevor sie den Tresen erreichte, an dem die Getränke ausgeschenkt wurden, erhob Darius das Wort: "Sie sieht gar nicht gut aus. Meint ihr, Kiran ist ein guter Umgang?"

"Was wissen wir schon? Die größten Adelshäuser baten sie darum deren Söhne zu heiraten und sie verliebt sich in einen einfachen Schmied", antwortete Chiron gedankenverloren.

"Warum sollte sie es nicht ausnutzen eine Wahl zu haben?", sprach Mirabelle und kassierte daraufhin einen gespielt bösen Blick von ihrem Versprochenen.

"Wollt Ihr Euch beschweren, Mylady?", meinte Darius gespielt höflich.

Die Braunhaarige gluckste daraufhin belustigt und umarmte den Prinzen. Vergil beobachtete ruhig seinen Bruder und dessen Verlobte. Tief im Inneren spürte er, dass mit deren offiziellen Verlobung bereits klar war, wen Zeltin zu dem nächsten König machen würde. Schließlich war ihm nie jemand versprochen worden.

Milenia kam zurück zur Gruppe und setzte sich zurück auf ihren Platz neben Chiron. Das Wasser schwappte über den Rand des Kruges als sie es auf den hölzernen Tisch stellte.

"Warum bist du nüchtern?", fragte Chiron so plötzlich, dass Darius beinahe in Lachen ausbrach. Verhalten kicherte er hinter vorgehaltener Hand.

"Seit wann bist du so neugierig? Darf eine Frau keine Geheimnisse haben?", antwortete Milenia daraufhin und schenkte Darius daraufhin einen schnellen Blick.

"Milenia ist frisch verlobt, glücklich und trinkt keinen Tropfen Alkohol. Ihr seid die klügsten Krieger des Reiches und kommt bei so einem einfachen Rätsel nicht zu Lösung?", mischte sich nun Mirabelle ein.

Der Zweifarbige wandte sich nun von der Blonden ab und wandte sich Darius' Verlobte zu: "Dann setzte uns doch ins Bild, Belle."

"Familie Maran scheint sich wohl erweitern zu wollen."

Ein geschockter Gesichtsausdruck machte die Runde ehe Vergil trocken antwortete: "Flame, Mirabelle. Sie ist immer noch eine Flame."

"Du erwartest Nachwuchs?", entfuhr es nun Chiron und die Frau des Schmiedes nickte lediglich. Ihre weißen Zähne wurden währenddessen von einem strahlendem Lächeln entblößt.

"Dann sollten wir hoffen, dass Dielonera nicht bald einen Angriff wagt", hing der Zweifarbige daraufhin an seine Frage an und nahm einen großen Schluck aus seinem Krug.

Sofort trat Stille unter die Freunde und Blicke wandten sich zu Boden.

"Wenn Sinera so vorgeht, wie sie es immer schon tun werden sie warten bis der nächste König feststeht", meinte Vergil um den anderen die Sorge zu nehmen.

"Zeltin wird keinen Tag jünger. Es ist dennoch nur eine Frage der Zeit", sprach Chiron seine Gedanken laut aus. Wenn jemand der Gruppe seine Meinung stets ehrlich offenlegte war es wohl er. Ihm war klar wie verletzend er dabei sein konnte dennoch hasste er es um den heißen Brei zu reden.

"Chiron, sie hat uns eben gestanden, dass sie in freudiger Erwartung ist und du verhängst ihr Glück mit so dunklen Wolken", fuhr Mirabelle ihn daraufhin an.

"Aber er hat recht, Liebste", murmelte Darius gedämpft.

"Es ist der falsche Zeitpunkt. Wir drei müssen stets bereit sein um einen Angriff bestmöglich abwehren zu können. Wir haben uns dessen verpflichtet als wir zustimmten, die mutigen drei zu werden", antwortete der Angesprochene harsch.

"Wir alle sind Morganhaven auf irgend eine Art verpflichtet. Darius und ich als Prinzen und Chiron und Milenia als die mutigen drei. Belle wäre die einzige, bei der die Bürger freudig feiern würden", pflichtete Vergil seinem Freund bei.

"Ihr seid doch einfach nur unzufrieden mit der Wahl meines Bräutigams", sagte Milenia so plötzlich und so harsch, dass der Rest zusammen zuckte.

Darius verdrehte die Augen ehe er meinte: "Ja, das sind wir und das weißt du auch. Das ändert dennoch nicht die Tatsache, dass die Schwangerschaft fahrlässig ist."

Chiron seufzte tief und blickte in seinen leeren Krug. "Du musst wissen, was du tust, Milenia. Wir wollen dir lediglich aufzeigen, was Sache ist."

"Ich verstehe nicht warum du ihr nicht versprochen wurdest, Chiron. Ein Zweifarbiger wäre eine Bereicherung der Familie gewesen", dachte Vergil nun laut und betrachtete die beiden.

"Und ein nettes Paar hättet ihr auch abgegeben", pflichtete Darius seinem Bruder bei.

"Ich brauche mehr zu trinken", seufzte nun Chiron genervt auf und machte sich ebenfalls auf den Weg zum Tresen. "Bring mir was mit", rief Vergil ihm nach doch das gereizte Nein von dem Zweifarbigen machte klar, dass er sich wohl oder übel selbst erheben musste.

"Ich werde Kiran heiraten und dabei bleibt es auch. Sollte Vater damit ein Problem haben, werde ich meinen Namen einfach fallen lassen und als Maran weiterleben", antwortete Milenia nun streng und trank aus ihrem Krug.

"Richtig", unterstützte Chiron sie als er sich wieder setzte.

"Wir unterhalten uns lediglich darüber wie wir es anstelle des Königs gemacht hätten", sprach Darius und erhob abwehrend die Hände.

"Ob sich unsere Vorgänger auch mit so anstrengenden Königskinder ärgern mussten?", antwortete Chiron mit einem Grinsen auf den Lippen um die Stimmung aufzulockern.

"Wohl kaum. Wir oft gab es in der Hierarchie Zwillinge? Zwei Prinzen, doppelter Ärger", reagierte nun Vergil.

"Na kommt. Lasst uns auf den heutigen Abend und Morganhavens derzeitiger Frieden trinken", forderte der Zweifarbige die anderen nun auf während er sich mit seinem Krug in der Hand erhob. Kurz warf er Vergil einen zweifelnden Blick zu ehe er hinzufügte: "Oder zumindest die, die etwas zu trinken haben."

Die anderen taten ihm nach und erhoben die Krüge zu einem Kreis in der Luft.

"Bringt er einen Trinkspruch?", hackte Mirabelle nach.

"Natürlich tut er das", bestätigte sie Darius bevor Chiron lautstark das Wort erhob und einen Spruch aus seiner bewerten Trinkspruchsammlung hervorbrachte: "Wein, Weib und Gesang gehören zu den schönen Dingen, doch rät der Heiler zur Mäßigung, so lass zuerst das Singen!"

Die Freunde brachen in Gelächter aus ehe sie ihren Abend mit Wein und Gesang fortsetzten. Niemand hätte zu diesem Zeitpunkt je erahnen können, welche Prüfungen auf die Gruppe zukommen würden.

FÜNF

Es war keine dielonerische Klinge. Im Gegenteil.
Der Griff des langen Schwertes war aufwändig gestaltet.
Rote Rubine funkelten darauf um die Wette und ließen
das polierte Gold fast völlig im Hintergrund
verschwinden.

"Nein", entfuhr es Silver leise während er die
Gesamtsituation betrachtete. Es wirkte als würde ein
Albtraum Wirklichkeit werden.

Der Marmor-Boden des Königssaals war mit Blut
gesäumt. Die Fenster waren zersplittert und der einst
strahlende Thron wirkte nur noch fahl und langweilig.
Die Hauptrolle dieser Szene ließ alles einfach
verschwinden.

Darius berührte den Boden nicht. Er hing in de
Luft während seine grünen Augen das Metall in seiner
Brust betrachteten. Die roten Haare waren völlig zerzaust
und die edle Königsrobe war an mehreren Stellen

zerrissen worden. Blut tropfte von dort zu Boden nachdem eine kleine Wunde unter jedem Riss lag.

Das Schwert wurde praktisch aus ihm heraus gerissen woraufhin der König lediglich zu Boden ging und die Sicht frei auf seinen Mörder gab. Die eisblauen Augen betrachteten Silver ruhig. Ein selbst zufriedenes Lächeln tanzte auf den schmalen Lippen während Vergil seine schwarzen Haare wieder in Ordnung brachte. Ohne auch nur ein Wort zu sagen ging er auf den Thron zu und nahm darauf Platz.

"Kniet nieder vor eurem König!", brüllte er daraufhin Silver und Eden an, welche unfähig waren sich zu bewegen.

"Du Königsmörder!", warf Eden ihm entgegen und zückte ihr Schwert. Sofort richteten sämtliche Soldaten im Raum ihre Klingen auf die junge Frau.

Silver hingegen ignorierte Vergil. Stumm kniete er sich neben Darius und drehte ihn vorsichtig auf den Rücken. Vergil hatte ihm sein Schwert durch den gesamten Oberkörper gejagt. Der König war unvorbereitet gewesen. Er hätte keine Chance gehabt sich wehren selbst wenn er bewaffnet gewesen wäre.

Tränen bahnten sich in seine Augen. Ein Ausdruck gepaart aus Wut und Trauer lag in seinem Gesicht.

"Warum hast du das getan?", fragte er den Schwarzhaarigen während er langsam aufsah.

"Um für Gerechtigkeit zu sorgen. Gerechtigkeit für den Bruder, den niemand wollte."

"Und da erschleichst du dir den Thron? Wie hinterhältig. Während eines Angriffs von Dielonera."

"Silver, er arbeitet mit Dielonera zusammen", sprach plötzlich Eden und deutete auf die Krieger in der schwarzen Rüstung. Das Wappen des Feindes war in dem Metall kaum zu übersehen.

In diesem Moment schienen dem Blonden allerlei Sicherungen durchzubrennen. Ohne zu zögern lief er auf den Thronräuber zu und zückte dabei seine Klinge. Dieser schnippte allerdings lediglich mit den Fingern und befahl so seinen Soldaten ihn zu verteidigen. Silver ging nach nur wenigen Schwerthieben der Angreifer zu Boden und zog sich daraufhin zurück zu Eden.

"Benehme dich und du kannst an meiner Seite bleiben, Silver. Ansonsten lass ich dich einsperren und komme anderweitig an deine Gabe", sprach Vergil und schenkte ihm ein einladendes Lächeln. Es war die Art von Lächeln, die jeder Händler aufsetzte, wenn er beim besten Willen seine Ware viel zu teuer verkaufen wollte.

"Nachdem du meinen Mentor getötet hast?"

"Ihr habt doch alle selbst gesehen wie Darius sich schleifen ließ nachdem Mirabelle ermordet wurde! Mein Bruder hätte sich ohnehin das Leben genommen. So war er immer schon gewesen. Ich tat ihm einen Gefallen. Er konnte als Held sterben", brüllte der jüngere Bruder den beiden entgegen und schien tatsächlich absolut von seiner Idee überzeugt zu sein.

Silver dachte fieberhaft nach. Musste irgendwie eine Lösung finden. Einen Fluchtweg. Fieberhaft sah er sich im Raum um bevor sein Blick auf den kaputten Fenstern hängen blieb. Schnell tauschte er daraufhin einen Blick mit Eden aus.

"Ich werde mich dir nicht anschließen, Vergil. Und noch weniger werde ich in deiner Gefangenschaft leben. Du wirst uns nicht kriegen. Nicht bevor wir dich vom Thron gestoßen haben!", rief der Blonde Vergil entgegen, packte nach Edens Hand und zog sie auf die Fenster zu.

"Du bringst uns um!", schrie diese verängstigt auf. Silver warf ihr ein schnelles "Vertrau mir" zu ehe er sich rücklings aus dem Fenster stürzte. Mit der Prinzessin in seinen Armen.

Der Königssaal lag nicht in der Spitze des Turmes doch war er dennoch hoch genug, dass man einen Sprung daraus nicht unterschätzen sollte. Eden krallte sich so fest an den Rekruten wie sie bei seiner Rüstung konnte. Angst lag klar in ihrem sichtbaren Auge.

Sie kamen dem Boden immer näher. Sie wartete lediglich nur noch darauf, dass die beiden Körper dumpf auf der Wiese auftreffen würden.

Doch ihre Erwartung trat nie ein. Als sie landeten versperrte eine Staubwolke ihren Blick. Stroh pickste sie in ihren Gesicht und den freien Teilen ihrer Rüstung. Verwirrt versuchte sie Silver zu erkennen, welcher sich langsam aufrichtete und aus dem kleinen Wagen sprang. Er streckte seiner Freundin eine Hand entgegen und half ihr heraus.

"Wie konntest du davon wissen?", hackte das Mädchen erstaunt nach.

"Die Sternengabe des Visionärs. Ich habe letzte Nacht von dem Strohwagen geträumt und Armina meinte ich soll meiner Gabe vertrauen."

"Und das musst du genau dann probieren, wenn wir sterben könnten wenn du falsch liegst?", fragte Eden schockiert nach. Silver zuckte mit den Schultern und zog sie schließlich in eine Umarmung. "Es ging doch alles gut oder nicht? Ich würde deinen Tod nicht riskieren wenn ich mir nicht sicher gewesen wäre."

"Wir sollten allerdings dennoch fliehen. Er wird nicht lange damit zögern uns zu suchen", wechselte die Königstochter abrupt das Thema.

"Ich hoffe, dass er uns für tot hält. Zumindest bis er feststellt, dass er unsere Leichen nicht finden kann."

"Nur wo wollen wir hin, Silver? Weder Morgenhaven noch Dielonera ist für uns sicher." Die Sorge stand der jungen Frau ins Gesicht geschrieben.

"Zuerst suchen wir Alistair und Armina. Wir können sie nicht zurück lassen."

Eden musste zugeben, dass sie mit dieser Entscheidung nicht zufrieden war. Alistair hatte nach ihrer Auseinandersetzung einen bitterer Nachgeschmack bei ihr hinterlassen. Sie vertraute dem Königssohn nicht. Doch ganz tief im Inneren war ihr klar, dass sie stets in der Lage war den Prinzen zu töten.

Silver nickte ihr kurz zu und gab damit das Kommando aufzubrechen. Ihm war klar, dass sie sich mitten ins Kampfgetümmel stürzen müssen um ihre Kameraden zu holen, doch sie hatten keine Wahl. Vergil würde Alistair ohne Frage töten und dieser war der einzige, der seinem Onkel den Thron streitig machen konnte. Alles was ihnen fehlte war eine Stimme, die Vergil seinen Status wieder rauben konnte. Eine Stimme aus vergangenen Tagen.

"Bist du verrückt geworden?", fuhr Darius seinen Bruder an. Sie hatten ins sich in einem kleinen Raum im Königsturm eingefunden. Dieser war lediglich mit einem Tisch und zwei Bänken ausgestattet. Perfekt dafür um sich in Ruhe mit jemanden zu unterhalten wenn man absolut nicht gestört werden wollte. Vergil war auf Darius zugegangen und hatte ihn genau um so ein Treffen gebeten.

"Was? Nein. Warum reagierst du so?", fragte de Jüngere verwirrt. Er hatte die blauen Augen zu Schlitzen verzogen und runzelte fragend die Stirn.

Seine Haare fielen lang in seinen Nacken und die Robe war offensichtlich viel zu groß. Von seinen unzähligen Muskel und starken Körperbau war nichts mehr zu erkennen. Wenn man ihn nicht gekannt hatte, hätte man bei diesem Anblick wohl nie vermutet, dass er Teil der königlichen Armee war.

Darius hingegen machte kein Geheimnis daraus. Seine rote Robe war für ihn gefertigt worden und schmiegte sich dadurch wie eine zweite Haut über seinen mächtigen Körper. Seine Haare hatte ihre Länge bereits vor Monaten verloren und so waren sie lediglich streng zurück gebürstet geworden. Sein 3-Tage-Bart ließ ihn beinahe um Jahre älter wirken als Vergil.

"Vater köpft dich wenn er davon erfährt", erklärte er nun seinem Zwilling. Fieberhaft darüber nachdenkend warum der anderen die möglichen Konsequenzen nicht sehen wollte.

"Wer sagt denn, dass Vater davon erfahren muss? Das bleibt unter uns. Oder nicht?"

"Du weißt, dass ich es hasse Geheimnisse vor ihm zu haben?"

"Und ich hasse es dein jüngerer Bruder zu sein aber man kann es manchmal nicht ändern."

Darius schenkte ihm einen genervten Blick ehe er laut aufseufzte: "Wie kam es eigentlich dazu? Ich dachte du hättest auf diese Adelige ein Auge geworfen. Dinarus oder so was?"

"Dinarus", wiederholte er abfällig bevor er weiter sprach: "Versuch ein einziges Mal einer von ihnen den Hof zu machen. Am Ende wirst du dich selbst in Frage stellen."

"Die alt bekannte Dinarus-Arroganz."

Vergil nickte kurz und warf einen schnellen Blick aus einem der kleinen Fenster. Man war wirklich beinahe unsichtbar für die Bewohner in diesem kleinen Raum.

"Du hast nur meine Frage nach wie vor nicht beantwortet, Bruder", sprach Darius nun erneut das Thema an.

"Mach doch nicht so ein Aufhebens darum. Ich wollte es dir lediglich mitteilen um deine Reaktion zu erfahren. Aber diese hat ja mehr als bewiesen, dass es wohl klüger wäre damit im Schatten zu bleiben", antwortete Vergil und erhob sich. Darius allerdings hielt ihn am Handgelenk fest und meinte: "Du lebst im Schatten, Vergil. All die Jahre. Vielleicht solltest du mal heraustreten. Heiraten. Eine Familie gründen. Wonach auch immer du dich sehnst."

"Ich hab alles wonach ich mich sehne aber dies scheint ja nicht akzeptiert zu werden."

Mit einer schwungvollen Bewegung befreite er sein Handgelenk und verließ zügig den Raum. Darius seufzte währenddessen und ließ die neue Information in sein Gehirn sickern. Doch wie er es auch drehte und neu auslegte, er konnte oder wollte seinen Zwilling nicht verstehen.

Vergil versuchte sich während seinem Weg über den Hof auf das Tor zu seine Gefühle nicht anmerken zu lassen. Er war enttäuscht darüber, dass selbst Darius ihn nicht akzeptieren konnte. Stattdessen suchte er Argumente um es ihm auszureden.

Aber so war sein Bruder immer schon gewesen. Gesegnet im Flame Stolz und dementsprechend meist nicht besser als jeder Dinarus, der je existiert hatte. Vergil zweifelte daran, dass sich dieser jemals ändern würde. Beziehungsweise sich ändern will.

Doch der Schwarzhaarige war sich sicher, dass er sich dennoch selbst treu bleiben würde. Es würde ohne Frage schwer werden und vielleicht auch schmerzen doch eine andere Wahl blieb ihm nicht. Im Gegenteil, dies war der einzige Weg das zu schützen, was er sich aufgebaut hatte.

Schnell hatte er den Wald erreicht. Es war ein schöner Tag. Die Sonne ließ ihre Strahlen großzügig durch das Blätterdach gleiten und erhellte damit beinahe den ganzen sonst so düsteren Wald.

Er wanderte noch eine ganze Weile durch die Bäume bis er zu einem kleinen Teich kam. Dieser war offensichtlich in den letzten Jahrzehnten durch den Regen geformt worden. Er funkelte ihm Licht und vereinzelt konnte man Frösche und Wasserläufer beobachten.

"Und wieder verspäte ich mich. Kannst du nicht ein einziges Mal zu spät kommen?", sprach ihn eine männliche Stimme hinter ihm an. Das Grinsen auf den Lippen konnte man bereits aus seinen Worten raus hören.

"Ich dachte, dass du heute zu deinem Glück kommst doch mein Gespräch mit Darius lief schlechter als erwartet."

"Ohje", kam von dem anderen bevor sich muskulöse Arme um Vergils Taille schlangen. Dieser begann daraufhin zu lächeln und versuchte den Mann hinter ihm anzusehen.

Chiron allerdings wich seinem Blick gekonnt aus. Und gerade als der Prinz dachte, dass er ihn hatte, stand dieser bereits vor ihm.

"Was sagte Darius?", fragte er sofort. Neugierig wie immer. Mit verschränkten Armen blieb er vor Vergil stehen und musterte dessen blaue Augen.

"Dass Zeltin mich köpfen würde wenn er davon erfährt. Typische Darius-Aussagen eben. Arrogant und hochnässig wie immer."

"Ihr könnt gar kein gutes Haar mehr aneinander lassen oder?"

"Wie sollte ich auch wenn er ich so von oben herab behandelt?"

"Man hat uns unten im Dorf eine Menge Lügen über das Königshaus aufgeschwatzt muss ich zugeben. Die Soldaten haben vom ewigen Zusammenhalt der Familie gepredigt und dass die Zwillinge eines Tages gemeinsam herrschen. Kaum ist man im Schloss merkt man was für ein Haufen an Lügen das war", dachte Chiron laut.

"Ist doch in jedem Adelshaus so. Die einen sind angeblich großzügig und solidarisch. Aber in Wirklichkeit würden die niemals etwas an die ärmere Bevölkerung geben ohne dass sie dementsprechend entlohnt werden."

Chiron seufzte und wandte sich dem kleinen Teich zu. Er kniete sich davor und hielt einem Frosch seine Hand hin.

"Und wie geht es jetzt weiter?", hackte er daraufhin nach und warf Vergil einen fragenden Blick zu.

"Wie soll es schon weiter gehen? Meinst du ich lasse dich jetzt fallen?"

"Vielleicht wäre es besser", murmelte Chiron und wandte sich wieder dem Frosch zu, welcher nun weghüpfte und in dem Teich verschwand.

"Willst du das nun aufgeben nur weil Darius ein Problem damit hat?"

"Darius ist einer der mutigen drei. Wie ich und Milenia. Wird er König werde ich seine rechte Hand. Wie könnten wir es uns dann erlauben, dass er keine hohe Meinung von mir hat? Es könnte das ganze Königreich spalten."

Vergil seufzte enttäuscht eher er sprach: "Du redest von der Zukunft. Was ist mit der Gegenwart?"

"Die Gegenwart hat wie die Vergangenheit eine große Wirkung auf die Zukunft. Was wenn Zeltin in den nächsten Wochen das Zeitliche segnet und Darius auf den Thron kommt?"

"Was ist mit mir? Ich kann ebenfalls König werden!"

Chiron lachte. Er trat ein Stück in den Wald hinein um die beruhigende Stille darin zu betrachten. "Du bist der jüngere Bruder. Du hast keine Chance auf den Thron."

"Wir sind Zwillinge!"

"Und dennoch ist Darius älter als du. Zwillinge hin oder her. Und selbst wenn du König wirst. Du brauchst Erben. Thronfolger. Da bist du mit mir an der falschen Adresse!"

Der Zweifarbige begann von der Lichtung wegzutreten. Das Gespräch schien für ihn beendet doch Vergil fragte plötzlich: "Willst du mich nun verlassen?"

Chiron blieb zaghaft stehen ehe er deprimiert murmelte: "Habe ich eine andere Wahl?"

Als wäre Darius' Zorn über Vergil nicht schon genug so wandte sich nun auch die Person von ihm, welche der ungewollte Prinz am meisten geliebt hatte. Stetig verschwand Chiron in dem Dickicht des Waldes während der Schwarzhaarige zu Boden sank. Sein Herz war gebrochen. Seine Hoffnung zerstört.

An Armina und Alistair klebte mittlerweile Blut an jeder erdenklichen Stelle. Die Krieger Dieloneras kämpften wie Maschinen. Es gab kaum eine Möglichkeit diese unvorbereitet zu erwischen und oder gar zu überraschen.

Die beiden Rekruten zogen sich ein Stück zurück und ließen ihren Blick über das Schlachtfeld gleiten. Blut säumte die Wiesen und tote Körper. Körper, welche hauptsächlich in silbernen Rüstungen steckten mit dem gold-roten Wappen Morganhavens auf dem Rücken.

Ihre Heimat hatte keine Chance. Alistair wusste nicht ob er diese Niederlage Darius zu verdanken hatte. Er hatte sich nicht mehr gekümmert. Hatte alles hängen gelassen und somit waren seine Soldaten nie vorbereitet worden. Und den Pinzen würde es stark wundern wenn Vergil von alleine diese Verantwortung übernommen hätte.

Erst bei diesem Gedanken fiel es ihm wie Schuppen von den Augen. Weit und breit hatte er seinen Onkel nicht gesehen. Die große Schlacht tobte offensichtlich vor dem Schloss.

"Ich hab ein ganz schlechtes Gefühl", murmelte der Prinz während er und Armina sich etwas Abseits in einer verlassenen Hütte Schutz suchten.

"Wer hat das im Moment nicht?", antwortete das Mädchen ohne den Blick von dem Kampf zu nehmen.

"Nein, das meine ich nicht. Ich sehe weder Vergil noch meinen Vater. Was wenn Silver zu langsam war?"

"Wer weiß was da drinnen los ist."

Wie heraufbeschworen entdeckte Armina zwei Gestalten, welche plötzlich aus Richtung des Schlosses gerannt kamen.

Alistair folgten ihrem Blick. Ein eiskalter Schauer lief ihm dabei den Rücken runter. Ohne weiter zu zögern schnappte er nach Arminas Hand und zog sie von der Hütte weg. Vorsichtig winkte er Silver und Eden zu, welche augenblicklich auf ihn zugelaufen kamen.

Schwer atmete der Zweifarbige bevor seine Miene eiskalt wurde. "Wir müssen von hier weg. Sofort."

"Was ist mit meinem Vater?"

Silver senkte demütig den Kopf während Eden leise die Stimme erhob: "Darius ist tot, Alistair. Bei einem Hinterhalt von Vergil umgebracht worden."

"Das kann nicht sein." Die Wahrheit hatte Alistair schwer getroffen. Schmerz breitete sich in seinem Körper auf. So intensiv und grauenhaft wie es nur der Verlust konnte.

"Wir müssen hier sofort weg! Vergil wird auch nicht zögern dich umzubringen, Alistair!", rief nun Armina doch die Worte schienen an ihm abzuprallen.

"Ich bringen ihn um", sprach er durch zusammen gebissene Zähne. Er packte sein Schwert und wollte auf das Schloss zu marschieren doch Silver hielt ihn fest.

"Das gesamte Schloss ist voll mit dielonerischen Soldaten. Sie würden dich zerfetzten. Wir müssen uns zurück ziehen und eine Lösung finden. Wir können hier nichts mehr für Morganhaven tun."

"Ich habe Anspruch auf den Thron!"

"Nur wird Vergil wohl kaum freiwillig zurück treten. Silver hat Recht. Wir brauchen etwas mehr", warf nun Armina ein.

Augenblicklich ließ der Prinz das Schwert sinken. Der Zweifarbige gab daraufhin mit einem Nicken da Kommando und die Gruppe lief so schnell es ihnen möglich war auf den dichten Wald zu.

Über die Lichtung hinweg auf der Darius mit Silver trainiert hatte, an einem kleinen Teich voller Wasserläufer vorbei. So tief in das grüne Tief wie es ihnen möglich war.

Sie profitierten nun von ihrer Kriegerausbildung. Zu laufen mit schwerer Rüstung war kein einfacher Part. Und keiner von ihnen wollte auch nur einen Teil des schützenden Stahls zurücklassen. Dafür war viel zu unklar was die Zukunft für die Gruppe bereit hielt. Doch an einem Punkt waren sie sich alle sicher. Sie würden Darius rächen und Alistair auf den Thron von Morganhaven heben.

Armina war die Erste, die langsamer wurde und schließlich stehen blieb. Schwer atmend stützte sie sich auf ihren Knien ab. Morganhaven war hinter ihnen nicht mehr zu sehen. Und der Wald vor ihnen begann heller zu werden. Davor erstreckten sich lange grüne Wiesen. Diese wirkten unberührt als wäre keine Seele jemals auf diesem Gebiet gewesen.

"Wie machen wir weiter?", fragte Alistair, welcher sich neben Silver aufgebaut hatte.

"Hoffen, dass ich eine Vision bekomme, die uns verrät, wonach wir suchen müssen. Etwas, was Vergil vom Thron reißt."

"Das ist dein Plan? Abwarten?"

"Hast du einen besseren?"

"Silver, mein Vater ist gerade verstorben. Entschuldige meine Ungeduld aber ich habe keine Lust darauf diesen Bastard länger auf dem Thron zu sehen!" Alistair Stimme war bis zum Ende hin immer lauter geworden.

"Dein Vater und mein Mentor. Wie denkst du fühle ich mich im Moment?"

Alistair entledigte sich seinen Handschuhen und warf sie achtlos ins Gras. Er fühlte sich in diesem Moment absolut unwürdig die Rüstung seines Vaters zu tragen.

"Bilde dir nichts darauf ein, Silver. Du kanntest ihn nicht so wie ich ihn kannte", antwortete Alistair ohne aufzublicken.

"Hört auf euch zu streiten. Das bringt uns nun sicher am wenigsten weiter", fuhr Eden die beiden an. Wut funkelte in ihrem Auge.

"Dein Reich ist doch Schuld an allem!", fuhr der Königssohn nun sie an.

"Alistair!", rief Armina nun dazwischen. In ihren grünen Augen lag blanker Zorn.

Der Angesprochene wollte erneut den Mund öffnen und ihr Antworten doch eine Handbewegungen von der Rekrutin ließ ihn restlos verstummen.

"Wir sollten zuerst versuchen ein Dorf zu finden, wo wir Unterschlupf bekommen. Hier draußen holt uns lediglich der Tod", stimmte Eden nun zu.

Der Zweifarbige hob den Blick und suchte die Gegend ab. Lediglich spärlich konnte er hinter unzähligen Hügeln einen Turm ausmachen. "Da vorne", sprach er und hörte daraufhin seine Gruppe seufzen. "Das wird sicher einen Tag wenn nicht sogar mehr in Anspruch nehmen. Schlafen sollten wir ohnehin nur wenn einer Nachtwache hält. Dafür ist die Situation viel zu gefährlich."

"Ob sie wohl schon bemerkt haben, dass wir noch am Leben sind?", fragte Eden Silver und klopfte ihm freundschaftlich auf die Schulter.

"Ich denke nicht. Vergil ist noch zu sehr auf die Schlacht fokussiert."

"Was genau ist im Schloss eigentlich passiert?", fragte Alistair während sich die Gruppe in Bewegung setzte.

"Als wir den Thronsaal betraten, war Darius bereits tot oder so gut wie tot. Vergil bot dann Silver an bei ihm zu bleiben. Am Ende sind wir aus dem Fenster gesprungen und in einem Strohwagen gelandet", fasste Eden kurz.

"Ihr seid da raus gesprungen?", hakte Armina nach.

Silver nickte ehe er antwortete: "Ich habe von dem Wagen geträumt. Und du sagtest ich sollte auf meine Gabe vertrauen."

"Ich bin stolz auf dich. Dagegen ankämpfen hätte dir auf langer Sicht nichts gebracht", antwortete die Rekrutin und lächelte ihm zu.

"Wusstest du von dem Mord an meinem Vater denn auch schon vorher?"

Der Blonde schüttelte den Kopf und sprach: "Nein. Es war lediglich dieser Wagen."

"Dann hoffe ich, dass du bald einen Hinweis bekommst. Kannst du das nicht irgendwie hervorrufen?", dachte Alistair laut nach.

"Ich bin dafür zu unerfahren. Ich habe eigentlich keine Ahnung wie Sternengaben funktionieren."

"Wie Chiron", kicherte der Königssohn bevor sein Blick ernst wurde.

Drei verwirrte Blicke trafen ihn bevor er anfing zu erklären: "Chiron war der dritte der mutigen drei abgesehen von meinem Vater und seiner Schwester. Starb allerdings im letzten Krieg."

"Darius und Vergil haben eine Schwester?", fragte Armina überrascht.

"Ja. Hat allerdings jemanden aus dem Dorf geheiratet. Zeltin war alles andere als Stolz darauf."

"Das Königshaus bleibt auf ewig ein Geheimnis", murmelte die Rothaarige.

Eden kicherte und meinte: "Stellt euch vor, die hätte Kinder. Dann wäre Alistair nicht der einzige, der Anspruch auf den Thron hat."

Dieser seufzte daraufhin allerdings lediglich und murmelte: "Als wäre die jetzige Situation nicht schon kompliziert genug." Er dachte kurz nach ehe er fort fuhr: "Bei Chiron allerdings wird in den Bücher nie darüber gesprochen wie er starb. Lediglich, dass er im Krieg starb. Das ist untypisch. Als wäre es nur eine Ausrede, dafür dass er eigentlich abgehauen ist."

"Wir könnten das doch zu unserem Anhaltspunkt machen. Versuchen mehr über ihn herauszufinden", warf Eden ein. Der Prinz allerdings schüttelte den Kopf und antwortete: "Außerhalb des Schlosses werden wir nichts finden. Die Chronik der vergangenen drei befindet sich in Morganhaven."

"Und hier draußen wird wohl kaum jemand von ihnen gehört haben", stellte Silver fest.

"Ich hatte nur nie erwartet, dass Vergil Darius so sehr hasst. Meine Mutter sprach immer so gute Worte über Vergil", meinte Armina nachdenklich.

"Vielleicht hat ihn einfach nur die Gier getrieben", dachte Eden nach.

Armina zuckte mit den Schultern.

In diesem Moment sackte Silver plötzlich zusammen. Ohne ein Wort von sich zu geben war er plötzlich neben seinen Freunden zu Boden gegangen während ihn die bekannte Schwärze plötzlich eingehüllt hatte. Nur schwach vernahm er noch die Stimmen der anderen doch seine Vision hatte ihn bereits fest im Griff.

Erneut sah er Augen. Eines grün. Das andere blau. "Vergil", summte eine tiefe Stimme. Die Augen verschwanden und zeigten den Thronräuber. Vor ihm stand ein Mann, welcher ihn um einen Kopf überragte. Die verschiedenfarbigen Augen glitzernden als sie den Schwarzhaarigen betrachteten. Erneut wechselte sich das Bild und zeigte das Wappen Morganhavens, welches in der Mitte zerbrach. Blut strömte aus der Bruchstelle. Bevor er erwachte sah er eine dunkle Höhle, welche sich tief in einen grünen Hügel grub.

Noch bevor er sich richtig von der Vision erholt hatte erzählte er den anderen mit brüchiger Stimme bereits, was er gesehen hatte.

"Grün und Blau. Davon hatten wir doch in den Bücher gelesen", warf Armina ein und half Silver vorsichtig auf die Beine.

"Die Gabe der Beschwörung", murmelte Silver.

"Wir müssen diesen Mann finden. Wir müssen diese Höhle finden. Vielleicht ist er genau derjenige, den wir brauchen!", antwortete Alistair. Neuer Enthusiasmus packte ihn.

"Er ist es nicht nur vielleicht. Silver hat immer Recht bewiesen."

"Es handelt sich um eine Höhle in einem grasbewachsenen Hügel. So wie es mir aussieht sind wir auf dem richtigen Weg", sprach der Königssohn.

"Dann los", sagte Silver und führte die Gruppe an. Hinein in eine Welt, die sie alle vier nicht kannten. Auf einen Weg, der ihre Heimat retten kann. Der Krieg hatte bereits unzählige Leben gefordert und diese Zahl würde definitiv noch steigen. Doch ein neues Gefühle verband die Krieger. Das Gefühl von Hoffnung. Die Hoffnung die Seelen zu rächen, die sie verloren. Darius als Schüler und Sohn gerecht zu werden.

Der Verlust seines Mentors lag Silver nach wie vor schwer in den Gedanken. Er hatte die Vision gesehen, dass Morganhaven gerettet werden konnte doch für Darius war jede Hilfe zu spät. Er war überrascht worden. Hatte keine Chance gehabt sich zur Wehr zu setzen. Und dafür würde Vergil ohne Frage bluten.

Die Sonne hatte ihren Weg fast vollendet als sich die Krieger in einem kleinen unscheinbaren Wald versteckt hatten. Sie hatten noch einen langen Marsch vor ihnen bevor sie das Dorf erreichen würden. Doch sie mussten sich allesamt ausruhen. Kraft tanken für die Reise, die ihnen noch bevor stand.

"Ich übernehme die erste Wache", sprach Eden auf Anhieb und sah sich nach einem höheren Punkt um. Schließlich entdeckte sie einen großen Stein worauf sie sich nieder ließ.

"Ich kann die Wache auch übernehmen", sagte Silver und trat näher an das Mädchen ran.

"Du kannst gerne die zweite übernehmen. Aber der Tag war anstrengend genug für dich, Alistair und Armina. Ihr solltet euch alle ausruhen."

"Danke Eden", kam es von Armina, welche die andere freundlich anlächelte.

"Außerdem muss ich den Gegner nur in die Augen sehen um ihn zu töten", hing Eden lachend an woraufhin der Königssohn lediglich die Augen verdrehte.

Silver ging zu den anderen beiden und half das Lager aufzubauen während seine Gedanken zu Eden wichen. Sie war die Tochter des Feindes. Das war ihnen allen klar. Und doch hatte sie sich innerhalb von weniger Zeit bewiesen. Sie war mutig und stark, was sie zu einem großem Gewinn für die Gruppe machte.

Ihre Aufgabe war ohne Frage keine einfache. Doch es schweißte die Krieger enger zusammen. Nun waren sie gezwungen sich auf einander zu verlassen. Keine dicken Burgmauern schützten die vier.

Silver schlief nur unruhig. Die Bilder von Darius' leblosen Körper folgten ihm in seine Träume. Immer wieder tauchte die Frage auf ob er ihn hätte retten können wenn er schneller gewesen wäre. Auf der anderen Seite traute er Vergil zu, dass er dieses Bild bereits vorbereitet hatte. Als Warnung für ihn oder Alistair.

Sein Leben lang hatte er bereits davon geträumt von dieser Legende ausgebildet zu werden. Die Glücksgefühle, die er bei Erfüllung seines Traumes verspürt hatte. Und wie schnell dieser Traum wieder geendet hatte. Er musste zurück an Kirans Worte denken. Wie oft er versucht hatte ihn davon abzubringen.

Silver schreckte plötzlich aus dem Schlaf hoch. Augenblicklich griff er nach seinem Schwert und ließ seinen Blick durch den dunklen Wald gleiten. Eden saß auf den Stein und alles schien ruhig. Er seufzte auf.

"Alles in Ordnung, Sil?", hackte die Schwarzhaarige nach und warf ihm einen besorgten Blick zu.

"Alles bestens. Ich hab nur schlecht geträumt."

Eden erhob sich und trat auf den jungen Mann zu. "Willst du darüber sprechen?"

Silver stand nun ebenfalls auf und vergrub sein Gesicht in seinen Händen. "Leg dich hin, Eden. Ich übernehme von jetzt an."

"Du kannst dich noch hinlegen. Ich bin noch nicht müde", lächelte das Mädchen. Ihr warmes Lächeln ließ Silvers Welt etwas heller werden. Die Zeiten waren dunkel. Er war dankbar für jeden Funken, den er geschenkt bekam. Ohne zu zögern schnappte er Eden und zog sie in eine Umarmung.

"Danke. Für alles was du bisher für uns getan hast."

"Wir verfolgen dasselbe Ziel, Sil. Freiheit und Gerechtigkeit."

Sie erwiderte die Umarmung und zog ihn noch ein Stück näher an sich heran. "Und nun mach noch etwas die Augen zu. Ich wecke dich wenn du übernehmen kannst."

Silver nickte dankbar und sank zurück auf das provisorische Bett aus Moos und Laub.

Eden begab sich zurück zu ihrer Position. Gedankenverloren ließ sie ihren Blick gegen Himmel gleiten. Vorsichtig nahm sie ihre Augenklappe ab und legte damit ihr schwarzes Auge frei. Ihre Gedanken wanderten zurück in ihre Vergangenheit. Ein wohliger Schauer lief ihr über den Rücken als sie daran dachte, dass sie es geschafft hatte sich aus den Klauen ihres Vaters zu befreien. Es war ihr ganz persönlicher Krieg gewesen und nun hatte der Krieg begonnen, der sie alle etwas anging. Der nicht nur in ihrem Kopf tobte sondern Leben forderte.

"Du wirst eines Tages eine erfolgreichere Königin sein als ich, Eden. Vor dir liegt eine große Zukunft", hallte die Worte ihres Vater in ihren Ohren nach. Nun verstand sie auch was er damit gemeint hatte. Eden hätte über das vereinte Reich von Dielonera und Morganhaven herrschen sollen. Mephilis war alt und gebrechlich. Seine Zeit war am ablaufen.

Die Königstochter wurde geschult und in ihre Aufgabe reingezwungen da hatte sie noch keine sechs Jahre gelebt. Sie empfand Neid wenn sie sah wie Silver, Alistair und Armina aufgewachsen waren. Unter strenger und dennoch liebevoller Hand.

Die Gefangennahme der Morganhaver war ihr Ticket in die Freiheit gewesen. Sie hatte daraufhin bereits beinahe damit gerechnet, dass Alistair ihr jede Sekunde sein Schwert durch die Brust jagen würde doch er hatte er bis heute nicht getan.

Eden senkte den Kopf und wandte sich um zu Silver, welcher bereits wieder eingeschlafen war. Aufgeregt wandte er sich im Schlaf umher. Offensichtlich träumte er erneut von diesen grausamen Bildern.

Der Blonde war jünger als Eden. Der Jüngste aus der ganzen Truppe um genau zu sein. Die junge Frau musste an seinen Blick denken. Die Trauer und Wut, die sich darin befand als sein Mentor vor ihm zu Boden ging. Nur schwer konnte sie sich vorstellen wie dieser Verlust ihn prägen würde. Ob es in zerreißen oder noch stärker machen würde.

Sie vertraute ihm. Und das war in diesem kurzem Augenblick wohl das Wichtigste.

Die Nacht hatte ihr Ende. Silver streckte sich als er langsam blinzelnd die Augen öffnete. Erschrocken riss er diese allerdings auf als er feststellte, dass bereits die ersten Sonnenstrahlen durch den Wald brachen. Er rappelte sich auf während er zu Eden sah, welche immer noch auf dem Stein hockte. In ihrer Hand hielt sie die Augenklappe fest umschlossen.

"Ich dachte du weckst mich", sprach der Blonde daraufhin.

Erschrocken zuckte sie zusammen und zog sich rasch die Klappe wieder über den Kopf.

"Ich konnte ohnehin nicht schlafen", antwortete die Prinzessin und schenkte ihm ein Lächeln.

"Vor uns liegt noch ein langer Tag, Eden. Das Dorf werden wir wohl erst heute Abend erreichen."

Eden zuckte lediglich mit den Schultern.

Es dauerte nicht lange als auch Alistair und Armina langsam wach wurden. Alistair war schnell auf den Beinen während Armina ihn dabei stumm beobachtete. Sie wirkte als hätte sie ihren Mut weiterzumachen verloren.

"Wir sollten weiter", meinte der Prinz ohne die Rothaarige weiter zu beachten.

"Ich hab Hunger", wimmerte diese daraufhin und fuhr sich mit ihren Händen durchs Gesicht. Tollpatschig öffnete sie ihre Haare und ließ die rote Mähne über ihren Körper fallen.

"Wir sollten eventuell auch nicht aufbrechen bevor wir uns etwas gestärkt haben. Ich möchte nicht, dass uns jemand unterwegs zusammen bricht", warf nun Silver ein und musterte Armina dabei besorgt.

"Und womit hast du vor zu Jagen? Willst du Schwerter nach Hasen werfen?", blaffte der Königssohn ihn an.

"Wozu brauchen wir den Schwerter?", fragte Eden und gesellte sich zu dem Rest.

"Woran hattest du gedacht?", fragte Silver.

Mit einem breitem Lächeln deutete sie auf ihr verdecktes Auge und sprach: "Mein Vater hat mich damals in den Wald gezwungen um meine Gabe zu verstehen und kontrollieren zu lernen. Ich habe damit unzählige Rehe und Hasen erlegt. Wenn ihr euch um ein Feuer kümmert, kümmere ich mich um den Rest."

Silver nickte ihr zu während Alistair sie stumm beobachtete als Eden sich etwas tiefer in den Wald begab.

Der Königssohn hatte nach wie vor kein Vertrauen in die Tochter des Feindes. Sie wirkte auf ihn unberechenbar und ihre Gabe machte ihm tief im Inneren Angst. Auch wenn er dies nicht zugeben wollte. Sie könnte sie alle töten, wenn sie lediglich das Verlangen danach verspürte.

Doch dieses Mal war sie durchaus von Nutzen. Das Feuer glühte noch nicht einmal als Eden mit Hasen in ihrer Hand zurückkehrte und sie Alistair zu warf. "Jetzt brauchst du dein Schwert", lächelte sie frech. Der Prinz verdrehte als Antwort nur die Augen.

Nachdem sie sich alle satt gegessen hatten traten sie ihre Reise von neuem an. Stille belegte ihren Weg. Dunkle Wolken waren über den Himmel gezogen und kündeten Regen an. Arminas offene Haare flatterten im Wind und nahmen ihr teilweise die Sicht.

Silver versuchte die Umgebung möglichst genau im Blick zu halten. Sie waren auf einem offenem Feld unterwegs. Sie konnten sich zwar nicht verstecken aber genauso wenig konnte der Feind einen Hinterhalt planen. Ob ihn dies nun beruhigte oder nicht war ihm selbst unklar.

Alistair hingegen hielt den Blick stur am Boden. Seine Gedanken rauschten laut und mehrmals überhörte er Arminas Stimme.

"Alistair!", brüllte sie ihn nun an und riss ihn damit endlich in die Realität zurück.

"Was ist?", antwortete dieser perplex.

"Ich fragte dich ob es dir gut geht. Du bist so blass als würdest du gleich weg kippen."

"Ich habe lediglich nachgedacht. Ich hatte mir den Wechsel der Königsposition anders vorgestellt."

"Wer hat das nicht?"

"Mach dich doch nicht selbst fertig, Alistair. Vor uns liegt eine ganz andere Aufgabe auf die wir uns fixieren sollten", mischte sich nun Eden ein, welche vor dem Prinzen und dicht neben Silver einen Schritt vor den anderen setzte.

"Ich frage mich nur ob wir es hätten verhindern können wenn wir nicht von Dielonera geschnappt worden wären."

"Wohl kaum. Vermutlich hätte Vergil dich und Darius in einem Atemzug umgebracht", meinte Armina.

"Was ist mit den großen Adelshäusern Morganhavens? Wenn die ihre Stimmen erheben würde das nicht auch ausreichen um Vergil vom Thron zu holen?", fragte die Schwarzhaarige.

"Es würde mich nicht wundern, wenn sich Vergil da bereits darum gekümmert hat", kam es nun wieder von Alistair.

Armina seufzte ehe sie fragte: "Meinst du ist meine Familie noch am Leben?"

"Wer weiß ob noch irgendjemand in Morganhaven lebt. Ich will nicht daran denken aber wir sollten vielleicht damit rechnen, dass Dielonera das Reich restlos eingenommen hat."

"Vergil wird auch vor meinem Vater kein Halt machen", antwortete Silver während er an sein letztes Gespräch mit Kiran dachte. Kiran war nun das perfekte Druckmittel um Silver in seine Dienste zu zwingen. Und der falsche König war klug genug um solche Möglichkeit im Hinterkopf zu behalten.

Doch Vergil hatte in diesem Moment ganz andere Sorgen. Seine Soldaten durchsuchten in diesem Moment das gesamte Gebiet rund um Morganhaven. Während er auf seinem goldenem Thron saß und die Dienerinnen beobachtete, welche verzweifelt versuchten das Blut des vergangenen Königs vom Marmor zu kratzen.

Alistair und Silver waren ihm entwischt. Weder Leichen noch möglichen Spuren waren bisher gefunden worden. Und dem ehemaligen Kommandanten war mehr als klar, dass die beiden jungen Krieger für ihn eine Gefahr darstellten.

Silvers Fähigkeiten waren beachtlich und innerhalb kürzester Zeit hatte er verstanden diese halbwegs richtig zu deuten. Doch der Junge war naiv und unerfahren. Sie waren ihm entwischt doch das war noch lange keine Garantie dafür, dass sie auch in der Lage sein würden ihn vom Thron zu stoßen.

In diesem Moment wurde die Tür zum Thronsaal geöffnet. Vier schwarze Soldaten traten ein dicht gefolgt von einem Gesicht, dass Vergil zu letzt vor mehreren Jahrzehnten sah.

Die grauen Augen starrten beinahe durch ihn durch. Der Fremde hatte sich stark verändert. Sein Gesicht war eingefallen, der Körper unnormal dünn. Als würde ihn eine Krankheit plagen.

"Vergil", begrüßte er ihn und formte ein schiefes Lächeln mit seinen schmalen Lippen.

"Schön Euch wiederzusehen."

"Du hast gute Arbeit geleistet, mein Freund. Wäre dir nicht ein fataler Fehler unterlaufen."

"Von welchem Fehler sprecht Ihr, Mephilis?"

"Meine Tochter ist fort, Vergil. Verschwunden mit diesen drei Rekruten. Und der Visionär scheint ebenfalls nicht in deiner Gewalt zu sein. Wo sind sie?"

Der Schwarzhaarige erhob sich vom Thron und trat auf den anderen zu. Vor ihm ging er auf die Knie und senkte den Blick.

"Entschuldigt. Ihr habt mir sehr geholfen. Ich verspreche Euch die beiden zu finden. Meine Soldaten sind bereits im gesamten Reich verteilt. Der Spross von Darius ist ebenfalls noch da draußen."

Mephilis' Bewegungen folgten nun so schnell, dass Vergil sie kaum mitverfolgen konnte. Die Hand um seine Kehle spannte sich während seine Beine den Boden unter sich verloren. Hilflos hing er in der Luft während die kalten Augen des anderen ihn von oben bis unten musterten.

"Du wirst sie finden, Vergil."

"Natürlich", krächzte der Angesprochene während er krampfhaft versuchte die Hand des anderen zu lösen. Der Alte war viel stärker als er schien.

"Du wirst es bereuen sie nicht zu finden, Vergil."

"Ich weiß."

"Dann finde sie!", brüllte Mephilis während er Vergil mit einem Mal gegen die Treppen, welche zum Thron folgten stieß. Schmerz durchzuckte ihn als der Aufprall einige seiner Rippen in Mitleidenschaft zogen.

Der andere ließ sich davon allerdings nicht weiter beirren. Er wandte sich von dem König ab und verschwand mitsamt seiner Soldaten genauso schnell wie er gekommen war. Vergil vergrub sein Gesicht in seinen Händen und seufzte schwer.

Eine Dienerin bot ihm an ihm aufzuhelfen doch er stieß sie harsch weg und begab sich zurück zu seinem Thron.
Er musste die vier finden. Egal wie. Egal mit welchen Mitteln. Er musste sie finden.

SECHS

Die Sonne stand bereits tief am Horizont als die Krieger das Tor durchschritten, welches das Dorf markierte nachdem sie gesucht hatte. Sinaria stand darauf geschrieben. Die Gassen wirkten wie leer gefegt. Ein Schild quietschte im Wind und immer wieder konnten die vier Blicke auf ihren Rücken spüren, die jedoch nicht ausfinden zu machen waren.

"Ich hatte es mir irgendwie anders vorgestellt", sprach Armina gedämpft während sie sich nervös umsah. Vor ein paar Stunden hatte sie ihre Haare zu einem langen Zopf geflochten.

"Ich hoffe wir finden eine Taverne. Ein weiches Bett wäre ein Traum", murmelte Eden während sie ihren Blick auf das quietschende Schild fixierte, welches an einer Hausmauer hing.

Sinaria lag tatsächlich in Mitten der Wiesen. Von weitem sah es sehr unrealistisch aus. Wie eine täuschende Fata Morgana. Nur schlechte Feldwege führten aus de

Dorf hinaus und hinein, welche allerdings kaum begangen wirkten. Eine dicke Mauer baute sich um das Dorf herum und schottete es damit von der restlichen Welt ab.

"Was macht ihr hier?", rief plötzlich eine männliche Stimme. Der Besitzer trat langsam aus dem Schatten eines Daches hervor und musterte die Rekruten. Seine Augen leuchteten in violett und orange.

"Ein Zweifarbiger. Hier draußen", sprach Alistair ungläubig.

"Guten Abend. Wir sind auf der Suche nach einer Taverne", antwortete Silver gelassen und schenkte dem Fremden ein warmes Lächeln.

"Woher kommt hier? Es kommen nur sehr wenigen Reisende durch unser Dorf", hakte der Zweifarbige nun nach.

"Morganhaven", erklärte der Blonde wie aus der Pistole geschossen.

"Dann habt ihr euch von eurem Reich abgewandt?"

"Nein. Das würde nur lange dauern, dass nun zu erklären."

"Dann folgt mir erstmal. Ihr seht müde und ausgehungert aus", sagte der Fremde während er ihnen mit einer Handbewegungen deutete ihm zu folgen. Die Krieger tauschten einen schnellen Blick aus während sie dem älteren Mann durch die Gassen des Dorfes folgten. Sie blieben schließlich vor einem kleinen Haus stehen. Der Mann schloss die Tür auf und ließ die vier hinein.

"Bitte legt eure Rüstungen ab. Meine Frau sieht Reichsleute nur sehr ungern in Rüstung."

"Natürlich", nickte Silver und gemeinsam halfen sie sich aus ihren Rüstungen hinaus, welche sie sorgfältig in einer Ecke des Flures verstauten. Lediglich kleine Messer bewahrten Eden und Alistair in ihren Stiefeln auf. Viel zu merkwürdig kam ihnen die Gastfreundschaft des Fremden vor.

Das Gebäude war alt und heruntergekommen. Verblichene Gemälde hingen an der Wand und die Türen kamen Geräusche von sich, wie Türen sie nicht machen sollten.

Der Fremde führte sie in ein Zimmer mit einem großen Holztisch. Mehrere Stühle standen drum herum. Ein Fenster ließ nur spärlich Licht in den Raum, dessen Wände abbröckelten und Böden aufsprangen. Der Geruch von frischem Essen tanzte auf den Nasen der hungrigen Soldaten herum.

"Ich bin gleich wieder bei euch. Meine Frau hat gekocht. Ihr seid bestimmt hungrig."

Gleichzeitig nickten die vier während sie sich ihre Plätze suchten.

"Und wir können ihm vertrauen?", flüsterte Alistair vorsichtig.

"Wir sind zu viert, Ali. Was kann er uns schon tun?", antwortete Armina während sich in ihrem Mund Spucke sammelte. Sie fühlte sich als hätte sie seit Tagen nichts ordentliches mehr gegessen.

Die Tür wurde geöffnet und der Fremde kam mit einer zierlichen Frau in seinem Alter zurück. Beide balancierten sie jeweils zwei Teller. Dampfend stellten sie den Eintopf vor ihre Gäste, welche augenblicklich gierig zu essen begannen. Ihre Gastgeber setzten sich stumm zu ihnen und warfen ihnen ein freundliches Lächeln zu.

"Warum helfen Sie uns?", fragte schließlich Silver nachdem er den schlimmsten Hunger erledigt hatte und versuchte nicht mehr allzu gierig zu wirken. Schaffte er allerdings nur wenn man die Tatsache vergaß, dass er bereits vor seinem dritten Teller saß.

"Ihr seid jung. Ich wollte nicht, dass ihr auf eurer Reise umkommt", antwortete der Fremde.

Silver schluckte seinen letzten Bissen hinunter und deutete schließlich durch die Runde: "Wir haben total vergessen uns vorzustellen. Wenn ihr erlaubt, mein Name ist Silver und das sind Alistair, Armina und Eden."

"Der Junge hat ja sogar Manieren", sprach die Frau entzückt bevor sie weiter fuhr: "Ich bin Aedaira und mein Mann Govert."

Govert nickte zum Gruß. Armina hob die Stimme und fragte: "Ihre Augen sind ganz besonders. Sie sind ein Sternenträger oder?"

"Das stimmt. Ich besitze die Gabe die Bedürfnisse von anderen Geschöpfen zu fühlen und dementsprechend zu handeln."

"Keine gefährliche Gabe bei so einer ausgefallenen Farbe. Ich dachte nicht, dass so etwas möglich ist", antwortete die Rothaarige überrascht.

"Keiner in Sinaria trägt eine gefährliche Gabe. Wir helfen uns damit gegenseitig so gut wir können."

"Dann gibt es hier noch mehr?"

Aedaira lachte und erklärte: "Beinahe jeder zweite hier trägt verschiedenfarbige Augen."

Augenblicklich klappten vier Münder auf. Erschrocken sprach Alistair: "Wir dachten, die Sternenträger seien so gut wie ausgestorben. In Morganhaven gibt es lediglich zwei uns die sitzen mit uns am Tisch."

Eden warf den Königssohn einen überraschten Blick zu nachdem er sie als Morganhaver bezeichnet hatte. Direkt danach nickten sie und Silver im Takt.

Goverts Blick war interessiert während er die beiden fragte: "Was sind denn eure Gaben? Müssen ja etwas Besonderes sein wenn es sie bei euch kaum noch gibt."

Silver lächelte schüchtern eher er sagte: "Ich besitze die Gabe des Visionärs. Ich empfange des öfteren Visionen, welche Hinweise für die Zukunft zeigen."

Eden hingegen senkte den Kopf. Sie wollte nur ungern ihre Gabe Preis geben doch die fünf Blicke, die sie nun musterten begannen sie unwohl fühlen zu lassen. Angst stieg in ihr auf.

Doch in diesem Moment griff der Blonde nach ihrer Hand. Er lächelte sie aufmunternd an und nickte kaum merklich. Die Prinzessin schluckte hart bevor sie nur gedämpft erklärte: "Ich trage die Gabe des Mörders. Ein Blick genügt

um meinen Gegenüber tot zusammen brechen zu lassen."

Eden rechnete bereits damit, dass Govert und Aedaira sie aus dem Haus warfen und sie baten nie wieder zurück zu kommen. Doch stattdessen lächelte Aedaira mitfühlend und sprach: "Deshalb versteckst du dein Augen. Es muss wohl sehr schwer sein mit so etwas zu leben."

"Ja, mein Vater hatte versucht das auszunutzen. Aber zum Glück traf ich auf Silver und seine Freunde."

"Gute Freunde sind wichtig", antwortete Govert.

"Welche Farbe hat denn dein zweites Auge. Das Rot alleine ist ja schon ein wahrer Blickfänger", sprach seine Frau daraufhin.

"Schwarz. Die Farben sind deshalb so intensiv um einen Gegner anzulocken. Wie der Käse auf einer Mausefalle bevor die Falle die Maus ermordet."

Kurzes Schweigen erfüllte den Raum bevor Govert neugierig weiterfragte: "Was führt euch denn nun in unser Dorf?"

"Unser König wurde ermordet. In Morganhaven herrscht Krieg. Nun sind wir auf der Suche nach einem Mann, welcher der einzige zu sein scheint, der den Thronräuber wieder vom Thron holen kann und diesen für Alistair frei macht", erklärte Silver.

Erschrocken riss das Paar die Augen auf. Schnelle Blicke fielen auf Alistair bevor Aedaira sprach: "Nach welchem Mann sucht ihr? Vielleicht können wir euch weiterhelfen."

"Chiron Fakas. Er besitzt die Gabe der Beschwörung", antwortete nun Alistair.

"An Chiron erinnere ich mich. Er hatte ganz faszinierende Augen", schwärmte Aedaira.

"Wann haben Sie ihn zuletzt gesehen?", fragte der Königssohn voller Elan.

"Vor rund fünfzehn Jahren. Er war wie ihr durch unser Dorf marschiert. War eine Weile geblieben und hatte immer davon gesprochen alleine zu bleiben. Ein Leben abseits anderer. Er sagte immer, dass seine Vergangenheit ihm eine Leere genug war."

"Dann kann er mittlerweile auch tot sein", seufzte der Prinz.

"Kann er nicht. Wäre er tot hätte ich ihn nicht in der Vision gesehen", sprach Silver.

"Ihr solltest vielleicht am morgigen Tag mit Kean sprechen. Er führt einen Gemüseladen nicht weit von unserem Haus. Chiron und Kean standen sich damals sehr nahe", erklärte Goverth.

Die vier nickten bevor Eden plötzlich herzhaft gähnte. Aedaira lachte: "Aber ich zeige euch nun euer Zimmer. Es sind leider nur zwei Betten aber ich hoffe dennoch, dass sie euch ausreichen."

"Wir haben letzte Nacht auf Laub und Moos geschlafen. Ich wäre auch mit einer Decke am Boden zufrieden gewesen", reagierte Alistair woraufhin alle die ein kurzes Gelächter ausbrachen.

Während die vier schließlich ihre Schlafplätze errichteten, natürlich schliefen Silver und Alistair am Boden, hing der Blonde seinen Gedanken nach. Kean könnte ein guter Anhaltspunkt sein oder eine Sackgasse. Sein Herz hoffte allerdings darauf endlich Antworten zu finden. Eine Richtung in die sie gehen konnten. Einen Beweis, dass sie Morganhaven noch retten konnten.

Der nächste Morgen ereilte die Rekruten rascher als ihnen lieb war. Sie waren ausgeschlafen und hatten ihre Gedanken in schönen Träumen vergessen können. Doch das Sonnenlicht, welches durch das beschlagene Fenster des alten Hauses brach, machte schnell klar, dass die Krieger nicht mehr in Morganhaven waren. Machte klar wo sie waren und warum sie dort waren.

Lange Gesichter begrüßten die jeweils anderen. Leichter Regen fiel auf die alten Gassen und ließ die Welt noch etwas trüber wirken.

Silver war schließlich der erste, der sich aufrichtete und seine Decken vom Boden aufhob und zurück an ihren Platz legte. Sie würden keine weitere Nacht mehr hier verbringen somit wollte er das Zimmer so aufgeräumt wie möglich hinterlassen. Schnell taten ihm die anderen nach.

"Guten Morgen", begrüßte Govert schließlich die vier als er vorsichtig die Tür öffnete.

Einstimmig grüßten ihn die Krieger und versuchten ein glaubhaftes Lächeln aufzusetzen.

Nachdem sie alles verstaut und zurück in ihre ursprüngliche Ordnung verließen die vier den Raum und begaben sich zurück in den Raum in dem sie gestern noch zusammen mit dem alten Paar gesehen hatten. Frühstück stand bereits auf dem Tisch und brachte den Blonden in Verlegenheit. Er wollte sich nicht länger dort aufhalten. Ungeduld trieb ihn in die Richtung von Kean.

"Setze dich. Ihr müsst zu Kräften kommen bevor ihr weitergeht", sprach Aedaira, welche ebenfalls den Raum betrat. Silver nickte zögernd während er sich setzte. Eden, Armina und Alistair taten ihm nach. Schnell schlangen sie das Essen runter und sprangen beinahe auf um weiterziehen zu können.

Doch Govert hielt Silver am Arm fest, als sich dieser bedanken und durch die Tür hinter ihm verschwinden wollte.

"Warum bleibt ihr nicht hier? Zweifarbige wie du und deine Freundin sind im Dorf gern gesehen."

"Wir haben eine Aufgabe zu erfüllen."

"Ist euer Glück denn nicht viel wichtiger?"

Die Rekruten tauschten verwirrte Blicke aus während sie Govert zuhörten.

"Ich bin glücklich wenn meine Heimat gerettet ist."

"Sinaria könnte eure neue Heimat werden."

Alistair legte nun ebenfalls seine Hand mit einem strammen Griff um Goverts Hand. Als Signal, dass er

Silver loslassen sollte. "Wir laufen nur nicht vor unseren Pflichten davon."

"Die Zweifarbigen wären hier sicherer. Niemand nutzt euch aus."

"Sind deshalb so viele Sternenträger hier?", fragte Armina schließlich verwirrt.

Aedaira nickte stolz während sie erklärte: "Als die Reiche begannen diese Leute auszunutzen beschlossen die ersten zu fliehen und dieses Dorf zu gründen. Kein König über uns, der ihre Fähigkeiten für sich nutzt."

"Kein König der Welt hat mich dazu gezwungen meine Fähigkeiten zu nutzen", sprach Silver, welcher langsam wütend wurde.

"Dich vielleicht nicht. Aber deine Freundin", antwortete Govert. Ein merkwürdiges Glitzern lag dabei in seinen Augen.

Der Blonde reagierte daraufhin verwirrt und wandte sich um zu Eden, welche bisher noch kein Wort geäußert hatte. Unsicher sah sie zu Boden.

"Du liest in ihren Gedanken!", blaffte der Blonde Govert schließlich an. Dieser lächelte nur.

"Du besitzt nicht die Gabe des Helfers. Sondern die des Gedankenlesers", stellte Alistair daraufhin fest.

Eden fühlte sich während der Diskussion sichtlich unwohl. Sie hatte vergangene Nacht von ihrem Vater geträumt. Ihre Gedanken waren nach dem Erwachen nicht davon gewichen.

Silver reagierte blitzartig nachdem er den stillen Hilfeschrei sah, welcher sich in dem Auge der Schwarzhaarige bemerkbar machte. Natürlich könnte sie Govert einfach töten. Doch ihre Unsicherheit hinderte sie.

Ruckartig riss der Blonde die Hand aus dem Griff von Govert und schlug ihm seine geballte Faust ins Gesicht. Dieser stolperte zurück und musterte ihn entsetzt.

"So dankt ihr unsere Gastfreundschaft!", brüllte dieser ihn nun an. "Verschwindet aus meinem Haus!"

Die Morganhaver ließen sich das nicht noch einmal sagen, liefen aus dem Zimmer, schnappten sich im Vorbeilaufen ihre Rüstung und verließen das Haus.

"Bleibt stehen!", rief ihnen eine männliche Stimme zu als sie bereits das Dorf einige Schritt zuvor verlassen hatten. Ruckartig wandten sie sich um. Ein Mann mittleren Alters mit braunen Haaren kam auf sie zu. Bernsteinfarbene Augen schimmerten im fahlen Sonnenlicht.

"Wer bist du?", rief Silver und zog sein Schwerter.

"Bitte, ich tue euch nichts. Ich bin oder war ein Freund von Chiron. Ich habe das Wappen auf eurer Rüstung gesehen."

"Du bist Kean", stellte der Blonde fest und senkte sein Schwert.

"Richtig. Seid ihr auf der Suche nach ihm? Ich weiß, dass er ein angesehenes Mitglied in eurem Reich war."

Alistair zögerte herum bevor er erklärte: "Im Moment scheint er wohl der einzige zu sein, der Morganhaven noch retten kann."

Kean blieb dicht vor der Gruppe stehen. Vorsichtig wandte er sich um bevor er begann zu erklären: "Chiron sprach damals viel davon alleine leben zu wollen. Auch wenn ihn die Sehnsucht beinahe zurück nach Morganhaven getrieben hatte."

"Warum ist er gegangen? Es hieß er sei im Krieg ums Leben zu kommen", hackte Armina neugierig nach.

"Er fühlte sich ausgenutzt und nicht akzeptiert."

"Nicht akzeptiert? Weshalb?"

"Chiron erzählte von einem Mann, den er geliebt hatte. Ein Mitglied einer Adelsfamilie. Dessen Verlust hatte ihn beinahe um den Verstand gebracht. Also ließ er alles zurück was ihn daran erinnerte."

"Weißt du wohin er ging?", fragte Silver.

"Nein, also nicht direkt. Er sprach von einer Höhle nicht weit von hier. Vielleicht einen Tagesmarsch. Er versprach mir mich zu besuchen als dürfte er seine Reise nicht allzu lang geplant haben."

"Hat er dich jemals besucht?", wollte Alistair wissen während er nachdenklich die Arme verschränkte.

"Nein. Aber ich weiß, dass Chiron sein Wort hält."

"Obwohl er sich fünfzehn Jahr nicht daran gehalten hat?" Eden wirkte schockiert über das Vertrauen, dass Kean in Chiron hegte.

Kean nickte lediglich freundlich. "Geht einfach geradeaus. Irgendwann erspäht ihr bestimmt eine Höhle oder einen Unterschlupf. Die Wiesen sind flach. Ihr könnt weit blicken", hing der Braunhaarige noch an während er sich zum gehen abwandte.

"Ich danke dir, Kean. Du hast uns sehr geholfen", rief Silver ihm noch nach. Kean nickte daraufhin zufrieden.

Die Rekruten taten ihm nach und gingen in die andere Richtung weiter. Also sie bereits ein kurze Zeit unterwegs waren erhob Alistair das Wort: "Wir sollten dieses Dorf vielleicht nicht vergessen sobald Morganhaven gerettet ist."

"Das stimmt. Sinaria könnte gefährlich werden", pflichtete Armina ihm bei.

"Glaubt ihr? Auf mich wirkten sie wie arme Leute, die lediglich Schutz suchten", warf Silver ein.

Der Königssohn verzog das Gesicht und meinte: "Ein Gedankenleser wäre in Morganhaven durchgehend beschützt."

"Und durchgehend wäre er unterwegs um die Gedanken des Gegner auszumachen. Klingt für mich nicht nach Schutz", stimmte Eden nun Silver zu.

"Aber nach einem Vorteil für Morganhaven. Die Zweifarbigen sollten ihre Gabe in den Dienst des Königs stellen nach allem was dieser für das Volk tut."

Entsetzte mustere der Blonde Alistair bevor er sprach: "Warst du mal im Dorf? Auf unserer ersten Patrouille hättest du doch den Zustand sehen müssen in dem sich diese Leute befinden."

"Mein Vater konnte nicht jedem helfen."

"Silver hat vielleicht nicht ganz unrecht. Ich war mit meiner Mutter öfters dort. Die Leute fluchten über Darius. Er hat keine Ambitionen gezeigt auch nur einem von ihnen zu helfen", gab Armina zu.

"Mein Vater hat die Bewohner des Dorfes von Dielonera für Untersuchungen missbraucht", sprach schließlich die Schwarzhaarige.

"Welche Untersuchungen?", kam die zögernde Frage schließlich von Silver.

"Er hat versucht aus lebenden Seelen Zweifarbige zu machen. Es scheiterte kläglich. Hat seine Gesundheit und die der Bürger in Mitleidenschaft gezogen."

"Die wundervollen Geschichten von Mephilis und dem Sinera Geschlecht werden Tag für Tag angenehmer", scherzte Alistair.

"Eden ist auch eine Sinera", dachte Silver laut.

"Aber Eden kann man Vertrauen", grinste Armina. Überrascht musterte Eden die Rothaarige. "Das bedeutet mir viel, Armina."

"Sie kann uns trotzdem immer noch töten wenn ihr gerade danach ist", murrte der Prinz.

Dinarus verpasst ihm einen leichten Schlag auf die Schulter und sagte: "Jetzt sei nicht so engstirnig, Ali. Wir müssen uns aufeinander verlassen können."

Der Königssohn grummelte und senkte die grünen Blick zu Boden. Dass sein Vater sich kaum um das Dorf gekümmert haben sollte stoß ihm schwer auf. Darius war ein Held. Eine Legende. Wie konnten es einfache Bürger wagen so über ihn zu sprechen?

Die Sonne stand hoch am Himmel als die mutigen drei durch das Dorf wanderten. Chiron blinzelte angestrengt während er versuchte seine Augen vor dem grellen Licht zu schützen. Milenia sah sich um. Das Dorf war in einem dankbaren Zustand. Die Bürger lächelten die Krieger an, manche verbeugten sich vor ihnen. Wohlstand hatte sich gefestigt und es sah danach aus als würde Morganhaven endlich wieder im alten Glanz erstrahlen.

"Dein Vater leistet hier gute Arbeit, Darius", sprach Chiron. Seine verschieden farbigen Augen strahlten glücklich.

"In der Tat", antwortete der Rothaarige knapp.

"Es hat sich viel verändert seitdem man mich ins Schloss geholt hat", gab der Schwarzhaarige von sich. Milenia nickte stumm.

Darius blieb stehen und musterte eines der Gebäude, welche nach wie vor baufällig wirkte. "Ich werde das

Dorf in seine Blütezeit versetzen", meinte schließlich der Königssohn daraufhin.

"Bis dahin ist allerdings noch ein langer Weg", murmelte die Blonde.

"Zuerst sollte erst einmal gesichert werden wer nun König oder Königin wird", dachte Chiron laut. Nachdenklich fuhr er mit seiner Hand durch die rasierten Stellen an seinen Kopf.

"Es ist doch offensichtlich. Darius ist der älteste", warf Milenia ein und musterte den Sternenträger.

"Und du und Milenia werdet zu meiner rechten und linken Hand. Genauso wie es der Pfad des Königs vorsieht", sprach Darius.

Chiron zuckte kurz mit den Schultern. Diese Bewegung ließ seine langen schwarzen Haare, welche zu einem Zopf verflochten waren, wild über seinen Rücken fallen.

"Ist Vergil auch eine Rolle dabei zugedacht oder bleibt er auf ewig dein kleiner Bruder?", hakte er nach kurzer Stille nach.

"Mein Bruder übernimmt die rechte Hand falls es zu ungewollten Zwischenfällen kommt."

Während sie tief in ihre Gespräche vertieft waren erreichten sie langsam die Grenze des Dorfes. Ein altes Haus stand nicht weit weg. Schwarzer Rauch stieg aus der kleinen Hütte, welche direkt an das Gebäude angrenzte.

"Ist das der Schmied?", fragte Milenia. Darius nickte als Antwort.

"Jung und mit viel Energie. Wenn er sich anstrengt wird er Morganhaven große Dienste leisten", antwortete Chiron. Nach kurzer Überlegung gab er Darius einen leichten Stoß und fuhr fort: "Na los, komm deinen Pflichten als König nach und begrüße ihn."

Darius seufzte: "Ich bin noch nicht König."

"Aber in ein paar Jahren und jetzt los", sprach der Zweifarbige und schubste ihn in die Richtung des Hauses. Der Prinz stolperte ein Stück ehe er Chiron einen bösen Blick zuwarf. Dieser verschränkte lediglich die Arme und grinste ihn an.

Oft hatten er und Darius freundschaftliche Gefechte geführt. Natürlich war der Königssohn ihm ohne Waffen weit unterlegen. Chiron war fast zwei Köpfe größer als er und vom Körperbau bestimmt doppelt so breit. Seine harten Jahre als Sklave hatte ihn geprägt und seine Muskeln waren bereit als Rekrut ausgeprägt.

Darius seufzte erneut. Gemeinsam mit seinen Freunden machte er sich auf den Weg zur Hütte.

Ein blonder Mann mit Vollbart, nicht viel kleiner als Darius, schlug dort bedächtig auf ein rotglühendes Stück Metall. Erschrocken sah er auf als er die goldene Rüstung des Königssohns in der Sonne glitzern sah.

Flink legte er seine Arbeit beseite, entledigte sich seinen Handschuhe und verbeugte sich. "Ich grüße Euch. Welche eine Ehre Euch in meiner kleinen Schmiede begrüßen zu dürfen."

"Bitte erhebt Euch", sprach Darius so würdevoll er konnte.

Der Rothaarige hatte nie eine hohe Meinung auf die Dorfbürger gehabt. Er wusste, dass es sie gab, sie Dienste für das Schloss taten und in einem angemessen Wohlstand leben sollten. Doch er war nie sonderlich scharf drauf gewesen auch mit ihnen in Kontakt zu treten.

"Ich wollte Euch in unserem Dorf begrüßen und danke Euch für Eure Arbeit. Nennt mir doch Euren Namen."

Der Schmied erhob sich zögernd und sprach schüchtern: "Mein Name ist Kiran Maran. Ich bin geehrt von Eurem Besuch."

Chiron ging schließlich einen Schritt auf Kiran zu und streckte ihm die Hand entgegen. "Ich bin Chiron."

Milenia hingegen wirkte plötzlich klein und vorsichtig. Nur zögerlich trat sie auf den Schmied zu. Dieser fixierte sie mit seinen blau-grauen Augen und lächelte sanft.

"Ihr seid eine wahre Schönheit, Mylady."

"Milenia", antwortete sie knapp.

Doch nicht nur Kiran war gebannt von dem Anblick der jungen Frau. Auch Milenia hatte Schwierigkeiten ihren Blick von dem Schmied zu lassen. In ihr wurde das Gefühl ausgelöst etwas gefunden zu haben wonach sie jahrelang gesucht hatte. Eine Verbindung, welche sie nie zuvor verspürt hatte.

Darius musterte sie schweigend während Kiran ihr einen sanften Handkuss gab. Röte stieg in ihren Wangen dabei auf.

"Wir sollten weiter", gab der Königssohn schließlich von sich.

"Ja", stotterte Milenia und zog vorsichtig ihre Hand weg.

Ruckartig wandte sich Darius ab und lief beinahe auf die Straße zurück.

"Du hättest ihnen ruhig etwas mehr Zeit geben können", rügte Chiron ihn daraufhin.

"Er ist ein Bürger des Dorfes", murrte Darius.

"Ja und?"

"Milenia sollte sich mit einem Adeligen vermählen. Nicht mit einem Schmied", hing der Königssohn mit Nachdruck an.

Chiron blieb schockiert stehen und fragte: "Sind Dorfbewohner so schlimm?"

"Sie haben nichts im Schloss zu suchen", brüllte Darius ihn an.

"Du weißt, dass dein Bruder mich aus dem Dorf geholt hat?" Wütende Stille lag in den Worten des Zweifarbigen.

"Du bist kein einfacher Bürger, Chiron. Deine Augen bestätigen das."

"Hättest du mich einfach aus dem Schloss geworfen wenn ich keine verschiedenen Augenfarben hätte?"

"So war das nicht gemeint", seufzte Darius und fuhr sich mit seinen Händen durchs Gesicht.

"Rechne nach dieser Patrouille nicht mit meiner Gesellschaft, Flame. Wir sind alle Morganhaver. Egal ob Dorf oder Schloss."

"Wir sind die mutigen drei. Du kannst nicht einfach gehen."

"Ich sagte nie, dass ich gehe. Ich distanziere mich außerdienstlich von dir. Mir scheint als wäre ich nicht der richtige Umgang für so einen edlen Königssohn."

Darius verdrehte die grünen Augen ehe er stumm den Weg fortsetzte. In seinem Wissen gab es sehr wohl einen Unterschied zwischen dem Adel und den Bürgern. Alleine die Ausbildung des Adeligen machte ihm das mehr als klar. Chiron war seit Jahren der erste Dorfbewohner, der es ins Schloss geschafft hatte. Und solange nicht ein Zweifarbiger aus dem Dorf vor ihm stand würde er auf keinen weiteren mehr aufnehmen. Es brauchte Grenzen und für die wollte der zukünftige König sorgen. Einen Abstand zwischen reich und arm.

Ein weiterer Tag neigte sich langsam dem Ende zu. Die Rekruten waren nach wie vor auf den Beinen und keiner von ihnen neigte dazu den Weg nun abzubrechen. Die Sonne stand bereits tief am Himmel und bald würde lediglich der Mond die Landschaft fahl erleuchten. Die ersten Sterne hatte bereits ihren Weg auf den Himmel gefunden und schienen als würden sie die Krieger beobachten.

"Man sagt, dass jeder Zweifarbige nach dem Tod zu einem Stern wird um die verbliebenen dennoch mit seiner Gabe zu unterstützen", sprach Armina gedankenverloren während sie die hellen Lichter betrachtete.

"Auch der Mörder?", fragte Eden unsicher nach.

Alistair seufzte verärgert und murmelte: "Ich hoffe es nicht."

"Alistair!", rief nun Armina und boxte ihn in die Seite.

"Wofür war das jetzt gut?", blaffte der Königssohn sie verwirrt an.

"Hör auf Eden so schlecht zu machen."

"Alles gut, Armina. Meine Gabe ist nun einmal keine Gute", antwortete die Schwarzhaarige seufzend.

"Jede Gabe kann etwas Gutes bewirken", mischte sich nun plötzlich Silver ein und musterte die Königstochter.

"Aber nicht der Mörder. Ich kann dir nicht einmal in die Augen sehen ohne Angst zu haben dich zu töten."

Der Blonde blieb plötzlich stehen und baute sich vor Eden auf. "Wie gut kennst du deine Gabe?"

"Ziemlich gut. Mein Vater hat mich lange genug darin ausgebildet."

"Jemand der selbst nicht eine Gabe trägt", murmelte Armina zögerlich.

"Du meinst, dass er mich falsch ausgebildet habe könnte?"

"Oder so wie er es eben gerade brauchte", fing Silver die Gedanken der Rothaarige auf und sponn sie weiter.

Verwirrt blieb nun auch Alistair stehen und musterte die anderen. "Das ändert nichts daran, dass sie für alles und jeden eine Gefahr ist. Wir hätten sie in Dielonera lassen sollen."

"Vergil ist auch eine Gefahr. Da hat allerdings niemand darauf reagiert. Und nun sieh dir Morganhaven an", antwortete Armina etwas lauter.

"Du kannst meinen Onkel nicht mit ihr vergleichen!"

"Du hast Recht. Der Unterschied ist nämlich, dass Vergil bereits zum Mörder wurde!" Arminas beinahe schreiende Stimme überraschte die Krieger und insbesondere Alistair.

"Wie redest du mit deinem zukünftigen König?"

"So wie er es im Moment verdient!"

"Hört auf euch anzuschreien!", kam es von Eden während sie zwischen die Adeligen ging.

"Hier draußen ist es egal wer König ist und wer was getan hat. Wir müssen Chiron finden. Habt ihr das bereits wieder vergessen?", pflichtete Silver der jungen Frau zu.

"Habt Ihr dann vielleicht eine Idee wo wir lang müssen, verehrter Visionär Maran?", fragte der Prinz mit einem rauen Unterton.

"So wie es Kean sagte. Über die Wiesen bis wir eine Höhle entdecken."

"Wir sind bereits den ganzen Tag unterwegs und ich hab bisher nicht eine Höhle gesehen! Morganhaven steht in Flammen während wir hier gemütlich am rumschlendern sind!"

"Was soll Silver den tun? Vision erzwingen?", fuhr Eden den Prinzen an.

"Du hast hier nichts zu sagen, Sinera!"

In Silver kochte die Wut. Alistair zeigte keinen Funken Respekt dafür, dass sie alle versuchten sein Reich, dessen Prinz er war, zu retten.

"Du gehst zu weit, Alistair", sprach Armina seine Gedanken laut aus.

"Ich bin der Sohn des Königs. Der einzige Sohn des Königs. Meine Stimme hat mehr Gewalt als eure zusammen."

Eine plötzliche Wärme erfüllte sein Gesicht während er langsam zurück taumelte und in dem Gras hinter ihm landete. Erschrocken hielt er seine Wange während er Silver musterte, welcher in mit wütendem Funkeln in den Augen fixierte. Seine rechte Hand war aus dem Handschuhe befreit worden und hatte ebenfalls eine rötliche Farbe angenommen.

Der Prinz zögerte nicht lange ehe er aufsprang und dem Blonden seine Faust ins Gesicht donnerte.

"Hört doch auf!", schrien die Mädchen im selben Atemzug und versuchten verzweifelt die beiden festzuhalten.

"Er hat doch angefangen", murrte Alistair durch zusammen gebissene Zähne und löste grob Arminas Hand von seinem Arm.

"Wir müssen zusammen halten. So finden wir Chiron nie!", sprach die Rothaarige verzweifelt ehe sie erneut nach seinem Arm griff.

"Schaut mal", rief plötzlich Eden heraus und zeigte mit ihren Hand in Alistairs und Arminas Richtung. Verwirrt wandten sich diese um und entdeckten etwas abgelegen eine Höhle in einem kleinen Grashügel.

"Da müssen wir hin! Dort muss Chiron sein", sprach Silver erfreut und bewegte sich ohne zu zögernd flink in diese Richtung. Der Streit von zuvor war vergessen und die anderen folgten ihm zügig.

Als sie die Öffnung erreichten war die Sonne bereits restlos am Horizont verschwunden und lediglich der Mond erhellte das Land.

"Chiron?", fragte Alistair vorsichtig während er langsam die Höhle betrat.

Die Krieger drangen tief in die Höhle vor doch nichts sprach für die Anwesenheit einer anderen Person.

"Bist du dir sicher, dass es die richtige Höhle ist?", fragte Alistair Silver welcher selbstbewusst nickte. Der Blonde bückte sich und hob einen Gegenstand auf, welcher im Licht funkelte.

"Was ist das?", fragte Eden neugierig während sie sich neben Silver gesellte.

"Ein Messer. Mit getrocknetem Blut."

"Zeig her", sprach Alistair woraufhin der Zweifarbige ihm das Messer vorsichtig in die Hand legte. Der goldene Griff mit den roten Steinen machte offensichtlich von wo der Gegenstand stammte.

"Das Messer tragen nur die höchsten in Morganhaven bei sich. Ich habe ebenfalls so eines", bestätigte nun der Königssohn.

"Meint ihr wusste Vergil von Chiron? Vielleicht hat er ihn umbringen lassen", fragte Armina schockiert.

"Nein, das Blut klebt seit Jahren darauf. Selbst getötet hat er sich nicht. Sonst müsste hier irgendwo eine Leiche oder ein Skelett sein."

"Er ist weiter gezogen", stellte die Rothaarige fest und fixierte ihren Blick auf den Himmel, welcher nur spärlich zu sehen war.

"Silver, jetzt wäre der richtige Zeitpunkt für eine Vision", meinte Eden und musterte Silver, der den anderen nun den Rücken zugewandt hatte. Mit geschlossenen Augen stand er dicht vor dem Ausgang und versuchte sich zu konzentrieren.

Die Schwarzhaarige stellte sich neben ihn und musterte das blasse Gesicht des Blonden.

"Er versucht eine Vision zu provozieren", sprach sie währenddessen an die anderen gewandt.

Alistair gesellte sich nun ebenfalls zu ihnen und legte dem Sternenträger das goldene Messer in die Hand.

"Konzentriere dich auf Chiron. Auf den Gegenstand in deiner Hand. Das ist die engste Verbindung zu ihm. Das ist sein Blut", sprach Armina, welcher von den vier die meiste Ahnung von Sternengaben hatte.

Und dann geschah es. Silver ging auf die Knie. Die bekannte Schwärze begann ihn zu umhüllen. So fest er konnte umklammerte er das Messer mit seiner freien Hand. So fest, dass Blut aus feinen Schnitten quoll.

Eden hockte sich neben ihn und griff nach seiner Hand. Ihre Wärme schien die Vision weiter hervorzurufen.

Ein Bild begann vor seinem inneren Augen aufzuleuchten. Darauf war ganz klar Chiron zu sehen.

Vor ihm stand ein kleines Haus umgeben von anderen. Ein Dorf. Das Messer hielt er kurz in der Hand bevor er es klirrend zu Boden fallen ließ.

Das Bild verschwand und wurde von einem anderen ersetzt. Dieses Mal war es ein Schloss, welches hoch innerhalb des Dorfes stand. Auf dem höchsten Turm war ein Wappen zu sehen. Silbern mit einer goldenen Sonne.

Die Schwärze kam zurück bevor er langsam wieder seine Umgebung war nahm. Die Krieger hatten sich um ihn geschart während sie ihn mit fragenden Blicken musterten. Eden hielt nach wie vor seine Hand.

"Welches Reich hat eine Sonne auf seinem Wappen?", fragte der Blonde ohne eine Sekunde länger zu warten.

"Skaria", kam es von den dreien wie aus der Pistole geschossen.

"Chiron muss dort im Dorf sein. Er stand vor einem kleinen Haus. Hatte sogar das Messer in der Hand."

"Dann sollten wir los", sprach Alistair und wollte sich bereits zum gehen abwenden.

"Wir brechen morgen auf. Wir sollten zuerst Rast finden", warf Eden ein und erhob sich langsam. Vorsichtig half sie dabei Silver auf den Beinen. Armina nickte ihr zustimmend zu. "In der Höhle sind wir versteckt."

Einige Zeit später brannte in der Höhle bereits ein Feuer. Der Blonde setzte sich an den Eingang und musterte die anderen. Ihnen war anzusehen, dass sie die weichen Betten des Vorabends vermissten. Der Steinboden war kalt und in der Finsternis der Nacht wäre es zu gefährlich gewesen um noch nach Moos und Laub zu suchen.

Alistair und Armina verschwanden schnell im Reich der Träume während sich Eden unweit von Silver herumwälzte.

"Alles in Ordnung?", fragte dieser nachdem er sie eine Weile beobachtet hatte.

Abrupt richtete sich die Schwarzhaarige auf und musterte ihn. "Lass mich die Wache übernehmen. Ich kann kein Auge zumachen."

"Denke gar nicht daran, Eden."

Sie seufzte laut ehe sie sich ganz aufrichtete und sich schließlich wieder neben Silver auf den Boden senkten.

"Hattest du je Probleme mit deiner Gabe?", fragte sie daraufhin und musterte den Blonden durchdringend.

"Im Dorf hatte man mich gemustert. Hatte hinter meinem Rücken darüber gesprochen doch ich erfuhr erst im Schloss warum sie darüber sprachen. Sie hatten wohl ganz klar Angst vor mir."

"Dabei kann deine Gabe doch Gutes wirken."

"Oder mir eine grauenhafte Zukunft zeigen. Wer möchte schon wissen, dass er bald stirbt?"

Die Schwarzhaarige seufzte erneut. "In Dielonera ist man mir stets mit Ehrfurcht begegnet. Es gab niemanden, der sich nahe an mich heran getraut hatte."

"Wir haben uns näher an dich heran getraut."

"Du und Armina, durchaus. Alistair hingegen scheint mich am liebsten sofort los zu werden."

"Er hat einfach Angst. Sein ganzes Reich steht in Flammen. Sein Vater ist tot."

"Dir lag Darius doch auch am Herzen. Und dennoch reagierst du gelassen und ruhig."

"Wenn ich gelassen reagieren würde hätte ich wohl kaum Alistair geschlagen", lachte Silver.

Eden kicherte leise ehe Stille zwischen die beiden kehrte. Sie schien tief in Gedanken zu hängen während er den Sternenhimmel betrachtete.

"Weißt du, ich wollte meine Gabe nicht. Ich fühlte mich ausgenutzt. Mit einem ungewollten Schicksal bestraft. Dank Armina weiß ich, dass ich sie mir zu nutzen machen kann. Dass es ein Geschenk ist."

"Der Mörder kann kein Geschenk sein, Sil."

"Vielleicht hast du ihn einfach nicht so unter Kontrolle wie es eigentlich gedacht war."

"Gedacht war? Von wem?"

"Dem Schicksal."

"Kennst du die Legende des letzten Mörders?"

"Wie der letzte Mörder damit umging interessiert mich nicht."

Eden schwieg bevor Silver erneut das Wort erhob: "Willst du mich tot sehen?"

Erschrocken sah sie auf ehe sie antwortete: "Natürlich nicht."

"Dann hab ich ja nichts zu befürchten."

Vorsichtig aber dennoch flink zog der Blonde die Augenklappe von Edens Kopf.

"Was machst du?", blaffte ihn diese verwirrt an und hielt sich beinahe augenblicklich ihr rotes Auge zu.

Silver griff nach ihrer Hand und versuchte diese vorsichtig von ihrem Gesicht zu ziehen.

"Silver, hör auf! Ich will dir nicht weh tun."

"Du wirst mir nicht weh tun. Nicht wenn du es nicht willst."

"Bist du dir sicher?"

Der Blonde nickte und zögernd nahm Eden ihre Hand weg. Sie hielt den Kopf dennoch weiterhin gesenkt. Die Angst in ihr drohte sie aufzufressen.

Der Zweifarbige griff nach ihrem Kinn und zog ihre Kopf dabei hoch. In Eden schrie alle während sie ihre Augen auf die von Silver fixierte.

Es vergingen Bruchteile einer Sekunde als sie bemerkte was so eben geschah. Silver lächelte stolz als ihr Blick begann zu funkeln. Die zwei Farben glitzernden ihm entgegen.

Eden sprang dem Blonden sprichwörtlich in die Arme. Er musste lachen während er sie an sich drückte.

"Woher wusstest du das?", flüsterte sie neben seinem Ohr.

"Ich habe es doch vorhin mit meiner Gabe bewiesen. Wille reicht um diese zu steuern."

Langsam löste sich die Schwarzhaarige von ihm. "Ich bin dir so unglaublich dankbar, Sil. Ich war es leid mich dauernd verstecken zu müssen."

"Zu Anfang solltest du allerdings noch etwas vorsichtig sein. Nicht, dass du aus Wut Alistair umbringst."

Eden winkte lachend ab und antwortete: "Euer Prinz ist ohne Frage eine Belastung für die Nerven. Aber wer würde König werden wenn er nicht mehr lebt?"

"Du?"

"Ich bin die Thronerbin von Dielonera."

"Das tut dann ja nichts zur Sache. Du hast Erfahrung damit."

"Was ist mit dir, Sil? Einen Sternenträger gab es schon lange nicht mehr auf einem Thron."

"Ich wurde im Dorf geboren zur Erinnerung."

Eden verdrehte genervt die Augen. "Warum seid ihr da so spießig? Bei uns kommt der mächtigste auf den Thron. Da ist die Abstammung egal."

"Dafür halten sich die Sinera aber gut dort."

"Es gab halt bisher niemanden der stärker war als wir. Oder nicht zufällig verstorben ist."

"Natürlich, zufällig", lachte Silver.

Eden zuckte mit den Schultern. "Wir werden Chiron finden oder?", fragte sie nach kurzem zögern. Unsicherheit lag in ihrer Stimme.

"Wir werden Chiron finden, Eden. Komme was wolle."

"Wie weit würdest du gehen um dein Reich zu retten?"

"Bis zum Ende", lächelte der Blonde stolz.

"Das ist gut. Auch wenn dir dann hoffentlich bewusst ist, dass du höchstwahrscheinlich einer der mutigen drei wirst."

"Wer sagt, dass es nicht du sein wirst?"

"Meine Herkunft."

"Aber wir sind spießig", lachte Silver. Eden musste ebenfalls lächeln. Es tat gut nach diesen nervenaufreibenden Tagen ein paar Minuten der Ruhe zu haben. Gelassen miteinander sprechen zu können ohne Angst zu haben, dass es negative Auswirkung auf die Zukunft eines Reiches haben könnte.

"Ich habe dir nie gedankt, dass du dich bei Dielonera für mich eingesetzt hast oder?"

Silver schüttelte lediglich zaghaft den Kopf.

"Alistair hätte mich an dem Tag wahrscheinlich getötet wenn du nicht gewesen wärst. Sein Misstrauen spricht nicht für ihn als König."

"Du hast ihn lediglich auf dem falschen Fuß kennen gelernt. Der kürzliche Tod seiner Eltern hat ihn verändert. Wenn Vergil Vergangenheit ist wird auch er wieder ruhiger werden. Gib ihm Zeit, Eden."

"Wenn du das sagst."

"Wolltest du dich nicht eigentlich bedanken?", grinste der Blonde.

Eden lächelte schüchtern ehe sie ihm einen Kuss auf die Wange gab. Sanft hauchte sie einen Dank in sein Ohr. Silvers Wangen färbten sich rötlich während er das Mädchen beobachtete als sie zurück zu ihrem Schlafplatz kehrte. Als sie sich hingelegt hatte wandte er sich zurück zum Sternenhimmel. Fest hielt er Edens Augenklappe in seiner Hand. Er setzte sich an den Eingang der Höhle und behielt sein Umfeld im Auge. Stets den zärtlichen Wangenkuss der Schwarzhaarigen im Hinterkopf.

SIEBEN

Metall traf auf Stein. Das Klirren ließ Silver erschrocken aus dem Schlaf fahren. Wild sah er sich um als er realisierte, dass er während seiner Wache eingeschlafen war.

"Du bringst uns alle in Gefahr!", blaffte Alistair.

Der Blonde fuhr erschrocken um. Der Königssohn hatte Eden an die Wand gedrängt. Kratzer im Stein dahinter machten klar, dass er mehrmals sein Schwert erhoben hatte. Armina stand etwas abseits und musterte die Szene mit Angst.

"Seid ihr verrückt geworden?", brüllte Silver die beiden an während er aufsprang und verärgert näher trat.

"Wir? Sie läuft doch mit ihren Augen offen herum."

"Ja, weil sie gelernt hat ihre Gabe zu kontrollieren!"

"Versuch nicht es ihm zu erklären, Sil. Er ist zu stur um das zu verstehen", sprach Eden gelassen trotz der ernsten Situation. Sie lehnte an der Wand, mit den Armen verschränkt und suchte nach den Augen des Zweifarbigen.

"Beweis es mir!", meinte Alistair während er vorsichtig das Schwert senkte. Zorn hatte sich in seiner Mimik verhärtet. Silver wollte sich gar nicht ausmalen wie die Situation geendet hätte wenn er nicht wach geworden wäre. Armina schien in keinster Weise in der Lage zu sein die beiden voreinander zu trennen.

Silver schubste den Prinz ein Stück weg und baute sich vor Eden auf. Ohne zu zögern suchte sie sofort den Blickkontakt zu ihm. Mehrere Sekunden sahen sie sich lediglich in die Augen. Ungläubige Stille suchte ihren Platz zwischen den Krieger während der Blonde ein bekanntes Gefühl in sich zu spüren begann. Vergleichbar mit dem Empfinden, welches er am letzten Abend gehabt hatte.

Alistair wandte sich sichtbar erzürnt ab und donnerte sein Schwert gegen die gegenüberliegende Wand. "Haben wir nicht wichtigere Sachen zu tun als, dass du dich ihrer Ausbildung annehmen kannst?", fragte er schließlich spöttisch an Silver gewandt.

"Wer sprach von einer Ausbildung? Ich habe ihr lediglich gezeigt, dass bloßer Wille reicht um Gaben zu kontrollieren. Meine Vision hat es gestern doch bewiesen", antwortete dieser gelassen.

"Deine Gabe kann ja auch nicht töten!"

"Nein aber mein Versagen im Bezug auf meine Gabe kann es!"

"Bisher hast du allerdings nicht versagt."

Die Bilder von Mirabelles Tod schossen durch Silvers Kopf. Selbstzweifel durchschossen ihn als er zögerlich murmelte: "Doch, habe ich."

"Wann?", hackte Alistair nach und verschränkte die Arme.

"Mirabelle könnte noch leben."

Die grünen Augen des Prinzen weiteten sich bei seiner Antwort. "Wie meinst du das?"

"Ich hab ihren Tod gesehen lange bevor es passiert ist. Meine Unsicherheit hat mich allerdings davon abgehalten mit Darius darüber zu sprechen."

Man konnte dem Königssohn ansehen wann er bemerkte was Silver ihm damit sagen wollte. Purer Hass manifestierte sich in den hellgrünen Augen. Mehrmals öffnete er den Mund um etwas zu sagen doch nur schwer konnte er seine Gedanken ordnen.

"Es tut mir leid, Alistair."

"Es tut dir leid? Wegen dir ist meine Mutter tot!"

"Es ist nicht seine Schuld, Ali", versuchte Armina Alistair zu beruhigen doch sein wütender Blick brachte sie augenblicklich zum schweigen.

Geistesabwesend griff er nach seinem Schwert. Abwehrend hob Silver die Hände während er sagte: "Mach jetzt bloß keinen Fehler, Alistair. Denk daran, dass wir Chiron finden müssen."

"Es ist deine Schuld, dass meine Eltern tot sind!"

"Ich wünschte ich hätte es verhindern können."

"Du hättest es verhindern können!", brüllte der Prinz und lief mit erhobener Waffe auf den Blonden zu. Silver duckte sich unter seinem ausholenden Schlag weg. Die Klinge traf ihn nicht. Klirrend knallte sie gegen weiteres Metall.

Eden hatte sich neben Silver aufgebaut und hielt ihr Schwert mit beiden Händen fest umklammert. Mit Mühe konnte sie Alistair daran hindern den Zweifarbigen zu verletzen.

"Alistair!", rief nun auch Armina und klammerte sich mit beiden Armen an seinen Schwertarm.

Der Blick des Prinzen wurde glasig während er auf den Blonden hinab blickte. "Das werde ich dir nie verzeihen, Silver. Sobald Morganhaven gerettet ist werde ich persönlich dafür sorgen, dass du das Reich nie wieder sehen wirst!"

"Sei nicht töricht, Ali. Seine Gabe ist viel zu wertvoll als dass du sie verlieren könntest", warf Armina ein.

"Hätte er den Mund aufgemacht wäre meine Mutter, unsere Königin, noch am Leben!"

"Mach nicht denselben Fehler wie Vergil und töte aus Rache."

Die Wut wich mit Arminas Satz restlos aus seinem Gesicht. Trauer übernahm daraufhin die Hauptrolle in der Mimik des jungen Thronfolgers. Das erste Mal konnte man beobachten wie sehr ihn die Situation überforderte.

Als hätte der Tod seiner Mutter nicht gereicht musste sich sein Onkel auch noch gegen seinen Vater wenden. Es war für ihn unbegreiflich was aus der einst so stolzen Flame-Familie wurde. Mit Würde hatten sie ihr Reich regiert bevor ein Betrug sie alle spaltete.

Alistair nahm sein Schwert von Edens Klinge und ließ es emotionslos zu Boden fallen. Tränen spiegelte sich im Licht der aufgehenden Sonne. Armina versuchte ihn in den Arm zu nehmen doch der Krieger stieß sie unsanft von sich.

"Wir sollten aufbrechen", murmelte er gedämpft während er begann seine Sache zu finden. Die anderen beobachteten ihn voller Mitleid dabei.

Als Alistair noch ein kleiner Junge war hätte keiner in Morganhaven je daran gedacht, dass sich die Königsfamilie eines Tages spalten würden. Im ganzen Reich wurden sie gefeiert und als Vorbild geachtet. Die königlichen Zwillinge hatten stets zusammen gearbeitet und ihr bestes gegeben um aus Alistair einen vielversprechenden Thronfolger zu machen.

Und nun musste er gegen einen dieser Zwillinge antreten um sein Erbe zurück zu holen. Von jemanden, der ihm die ersten Kampfstunden gab. Ihn in den wichtigsten Grundlagen lehrte.

Doch wenn dies sein Schicksal war dann würde er es ehrenhaft annehmen und erfüllen.

Schweigend löschte die Gruppe ihre Spuren aus der Höhle. Sollte sie Vergil nach wie vor suchen wäre die Unterkunft ein viel zu guter Hinweis. Alistair wagte es nicht auch nur Silver oder Eden in die Augen zu blicken. Still unterhielt er sich mit Armina doch die anderen konnten kein Wort vernehmen. Sie halfen sich gegenseitig zurück in die Rüstungen.

"Darf ich ehrlich mit dir sein?", fragte Eden den Blonden gedämpft. Dieser nickte lediglich während Eden die Gurte seines Brustpanzers schnürrte.

"Ich habe Angst um dich. Ich befürchte das Alistair dich umbringen wird sobald ihm der Thron wieder gehört."

"Ich glaube nicht, dass er so töricht ist seinen Visionär zu verlieren."

"Seinen Visionär? Du bist doch nicht sein Eigentum, Sil. Wir sind freie Seelen so wie andere auch."

"Wer ist in dieser Zeit wirklich frei?"

Die Schwarzhaarige seufzte bedrückt. Sie vertraute dem jungen Krieger. Vermutlich mehr als sie sollte. Doch in dieser kurzen Zeit hatte er mehr für sie getan als jeder andere vor ihm. Silver würde für sie in den Tod gehen und das war ihr schmerzlich bewusst.

Ohne zu zögern legte Eden ihre Arme um den Blonden und zog ihn an sich. Silver tat ihr nach. Sie legte ihren Kopf auf seine Schulter und beobachtete den Höhlenausgang. Die Sonne lag an diesem Tag hinter den Wolken verdeckt. Wind ließ das Gras umherwippen.

"Es wird schon nichts passieren", flüsterte der Zweifarbige.

"Ich hoffe, dass du Recht hast", gestand sie.

Alistair und Armina schritten in diesem Moment an den beiden vorbei. Der Prinz warf Silver giftige Blicke zu. Der Aufbruch war damit befohlen.

Der Krieger löste sich von der Prinzessin und folgte den anderen hinaus. Sofort blies ihm der Wind die blonden Haare ins Gesicht. Er seufzte während er krampfhaft versuchte sie zurück in seinen Nacken zu bringen. Armina blieb dicht hinter ihm stehen und flochtete flink die Mähne zusammen.

"Versprich mir, dass es nicht ausartet, Silver. Ich will weder dich noch Alistair verlieren", hauchte sie während sie seine Strähnen zusammen machte.

Silver nickte daraufhin.

Schweigend brachen sie auf in Richtung Nordosten. Der Königssohn navigierte die Gruppe so gut er konnte durch das unbekannte Gebiet. Er wusste, dass Skaria östlich von Morganhaven lag. Doch genauso wusste er, dass er sein Heimatreich meiden müsste. Was es alles andere als einfach machte nicht die Orientierung zu verlieren.

dir deine Vision einen Hinweis gegeben was unseren Weg etwas leichter machen würde? Eine Karte oder Hinweise?", fragte die Rothaarige irgendwann Silver.

"Nein. Ich habe euch alles gesagt was ich gesehen hab."

"Auch keine Tode von denen wir wissen sollten?", fragte Alistair hämisch.

"Auch keine Tode", seufzte Silver.

Tief im Inneren spürte er Reue. Er dachte, dass es richtig wäre Alistair die Wahrheit zu sagen. Doch er schien die Wunde hingegen noch weiter aufgerissen zu haben. Was hatte er auch erwartet? Dass er damit die Last von den Schultern des Rothaarigen nehmen könnte?

Dem Blonden war klar, dass er falsch gehandelt hatte. Darius' Trauer hatte dies bereits mehr als klar gemacht. Doch seine Unsicherheit war schuld daran gewesen, dass er geschwiegen hatte. Der Königssohn hatte vielleicht sogar Recht. Es war Silvers Schuld, dass seine Mutter tot war. Seine Schuld, dass Darius Angriffsfläche geboten hatte. Ihn schwach gemacht hatte. Wahrscheinlich brannte ganz Morganhaven wegen seiner Schuld.

Er seufzte als ihm daraufhin die Worte von Darius in den Kopf kamen. Ohne länger nachzudenken zog er ein Messer. Verwirrt blieben die anderen stehen und musterten ihn.

Silver packte den geflochtenen Zopf an seinem Nacken und riss das Messer durch die dicken Haare. Nur noch wenigen Strähnen fielen ihm daraufhin ins Gesicht.

"Sil?", fragte Eden und musterte den Krieger unsicher. Dieser grinste daraufhin.

"Sollten wir nicht Chiron finden? Wie kommst du auf die Idee genau jetzt eine neue Frisur zu brauchen?", hakte Alistair wütend nach.

"Dein Vater sagte mir mal, dass irgendwann meine Haare störend sein würden. Ich versprach allerdings sie nicht abzuschneiden bevor ich ein Krieger sein würde", erklärte Silver während er den blonden Zopf ins Gras fallen ließ.

"Du bist kein Krieger. Lediglich ein Rekrut", antwortete Alistair genervt.

"Nur hab ich den Mut gefunden mich bei dir zu entschuldigen", mit diesen Worten ging Silver vor dem Prinzen auf die Knie und sprach weiter: "Irgendwann wirst du mein König sein und ich möchte dir dienen. Ich konnte Darius nicht auf diese Art dienen wie ich es gewünscht hatte. Aber dich kann ich schützen und verteidigen bis ans Ende meiner Tage. Meinen vergangenen Taten war nicht richtig. Aber hiermit stelle ich mich in deinen Dienst. Mein Geschick und meine Fähigkeiten gehören dir, Alistair."

Erschrocken riss der Königssohn seine Augen auf während er Silvers Schwur verfolgte.

"Du bindest dich damit ewig in seine Dienste, Sil!", merkte Eden währenddessen an.

Doch bevor dieser antworteten konnte zog Alistair sein Schwert. Bedächtig legte er es auf die Schulter des Krieger und sagte mit feierlicher Stimme: "Dann soll es so sein!"

Langsam erhob sich der Blonde und hielt dem Prinzen die Hand hin. Dieser ergriff sie ohne zu zögern und nickte ihm zu.

Alistair wusste zu gut was dieser Schwur bedeutete. Krieger banden sich damit ein Leben lang an ihren König. Würden für ihn töten und sterben. Wird dieser Schwur gebrochen so wird der Krieger bis ans Ende seiner Tage aus dem Reich verbannt. Nur wenige dieser Brecher lebten lange im Exil. Scham führte sie schneller in den Selbstmord.

Für Silver hingegen hatte der Schwur eine weitere Bedeutung. Der Schnitt mit dem Messer sollte ihn nicht nur von den langen Haaren befreien sondern auch von allem was geschah. Alles Schlechte was drohte ihn von seiner Aufgabe abzulenken.

Er würde Darius nie vergessen. Doch der tote König würde nicht wollen, dass er deshalb zu Grunde gehen würde. Der Zweifarbige war sich sogar beinahe sicher, dass dieser mit Stolz auf seinen Schüler und seinen Sohn herab blickte. Nur schwer konnte er sich vorstellen wie hart in Vergils Verrat getroffen haben musste.

"Lasst uns weitergehen", sprach Alistair schließlich und wandte sich ab.

Ein Stück legten sie zurück bevor Eden dicht neben Silver trat. Gemeinsam gingen sie nun etwas hinter Alistair und Armina, welche sich ruhig zu unterhalten schienen.

"War das tatsächlich eine gute Idee?", fragte die Königstochter gedämpft.

"Ohne Frage. Alistair muss mir vertrauen können und das war der größte Beweis dem ich ihn bringen konnte."

"Was wenn du zu vorschnell gehandelt hast?"

"Eden, er wird unser König. Zumindest mein König. Wenn du deshalb Morganhaven verlassen möchtest dann wird es in Ordnung sein."

"Wir könnten gemeinsam gehen."

Silver seufzte ehe er den Kopf schüttelte und sprach: "Ich würde Darius damit enttäuschen. Es war immer mein Traum Morganhaven als Krieger zu dienen und diesen werde ich nicht aufgebe. Alistair ist zwar unerfahren aber er wird das schaffen."

"Darius ist tot. Du kannst keinen Toten enttäuschen." Angst war klar in ihrer Stimme zu hören. Die Angst erneut eines Tages alleine zu sein. Zu verlieren was sie liebte.

Sanft legte er seine Hand um ihre ehe er sagte: "Mach dir keine Sorgen, Eden. Wir werden Vergil vom Thron reißen und Alistair wird das Reich erneut zum Sieg führen. So war es immer und so wird es ewig sein."

"Du sprichst von Geschichten."

"Geschichten? Hat es der letzte Krieg nicht bewiesen?"

"Zeltin verstarb im letzten Krieg. Morganhaven hatte Glück, dass Darius sofort den Thron übernehmen konnte."

"Du weißt viel darüber."

Eden lächelte verlegen ehe sie erklärte: "Mein Vater wollte, dass ich alles über unsere Feinde wusste. Dazu gehörten auch alte Geschichten von vergangenen Königen."

Silver lachte ehe er murmelte: "Und nun bist du selbst der Feind."

"Das Schicksal schreibt die merkwürdigsten Geschichten."

Der Blonde lachte erneut während er schüchtern ihre Hand losließ. So eben erst bemerkend, dass er diese die gesamte Zeit nicht losgelassen hatte.

"Zu spät, Silver. Ich hab es gesehen!", kicherte Armina plötzlich von vorne. Mit einem breiten Lächeln im Gesicht stolperte sie rückwärts neben Alistair her.

"Hast du Beweise?", konterte nun Eden, welche ebenfalls lächelte.

Die Mädchen lachten ehe sich die Rothaarige wieder von ihnen abwandte.

Silver war froh zu sehen wie gelassen Armina mit Eden umging. Alistair hatte ohne Frage die Angst im Griff doch die Rekrutin schien keinerlei Probleme damit zu haben, dass Eden ihre Augen offen trug. Im Gegenteil. Sie suchte sogar den Blickkontakt. Armina vertraute der Schwarzhaarige, was Silver eine große Last von den Schultern nahm.

"Dielonera ist unser Feind, Alistair. Merk dir das. Das wird sich leider nie ändern", sprach Darius während er seinen Sohn musterte. Der Prinz hatte erst sein fünfzehntes Lebensjahr erreicht doch seine Familie tat alles um ihn so gut es ging auszubilden. Seit nun bereits drei Jahren wurde er in er Theorie unterrichtet. Schwertkampf wurde ihm erst vor wenigen Monaten gezeigt.

"Ich weiß, Vater", antwortete er diesem und nickte dabei mit dem Kopf um seine Aussage zu bekräftigen.

"Dein Großvater wurde von ihren Soldaten getötet da warst du noch sehr jung. Es ist eine Schande, dass du ihn nie kennen lernen konntest", sprach der König während er sich abwandte. Mit den Händen hinter dem Rücken verschränkt trat er auf die Fenster im Thronsaal zu.

Die Tür wurde in diesem Moment geöffnet und eine Frau in Darius' Alter trat ein. Ihr rotes Kleid gleitet im Luftzug, welcher dabei erzeugt wurde.

"Schön, dass du zurück bist, Mutter", begrüßte Alistair diese und sprang ihr beinahe in die Arme. Mirabelle lachte dabei liebevoll und drückte ihren Sohn an sich. Darius näherte sich ihnen und schenkte seiner Frau einen Kuss.

"Wie war es in Skaria? Hat Sun erneute Androhungen erhalten?", fragte er daraufhin.

"Ja. Mephilis will keine Ruhe geben. Kaum scheitert er an Morganhaven versucht er es an Skaria. Deren Schloss ist für einen seiner Hinterhalte nur zu gut beschützt."

"Wir sollten mehr Wachen postieren. Der letzte Krieg ist bereits zwölf Jahre her. Es würde mich nicht wundern wenn er es wieder versucht."

"Wage ich zu bezweifeln", sprach Mirabelle während sich langsam ihren Sohn losließ. Darius grüne Augen musterte sie fragend.

"Mephilis sei angeblich damit beschäftigt ein Kind großzuziehen."

Der Blick des Königs verändert sich. Verwirrung übernahm die Hauptrolle während er meinte: "Das könnte ein Zeichen dafür sein, dass er nicht mehr lange Zeit hat. Dann sollten wir wohl tatsächlich etwas Ruhe von ihm haben."

"Ich hoffe, dass du Recht hast, Liebster."

"Vergil soll sich auf jeden Fall mit der Ausbildung der Rekruten beeilen. Falls Mephilis absichtlich Gerüchte in die Welt setzt könnte er jede Sekunde vor unseren

Grenzen stehen. Ich werde auch Alistair mit auf Patrouillen schicken."

"Traust du ihm da nicht etwas viel zu? Er scheint doch bereits Schwierigkeiten mit den Grundlagen zu haben."

Ihre Aussage traf Alistair. Es fiel ihm tatsächlich schwer. Mehrmals hatte sein Onkel bereits die Geduld mit ihm verloren.

"Er ist ja nicht alleine. Nur soll er das Leben eines Kriegers kennen lernen bevor er irgendwann auf dem Thron sitzt."

"Findest du das nicht etwas zu streng?"

Mirabelle musterte ihn. Sorge lag in ihren braunen Augen.

"Bin ich König oder bist es du?"

"Ich bin Königin und seine Mutter."

Darius seufzte beleidigt. Er kniff wütend die Augen zusammen ehe er sprach: "Nein, du bist meine Frau, Mirabelle. Wenn ich sage, dass er raus geht dann tut er es auch. Vater tat es bei mir und es hat mir nicht geschadet."

"Zeltin hat aber auch deinen Bruder unfair behandelt!"

"Warum fängst du jetzt von Vergil an?"

"Weil du deinen Vater als gottgleich erachtest obwohl er dies nicht ist! Er hat Fehler gemacht. Zur Genüge."

Der König baute sich nun vor ihr auf und starrte sie mit einem eiskalten Blick an. "Was ist dein Recht so über ihn zu sprechen? Er hat Morganhaven zu Wohlstand geführt. Er war einer der erfolgreichsten Könige der letzten Jahrhunderte!"

Angst versteifte sich in Mirabelle Mimik als sie ein Stück von ihm zurück wich.

Alistair beobachtete die Szene stumm. Es gab kaum noch Tage an denen sich seine Eltern nicht stritten. Die Welt wusste nichts davor. Doch der Junge schlief täglich mit ihren Schreien im Kopf ein. Es tat ihm weh sie so zu sehen. Er beugte sich seinem Vater und wich der Gutmütigkeit seiner Mutter aus. Welche andere Wahl hatte der Königssohn auch?

Mirabelle und Darius waren ein Vorbild für viele Paare. Egal ob im Adel oder im Dorf. Ihre Liebe schien zeitlos zu sein. Seit dem Tag als Mirabelle Darius zum ersten Mal vorgestellte wurde. Doch genauso wusste auch niemand, dass sie keine andere Wahl hatte. Sie musste ihn heiraten oder hätte ihren Adelsstand verloren. Sie hätte ihre Familie und Freunde verloren. Alles was ihr etwas bedeutetet hatte.

"Du kannst froh sein, dass ich dich nicht so behandele wie mein Vater es getan hätte", murmelte Darius nach kurzem Schweigen ehe er sich wieder abwandte und auf die Fenster zu trat. Tränen spiegelten sich in den Augen seiner Frau als sie durch das Tor hinaus lief.

Alistairs Magen krampfte sich bei diesem Bild zusammen. Regen platschte gegen das große Fenster vor dem der König nun stand. Selbstzufrieden musterte er die Landschaft und hing seinen Gedanken nach.

Vergil schritt den langen Weg ins Dorf hinunter. Die Bevölkerung hatte sich bereits dicht vor dem See eingefunden. Eine kleine Bühne war errichtet worden auf die der König nun trat. Dicht gefolgt von mehreren dunklen Soldaten.

Edle dunkle Seide umhüllte seinen Körper. Die Juwelen der Krone funkelten in der untergehenden Sonne sowie die königlichen Ringe an seinen Fingern. Er hatte es sich nicht nehmen lassen die edelsten Besitztümer des Königshauses zu tragen.

"Meine Untertanen", begann er während er seine Arme weit von seinem Körper streckte. Eine Geste, welche seine Macht unterstreichen sollte.

"Ich habe schlechte Neuigkeiten." Kunstvoll legte Vergil eine Pause dazwischen um mit Sicherheit die gesamte Aufmerksamkeit des Dorfes zu haben. Die Schlacht hatte die Bewohner ohne Frage stark dezimiert. Angespannte Ruhe kehrte nun unter die Überlebenden, welche bis eben noch aufgeregt miteinander gesprochen hatte.

"Eure König, Darius, und sein Sohn, der rechtmäßige Erbe des Thrones, Alistair, haben den hinterhältigen Angriff von Dielonera nicht überlebt. Damit fiel die Bürde nun mir zu. Doch keine Angst, ich habe für Frieden gesorgt. Seite an Seite mit Dieloneras König Mephilis werde ich über Morganhaven herrschen."

Erschrocken zogen die Bürger die Luft ein. Unter ihnen auch Kiran, welcher gedanklich voller Sorge bei seinem Sohn hing.

"Warum wollt ihr mit dem Königsmörder herrschen?", rief nun eine wütende Bürgerin. Sofort schlossen sich weitere ihr an. Erzürnt rissen sie die Arme in die Höhe und begannen gegen Vergils Plan zu rebellieren.

"Ruhe!", brüllte einer der Soldaten mit tiefer Stimme doch das Dorf schien sich davon nicht beirren zu lassen.

"Ihr habt mir zu gehorchen! Ich bin König!", brüllte nun Vergil. Wut stieg in ihm hoch während seine eisblauen Augen die Bewohner hasserfüllt betrachteten.

"Ihr seid kein König!", kam es nun wieder von einem Bürger, welcher dem Schwarzhaarigen auch sofort in sein Sichtfeld fiel.

"Zeigt ihnen was wir mit Rebellen machen!", schrie er nun einen seiner Soldaten an. Dieser nickte sofort und bahnte sich seinen Weg durch das Volk auf den Bewohner zu. Ohne Rücksicht zu nehmen stolperte die Bürger als der Krieger durch die Reihen marschierte.

"Lasst ihn in Ruhe!", heulte nun eine Frau während sie krampfhaft versuchte sich an ihrem Mann festzukrallen.

"Verbrecher haben eine Strafe zu erwarten!", antwortete der König lediglich.

"Er hat kein Verbrechen begangen!"

"Er hat seinen König beleidigt. Das ist Verbrechen genug!"

Der Schmied beobachtete die Szene voller Angst in den grauen Augen. Er wollte dem Bürger helfen doch Vergil würde mit ihm kein bisschen anders verfahren. Vorallem wenn er erfahren sollte, dass Kiran der Vater des Visionärs war, den der König so dringend haben wollte.

Der Soldat schleifte währenddessen den vorlauten Bewohner hoch auf die Bühne, dessen Frau mit blutiger Nase zu Boden gegangen war. Sie kannten kein Mitleid.

Auf der Bühne wurde dieser vor Vergil auf die Knie gezwungen. Dieser bat mit einer Hand nach einem Schwert seiner Soldaten, welches er auch sofort erhielt.

"Ich bin kein König?", fragte er während er die dunkle Klinge betrachtete.

"Werdet Ihr niemals sein!", kamen die mutigen Worte von dem Mann vor ihm zurück.

Hass versteifte sich nun in der Mimik des falschen Königs während er das Schwert hob. Noch schneller schnitt dieses durch die Luft nach unten.

Blut spritzte und die Bürger der vordersten Reihen gingen angewidert in Deckung. Ein Kopf rollte über die Bühne und blieb vor Vergils Füßen liegen. Dieser packte das Körperteil an den Haaren und riss ihn siegessicher in die Höhe.

"Und das wird das Schicksal jedes Bürgers, welcher sich gegen mich oder mein Regiment aufbäumt. Beugt euch mir und ihr werdet ein gutes Leben führen. Der Rest kann hoffen, dass ihm die Schöpfer gnädig sind!"

Kiran ließ sich zu Boden fallen. Er neigte den Kopf nach vorne. Innerlich hoffend, dass sein Sohn sich gebeugt hatte. Nach dem Tod seiner Frau wünschte er sich nichts sehnlicher als dass Silver diesen Krieg überlebte. Vielleicht wieder zu ihm zurück kehrte und sie beide das Reich verlassen konnten. Im Inneren war ihm natürlich klar, dass dieser niemals diesem Chaos dem Rücken zukehren würde. Nein, Silver würde kämpfen solange er konnte.

Und so tat der Schmied das einzige, was seinem Sohn diesen Kampf erleichtern würde. Er trat nach vorne. Dicht vor die Bühne und verbeugte sich. "Wenn Ihr Waffen oder dergleichen benötigt stehen ich Euch gerne zu Verfügung, mein König."

Vergil musterte Kiran mit einem düsteren Lächeln. "Du kannst mir ins Schloss folgen und dort deine Dienste verrichten."

Der Schmied nickte dankbar. Schüchtern sah er auf und traf direkt auf den eisblauen Blick Vergils.

Dieser sprach weitere Warnungen an sein Volk aus bevor er seinen Weg zurück ins Schloss antrat. Kiran und seine Soldaten folgten ihm dabei.

"Gut, dass du siehst, dass Morganhaven nun jede Hilfe braucht, die es haben kann", sprach der König plötzlich an den Schmied gewandt.

"Natürlich, Herr. Dessen Wohlergehen liegt mir stark am Herzen."

"Hast du Familie im Schloss? Deine Gesichtszüge kommen mir sehr bekannt vor."

"Nein, mein König. Ich habe keine Familie." Kirans schlechtes Gewissen bei dieser Lüge brannte in seinem Herzen. Er wollte Silver nicht verleugnen aber er wollte ihn schützen. Mehr als alles andere.

"Vielleicht habe ich dich auch bereits im Dorf gesehen", lachte Vergil. Das finstere Lachen jagte dem Schmied einen eiskalten Schauer über den Rücken doch er gab sich Mühe ebenfalls ein authentisch klingendes Lachen von sich zu geben.

"Ich möchte Euch mein Beileid für den Verlust eures Bruder und Neffen aussprechen, Herr."

"Es ist traurig, dass sie nicht mehr unter uns weilen doch für Trauer ist keine Zeit."

Vergil musste an Darius letzten Sekunden denken. Wie vehement er doch um Gnade gebettelt hatte. Gnade, welche er seinem Zwilling nie gezeigt hatte. Doch der Schwarzhaarige hatte nicht mehr gezögert. Als Darius im den Rücken zuwandte durchbrach die Klinge seines Bruder seine Brust mit Leichtigkeit. Die Erleichterung im Körper von Vergil konnte er nicht vergessen. Wie gut er sich gefühlt hatte endlich frei zu sein. Er hatte nun die

Macht, welche er immer haben wollte. Und diese würde er freiwillig nicht mehr abgeben.

Die Sonne stand bereits tief als die vier Krieger einen kleinen Wald betraten. Das Blätterdach gab dem wenigen Licht der Sonne nur selten die Chance durchzublitzen. Schweigen herrschte in der Gruppe während sie langsam müde werdend ihren Weg fortsetzten.

Silver war tief in Gedanken versunken. Ein merkwürdiges Gefühl hatte sich in seiner Magengegend eingenistet. Als wolle es ihm mitteilen, dass jemand in Gefahr war. Tief im Inneren war ihm auch klar um wen es sich handeln konnte, doch in seiner derzeitigen Situation konnte er dieser Person nicht helfen.

Eden währenddessen war in Gedanken in ihrer Heimat. Oder zumindest dem Ort an dem sie aufgewachsen war. Dielonera war bereits seit Jahre nicht mehr ihre Heimat. Dessen Volk würde wohl feiern und jubeln über den Sieg. Ihr Vater hatte sich ohne Frage die Treue Vergils erkauft. Auch wenn ihr unklar war wie es dies angestellt haben sollte.

Armina machte sich Sorgen um Alistair. Der Prinz hatte sich seit dem Tod seiner Mutter stark verändert. Darius' Tod würde diese Veränderung wohl kaum bremsen. Er war verbissener geworden und neigte dazu, die wenigen schönen Dinge um ihn nicht mehr zu sehen. Krieg war ohne Frage eine dunklere und grauenvolle Zeit doch die Rothaarige versuchte stets ihr Bestes ihre Gedanken nicht zu dunkel werden zu lassen.

Alistair dachte an seinen Vater und seinen Onkel. Darius und Vergil hatten ihm ohne Frage alles beigebracht was er nun wusste. All seine Fähigkeiten, welche er nun gegen den falschen König einsetzen musste. Gegen sein eigen Fleisch und Blut.

Vergil war für den jungen Prinzen lange seine einzige Vertrauensperson gewesen. Seine Mutter war meist auf Reisen und sein Vater viel zu beschäftigt mit dem Reich. Sein Onkel hingegen hatte sich stets viel Zeit genommen dem Jungen zuzuhören und ihm mit Rat und Tat zur Seite zu stehen. Mittlerweile fragte sich Alistair allerdings ob das alles nur eine Lüge war. Ein Teil seines Plans um leichter an den Thron zu kommen.

Stetig musterten ihn fragenden Blicke warum er innerhalb der Gruppe nicht vertrauen wollte. Doch wie sollte jemand, der derart belogen wurde so einfach wieder vertrauen? Alistair war bewusst, dass er alleine vermutlich nicht einmal lebend aus Dielonera gekommen wäre. Die schwarzen Soldaten hätten ihm nach dem Sieg über Morganhaven den Kopf abgeschlagen und niemand hätte noch ein Wort über den unfähigen Königssohn verloren. Das Schicksal war also ohne Zweifel auf seiner Seite gestanden als er Silver vor dem Schloss aufgegabelt hatte. An diesem Tag wirkte alles noch so einfach auf den Prinzen. So vertraut.

"Habt ihr das gehört?", riss plötzlich die flüsternde Stimme Arminas alles aus ihren Gedanken.

Fragend Blicke trafen sie bevor sie gedämpft erklärte: "Ich habe Äste knacken hören."

"Vielleicht Wildtiere?", dachte Alistair laut nach während seine grünen Augen die Umgebung so genau wie möglich betrachteten.

Erneut hörte mein ein dumpfes Knacken durch den Wald hallen. Beinahe zeitgleich rissen die Krieger ihre

Schwerter aus den Schneiden. Rücken an Rücken stellten sie sich in einen kleinen Kreis und musterten ihr Umfeld.

"Es war nur eine Frage der Zeit bis sie uns irgendwann finden", sprach Silver, welcher bereits damit rechnete die goldenen Wappen von Morganhaven zwischen den Bäumen funkeln zu sehen.

"Silver hat Recht. Alistair und er sind eine viel zu große Gefahr für Vergils Herrschaft", warf nun Eden ebenfalls ein.

"Wir schaffen es doch oder? Also vollwertige Krieger zu besiegen", fragte Armina. Nervosität schwang in ihrer Stimme.

"Und wie wir das schaffen", antwortete die Schwarzhaarige ihr. Sie fixierte ihren Blick auf mögliche Augenpaare.

Sekunden zogen durchs Land. Immer wieder konnte sie Äste krachen und Laub rascheln hören. Die Geräusche kamen stetig näher und kündigten damit einen möglichen Gegner an.

Silbern funkelte es in Silvers Augenwinkeln. Das Silber kam näher und entpuppte sich als Schwert eines schwarzen Soldaten. Der erste Angriff folgte augenblicklich, welcher der Blonde problemlos parieren konnte.

Die anderen drei wurden ebenfalls in Kämpfe verwickelt. Immer mehr fremde Soldaten stoben aus dem Wald. Es kamen gut drei auf jeden der Flüchtigen. Vergil wollte sie ohne Frage unbedingt tot sehen.

Das Geräusch wenn Stahl auf Stahl traf lärmte durch den sonst stillen Wald.

Silver stellte sich geschickt im Umgang mit dem Schwert hat. Nur kleine Fehler verrieten, dass seine

Ausbildung noch lange nicht abgeschlossen war. Jedoch war Alistair der erste, der mit einem geschickten Stich in die Kehle seiner Gegners, den ersten eliminierte.

Eden versuchte so gut es ging zu kämpfen ohne ihre Gabe zu nutzen. Sie war es gewohnt Feinde mit Hilfe ihrer Augen auszuschalten doch ein einziges Mal wollte sie sich selbst beweisen, dass sie auch anders konnte. So wollte beweisen, dass sie keine Mordmaschine war.

Doch genau diese Einstellung wurde ihr zum Verhängnis als der perfekt platzierte Hieb des Gegner ihr Gesicht traf. Blut spritze auf das nasse Laub während sie ein Stück zurück taumelte. Alistair stob an ihr vorbei und rammte sein Schwert in die freie Fläche zwischen Brustpanzer und Helm. Hustend ging ein weiterer Soldat zu Boden.

Armina hatte währenddessen Mühe das fremde Schwert von ihr wegzudrücken. Ihr Gegner war beinahe doppelt so groß und breit wie das zierliche Mädchen. Doch wie aus dem Nichts wurde dieser von einem Schwert hinter ihm durchbohrt. Der Fremde ging zu Boden und gab freies Sichtfeld auf einen weiteren dunklen Soldaten hinter ihm. Schockierte musterte Armina diesen. Er nickte ihr lediglich zu bevor er einen weiteren seiner Kameraden zu Boden brachte.

Der Hinterhalt minderte die Zahl der Angreifer schnell. Silver brachte schließlich den letzten zu Fall bevor er sich neben Eden auf den Boden kniete, welche krampfhaft versuchte sie blutende Wunde in ihrem Gesicht mit ihren Händen zu stoppen.

"Warum hast du uns geholfen?", ging Alistair sofort auf den Fremden zu. Während er keinen Gedanken daran verschwendete sein Schwert zu senken.

Der Angesprochene zog den Helm von seinem Gesicht. Dunkle Augen, welche von brünetten verklebten Haaren beinahe verdeckt wurden, musterten die Krieger.

"Mein Name ist Dee Aralian. Man hatte mir den Auftrag erteilt Euch in Gefangenschaft zu nehmen. Doch als ich Euch erkannt hab wusste ich, dass dies ein Fehler ist."

"Aralian? Du bist ein Hauptmann der Armee", stellte Alistair daraufhin erstaunt fest und senkte seine Klinge.

Dee stimmte ihm mit einem schnellen Nicken zu. Sein Blick fiel daraufhin auf Eden. Schnell haschte er an ihre Seite und zog einen dünnen Verband aus einer der Tasche an seinem Gürtel. Er reichte ihm Silver, welcher augenblicklich die Wunde verband.

"Ich hoffe Ihr wurdet nicht zu stark verletzt", sprach Aralian daraufhin.

"Es hat mein Auge nicht getroffen. Mehr als ein Schönheitsfehler wird es wohl kaum sein", antwortete Eden. Unbesorgt setzte sich ein Lächeln auf, welches sie allerdings kurz darauf wieder fallen ließ als ein stechender Schmerz durch die Wunde schoss.

"Wärst du bereit uns ein zweites Mal zu helfen?", fragte Alistair an Dee gewandt. Hoffnung lag in seinen grünen Augen.

"Ich tue alles in meiner Macht stehenden um Euch auf dem Thron zu sehen, mein Prinz."

"Richte Vergil aus, dass wir tot sind. Wir haben deine Leute getötet. Also blieb dir nichts anderes übrig als uns zu töten."

"Ich werde es Eurem Onkel mitteilen", sprach Aralian. Er verbeugte sich. "Was auch immer Euer Plan ist, ich hoffe, dass Ihr siegreich seit." Mit diesen Worten erhob er sich wieder und ging zurück in die Richtung aus der er gekommen war.

"Das war knapp", seufzte Armina.

"Das Schicksal ist uns wohlgesonnen", antwortete Alistair daraufhin.

"Danke für deinen Einsatz, Alistair. Ohne dich hätte ich wohl keine Chance gegen den Krieger gehabt", kam es plötzlich von Eden.

"Du hast deine Gabe. Warum hast du sie nicht eingesetzt?"

Die Schwarzhaarige senkte den Blick zu Boden und schluckte hart. Sie rang mit sich zuzugeben warum sie darauf verzichtet hatte. Sie kam sich töricht und selbstsüchtig vor.

"Eden?", fragte der Prinz nach als er nach weiteren Sekunden keine Antwort bekam.

"Ich wollte beweisen, dass ich auch ohne meine Gabe fähig bin zu kämpfen", platzte es schließlich aus der Königstochter raus. Als sie den Blick des Rothaarigen sah biss sie sich allerdings reumütig auf die schmalen Lippen.

Alistair lachte verzweifelt während er die Arme hochriss. "Ihr seid penetrant wenn es darum geht Eden zu vertrauen. Und dann vermeidet sie es ihre Gabe zu nutzen nur um sich etwas zu beweisen?"

"Beruhig dich", sprach Silver so ruhig er konnte.

"Sie hat es bestimmt nur gut gemeint", versuchte Armina Eden zu verteidigen. Doch Alistair seufzte lediglich hämisch.

Ohne ein weiteres Wort wandte er sich ab und setzte seinen Weg fort.

"Sollten wir nicht hier ein Lager aufbauen? Eden ist verletzt, Ali."

"Inmitten von Leichen?", fragte Alistair an die Rothaarige gewandt.

"Wir sollten noch ein Stück tiefer in den Wald. Sollte Dee versagen wird Vergil erneut einen Trupp aussenden um uns zu töten", plichtete Silver ihm bei. Er bot der Verletzten eine Hand an doch sie schlug seine Hilfe auf. Ächzend erhob sie sich vom Boden und schlug die selbe Richtung wie der Prinz ein.

Armina und Silver tauschten vielsagende Blicke aus bevor sie Eden nachtaten.

"Aralian wird nicht versagen", sprach Alistair an den Blonden gewandt nachdem dieser zu ihm aufgeschlossen hatten und sie gemeinsam die Spitze der Gruppe bildeten.

"Du kennst ihn wohl schon eine Weile."

"Er gab meinem Vater dasselbe Versprechen wie du mir. Wenn ich ihm nicht vertrauen könnte, wem kann ich dann noch vertrauen?"

"Mir."

Der Königssohn seufzte kurz ehe er meinte: "Du hast dich auf mich eingeschworen, das mag ja stimmen. Aber du vertraust diesem dielonerischen Mädchen meiner Meinung nach zu viel. Ihr Verhalten macht mich stutzig."

"Weshalb?"

"Siehst du nicht wie sie versucht dich um den Finger zu wickeln? Verständlich, welches Reich wünscht sich keinen Visionär, der die Zukunft sehen gehen und so jeden Sieg unausweichlich macht."

"Meinst du ich würde jedem König so leichtfertig die Treue schwören?", antwortete Silver erstaunt.

"Nein, so meinte ich das nicht. Aber bevor du dich für jemanden wie Eden entscheidest, sehe dich doch nach anderen Möglichkeiten um. Armina gehört zu eine der reichsten Familie in Morganhaven. Sie würde dir einen Adelsstand sichern und so deinen Kindern eine gute Zukunft in einem neuen Adelsgeschlecht ermöglichen."

Silver musterte Alistair nachdenklich. Es schien als seien die Konflikte der letzten Tage nie statt gefunden. Der Schwur schien wohl tatsächlich das erreicht zu haben was der Blonde im Sinn gehabt hatte.

"Wäre eine Dinarus nicht eher als Braut für einen König geeignet?"

"Solange meine Braut eine Adelige ist macht es keinen Unterschied wie ihr Nachname lautet", lachte Alistair.

"Das Leben eines König wirkt wahrlich entzückend", scherzte Silver.

"Die einzige Verpflichtung, die ein König trägt ist sein Reich. Er braucht nun einmal Erben. So früh wie möglich um im Falle eines plötzlichen Todes einen Thronerben hat. Da hat Liebe keinen Platz."

"Da magst du wohl Recht haben. Allerdings sprachen die Geschichten bei Darius von einer Heirat aus Liebe."

Der Königssohn lachte daraufhin bevor er antwortete:" Meine Mutter war meinem Vater bereits versprochen, da war sie noch gar nicht geboren. Ihr Familie hat viel dafür bezahlt."

Beinahe erschrocken über seine Aussage musterte Silver ihn. In diesem Moment lief Armina auf die beiden zu. Ein breites Lächeln zog sich über ihre Lippen während sie langsam die geschlossenen Hände öffnete. Ein kleines Wesen mit funkelnden Flügeln flog heraus und tanzte vor den dreien herum bevor es restlos verschwand.

Alistair konnte das Grinsen nicht verstecken während er die Rothaarige musterte, welche sich herzlichst über den Anblick des Falters freute. Eden war ebenfalls an die Gruppe herangetreten und hatte das kleine Tier beobachtet.

Silver freute sich innerlich über den Anblick. Ein so kleines Wesen hatte der Gruppe Last von den Schultern genommen und sie etwas von dem Kampf erholt. Der Schock saß ohne Frage tief doch solange sie einen kleinen Funken fanden, welche sie glücklich machte, war die Erfüllung ihrer Aufgabe zum Greifen nahe. Die Krieger musste zweifellos eine Menge Mut aufbringen um ihre Ängste verschwinden zu lassen. Gehen würde diese nie doch ein kleines bisschen Hoffnung ließ sie leiser werden. Manchmal sogar fast verstummen.

ACHT

Die Tage und Nächte zogen an den Rekruten vorbei. Niemand der vier wusste noch so wirklich wie lange es her war seitdem sie Morganhaven verlassen hatte. Eine Woche? Vielleicht zwei?

Von Edens Wunde im Gesicht war lediglich eine rote Narbe übrig, welche sich ihre rechte Wange hinunter bis zu ihrem Kiefer zog. Sie war noch nicht vollständig verheilt doch war bereits besser als noch vor ein paar Tagen.

Armina hatte sich an einem Abend die Mühe gemacht Silvers Haare eine ordentliche Form zu geben. Mit einem Messer hatte sie diese gekürzt, weshalb sie nur noch spärlich in sein Gesicht fielen, während der Rest sich schnell nach hinten legte.

Erneut verließen sich einen von unzähligen Wäldern und traten hinaus auf ein freies Feld. Lange Halme von Getreidepflanzen wiegten sich darauf im Wind.

"Felder", murmelte Armina während sie den Pflanzen mit einem Lächeln musterte.

"Nicht nur das", sprach Alistair woraufhin er auf Burgmauern zeigte, welche unweit von ihnen auf einem Hügel prangten.

"Wir habens geschafft. Wir sind in Skaria!", jubelte Eden ehe sie kurzerhand Silver in die Arme fiel. Etwas überfordert über ihre Reaktion fing der Blonde sie zaghaft auf.

"Jetzt müssen wir nur noch Chiron finden", meinte der Königssohn, welcher seinen Weg in Richtung der Burgmauern fortsetzte.

Nach wenigen Minuten schritt die Gruppe schließlich durch das Tor von Skaria und betrat damit das große Dorf. Das Wappen prangte beinahe an jeder Tür. Läden verkauften Sachen, welche die vier noch nie in ihrem Leben zuvor gesehen hatten. Die Tavernen schenkten seltenen Wein aus und beinahe von jeder Richtung hörten sie Klänge von Instrumenten und Stimmen von begnadeten Sängern. Nicht selten tauchten in ihren Köpfen die Gedanken auf einfach alles hinzuschmeißen und zu bleiben. Im Vergleich zu Morganhaven und Dielonera wirkte Skaria wie ein Paradies.

"Und lass dich hier nie wieder blicken!", hörten sie einen Mann plötzlich aus einer der Tavernen rufen. Dieser war gerade dabei einen Mann aus dem Gebäude zu werfen. Er schubste ihn woraufhin dieser zu Boden fiel. Nicht viel später zerschellte eine Mandoline neben dem Rausgeworfenen am Boden. Dieser seufzte verärgert und richtete sich die kurzen hellbraunen Haare und strich sich das seidenen Gewand zurecht, welches klar machte, dass es sich bei dem Fremden um einen Musiker handeln musste.

"So eine Frechheit", murmelte er während er das kaputte Instrument vom Boden aufhob. Sein brauner Blick blieb dabei auf den vier Reisenden hängen.

"Reisende in Skaria. Ich würde euch ja ein Willkommensständchen singen aber dieser Kulturbanause hat mir so eben meine Mandoline ruiniert."

"Ja, wir haben es gesehen", sprach Alistair trocken. Er wollte an ihm vorbei gehen doch der Künstler stellte sich ihm augenblicklich in den Weg.

"Seid ihr wegen etwas Bestimmten hier? Skaria ist berühmt für seine Ausgefallenheit. Lasst mich euch rumführen!"

"Wir verzichten", antwortete der Königssohn doch der Fremde ließ sich nicht abwimmeln. Armina verdrehte genervt die Augen und versuchte den Braunhaarigen nun mit Gewalt aus dem Weg zu schieben.

"Was für eine Augenweide!", rief der Fremde nun aus und beugte sich vor die Rothaarige. Flink griff er nach ihrer Hand und schenkte dieser einen Kuss. Angeekelt zog sie ihre Hand aus seinem Griff.

"Könnt Ihr uns nun endlich in Ruhe lassen?", fragte Alistair.

"Ihr wisst gar nicht welch' Gelegenheit ihr damit ausschlagt. Ich bin Lyrandis Venytanion. Der beste Musiker, den die Welt je gesehen hat!"

"Deshalb haben sie dich auch gerade aus der Taverne geworfen oder? Warst wohl so gut, dass ihnen die Ohren geblutet haben", scherzte nun Eden.

"Gut. Wir nehmen dein Angebot an. Aber nur wenn du uns bei einer Sachen helfen kannst, Lyrandis", sprach plötzlich Silver woraufhin er entsetzte Blicke erntete.

"Wie soll uns ein verdammter Barde helfen?", fragte Alistair während er das Gesicht verzog.

Der Musiker ging nicht weiter auf den abfälligen Kommentar ein. Er nickte schnell und fragte: "Was kann ich für euch tun?"

"Wir suchen einen Mann. Ende dreißig. Er müsste lange schwarze Haare und zwei verschieden farbige Augen haben. Eines grün und eines blau. Er ist sehr groß und muskulös", versuchte Silver Chiron so gut es eben ging zu beschreiben.

"Ich kenne nur einen Mann auf den diese Beschreibung passt. Allerdings hat dieser nur noch ein Auge, welches grün ist", antwortete Lyrandis.

Fragende Blicke wurden in der Gruppe ausgetauscht bevor Silver fortfuhr: "Kannst du uns zu ihm führen?"

"Sagt ihr mir zuvor wer ihr seid und warum ihr ihn sucht? Ich kenne diesen Mann gut und weiß, dass er sehr eingenommen gegenüber Fremden sein kann."

"Ich bin Silver Maran. Meine Freunde hier sind Eden Sinera, Armina Dinarus und Alistair Flame", sprach der Blonde zugleich und war erfreut darüber, dass Lyrandis nicht mit dem Namen Flame bekannt zu sein schien. "Und wir sind hier um ihn um Hilfe zu bitten."

"Ich denke nicht, dass Chiron irgendjemanden hilft. Er scheint ein Einsiedler zu sein. Nennt man das so?" Lyrandis verzog nachdenklich das Gesicht und schien dabei die Gruppe schon fast wieder aus seinen Gedanken geschoben zu haben.

"Willst du uns nun oder müssen wie weiter suchen?", fragte Alistair schließlich ungeduldig.

"Oh, natürlich. Folgt mir. Er lebt etwas abseits des Dorfes", sprach der Barde und machte sich sofort auf den Weg. Der Prinz seufzte genervt ehe er ihm folgte.

Die fünf marschierten beinahe durch das halbe Dorf. Kamen sogar dicht am Schloss vorbei, welches an der höchsten Stelle in den Himmel ragte. Die Dächer waren golden verziert und Marmor glänzte in der Mittagssonne. Skaria versteckte seinen Reichtum nicht.

Lyrandis nutzte die Gelegenheit und plapperte nur so von sich hin. Erzählte passende Geschichten, welche allesamt er erschaffen hatte. Er war ohne Frage stolz auf sein künstlerisches Handwerk und verstand es beim besten Willen nicht warum niemand seine Kunst genoss. Während der Gruppe diese Tatsache allerdings bereits während der ersten Erzählung klar wurde.

Sie ließen schließlich die Burgmauer hinter sich. Weit vor ihnen glänzte der See und an dessen Ufer stand eine kleine Hütte auf die der Musiker entschlossen zutrat.

"Chiron!", rief er beim Näher kommen Doch in dem kleinen Gebäude rührte sich nichts.

"Ich weiß, dass du da bist. Ich hab Reisende mitgebracht, die unbedingt mit dir sprechen wollen."

"Du weißt, dass ich keine Fremden mag", erklang plötzlich eine raue Stimme, welche durch das offene Fenster mit Lyrandis sprach.

"Es scheint echt wichtig zu sein. Hätte ich sie nicht hergebracht hätten sie wohl ganz Skaria nach dir abgesucht."

Seufzen. Dann Stille.

"Sprich doch wenigstens mit ihnen."

Der Besitzer der rauen Stimme rüttelte schließlich an der Tür, welche daraufhin knarrend geöffnet wurde. Chiron trat aus dem Dunkel der Hütte hinaus. Die schwarzen Haare trug er wie in Silvers Vision. Lang und zusammen geflochten während die Seiten rasiert waren. Dunkle Stoppeln zierten sein breites Kiefer und umrandeten die schmalen Lippen. Das grüne Auge funkelte in der Sonne, während das Blaue verschlossen war. Eine Narbe zog sich darüber quer durchs Gesicht.

"Wer seid ihr?", fragte er forsch während er die Gruppe musterte.

"Chiron Fakas, es ist mir eine Ehre Euch kennen zu lernen. Mein Vater hat viel von Euch erzählt. Ich bin Alistair Flame und ich…", fing der Prinz an doch Chiron fiel ihm augenblicklich in Wort: "Flame? Mit deinesgleichen will ich nichts mehr zu tun haben."

Er wollte bereits wieder die Tür schließen doch so trotzig wie Alistair war versperrte er diese mit seinem Fuß und sah den ehemaligen Krieger stur an.

"Du siehst aus wie Darius und verhältst dich auch noch so wie er", seufzte Chiron.

"Gebt mir eine Chance mich zu erklären."

Erneut seufzte der Zweifarbige ehe sein Blick an Silver hängen blieb. Bedächtig musterte er ihn. Unsicher trat der Blonde von einem Fuß auf den anderen bevor er gefragt wurde: "Wie ist dein Name?"

"Silver. Man nennt mich Silver."

"Wie noch?"

"Maran."

Chiron lachte sofort auf während er die Tür wieder öffnete und die Gruppe nun zu sich ins Haus bat. Verwirrte wechselten Alistair und Silver einen Blick bevor sie die Einladung annahmen und eintraten. Chaos herrschte darin. Die Hütte war halb zerfallen. Wasser tropfte von der Decke, der Boden war an manchen Stellen eingebrochen und überall stapelten sich Teller. Flink räumte der Gastgeber ein paar Stühle frei und bat die Krieger schließlich sich hinzusetzen.

"Warum seid ihr also hier?"

Der Königssohn wollte bereits den Mund öffnen doch das ehemalige Mitglied der mutigen drei schnitt ihm sofort das Wort ab und meinte: "Nicht du. Blondchen soll reden." Mit einer schnellen Kopfbewegung deutete er auf Silver. Alistair warf dem Angesprochenen einen verwirrt bösen Blick zu bevor der Zweifarbige anfing zu sprechen: "Morganhaven steht in Flammen. Vergil scheint sich mit Dielonera verbündet zu haben. Er hat Darius getötet und hat sich nun selbst auf den Thron gesetzt. Er vor wenigen Tagen sollten seine Krieger uns angreifen und in Gefangenschaft nehmen."

"Vergil hat was? Unmöglich", murmelte Chiron während seine Gedanken zu seinem einstigen Geliebten wanderten.

"Ich kann nur leider das Gegenteil bestätigen. Ich habe gesehen wie er seinen Bruder ermordet hat."

"Was ist mit Milenia? Sie hat doch trotzdem auch Anspruch auf den Thron."

"Milenia ist im letzten Krieg verstorben", erklärte Alistair.

"Hat Darius dann ohne seine linke und rechte Hand regiert?"

"Nein, er machte Mirabelle zu seiner linken und Vergil zu seiner rechten Hand", sprach der Königssohn.

"Dann ist Mirabelle vermutlich auch tot oder?"

Der Rothaarige nickte traurig. Silver Schuldbewusstsein fraß sich wieder hindurch und ließ ihn auf seine Unterlippe rumkauen.

"Dass Dielonera irgendwann wieder angreifen würde, war klar. Aber mit dieser Brutalität hätte selbst ich nicht gerechnet. Gabs in Dielonera womöglich einen Thronwechsel? Mephilis würde ich so etwas niemals zutrauen."

"Nein, Mephilis' Tochter sitzt genau vor dir", antwortete Eden trocken und fixierte Chiron mit ihrem Blick.

"Gut, dass du gesehen hast, dass dein Vater nichts Gutes im Sinn hat."

"Also, hilfst du uns oder waren unsere Mühen vergeben?", fragte Alistair nach wenigen Sekunden des Schweigens. Der Klang seiner Stimme machten klar, dass er gereizt war. Womöglich auch der Grund warum er allerlei Höflichkeitsformen über Bord warf.

"Was soll ich deiner Meinung nach tun, Kleiner?"

"Silver sprach von zweifarbigen Augen. Du wirst uns doch bestimmt mit deiner Sternengaben unterstützen können."

Der Schwarzhaarige musterte nun wieder Silver. "Ein Visionär in eurer Mitte und trotzdem seid ihr ratlos." Er lachte bevor er sich erhob und die Gruppe nun von oben herab betrachtete. Er schien nachzudenken.

"Der Visionär hat uns zu dir geführt. Seine Visionen ließen darauf schließen, dass du derjenige bist, der Vergil vom Thron reißen kann", gab nun Eden bissig von sich.

"Hat er auch gesagt womit? Ich besitze meine Gabe seit Jahren nicht mehr."

Natürlich hatten sie nicht ganz unrecht. Vergil hatte sich früher schon viel aus Chirons Meinung gemacht doch der Krieger wagte zu bezweifeln, dass sich dies nie geändert hatte. Sechzehn Jahre waren seit dem letzten Krieg vergangen und somit auch sechzehn Jahre seitdem er den falschen König das letzte Mal gesehen hatte. Die Zeit waren nicht spurlos an den beiden Männer vorbeigegangen. Auch wenn nach wie vor kein Tag vergeht an dem der Schwarzhaarige nicht darüber nachgedacht hatte was aus dem Königssohn geworden war. Vielleicht hatte es sogar das ein oder andere Mal die Angst verspürt, dass dieser nicht mehr am Leben war. Doch diesen Ausgang hatte Chiron erst recht nicht erwartet. Vergil war immer schon begierig auf den Thron gewesen doch für ihn wirkte er nie so als wäre er auch dazu bereit dafür zu morden.

Silver musterte Chiron inzwischen verwirrt. Der Angestarrte musste zugeben, dass der Blonde etwas an sich hatte was der Ältere nicht verstehen mochte. Der junge Krieger machte auf ihn nicht den Eindruck wie andere in seinem Alter. Silver hatte trotz seiner Wortkargheit eine Aura an sich, die ihn sehr stark wirken ließ. Wie das junge Unschuldslamm, welches eines Tage der große Held sein sollte.

"Wisst ihr, ihr kommt in meine Zuhause gestolpert und seid sofort der Meinung, dass ich auf Anhieb einen Plan habe, der Morganhaven retten kann. Aber ich muss euch enttäuschen. Ich bin ein gewöhnlicher Fischer. Mein Schwert habe ich vor Jahren niedergelegt. Und damit auch meine Gabe."

"Du hast dir einfach das Auge ausgestochen oder?", fragte Silver und zog währenddessen das Messer hervor, welches sie vor wenigen Tagen in der Höhle gefunden hatte. Das dunkle Blut auf der Klinge war mittlerweile bereits fast vollständig abgeblättert.

"Wo hast du das her?", fragte Chiron erzürnt und riss ihm die Klinge aus der Hand.

"Aus einer Höhle in der Nähe von Sinaria. Kean hatte uns davon erzählt, dass du dort einst Unterschlupf gesucht hast."

Wieder antwortete der Schwarzhaarige nicht doch nun wurde auch der Visionär stur. Er wollte nichts mehr als Morganhaven helfen und Chirons Dickkopf ließ ihn mittlerweile wütend werden. Dieser wollte sich mit dem Messer in den Händen abwenden doch der Blonde sprang auf und hielt ihn an der Schulter fest. "Du warst einer der mutigen drei. Wenn uns einer helfen kann, dann bist es du. Alle anderen sind tot."

Chiron fixierte ihn mit seinem grünen Auge und dachte nach. Doch noch bevor er antworten konnte löste die Berührung etwas in Silver aus. Schwärze füllte sein Sichtfeld und ließ ihn in die Knie gehen. Er wollte die mögliche Vision nicht verlieren und klammerte sich dennoch weiter an Chiron. Dieser stand wie angewurzelt da und beobachtete ihn weiterhin.

Doch kein Bild erwachte in der Dunkelheit. Lediglich wiederholte eine raue Stimme immer und immer wieder die selben Wörter. Anfangs konnte der Blonde sie kaum verstehen doch nach und nach wurden sie immer lauter bis sie schließlich kaum noch erträglich für den jungen Mann war. *Willst du mich nun verlassen?*

"Wurdest du verlassen?", fragte Silver nachdem er sich von der Vision wieder etwas gefangen hatte. Er kniete nach wie vor am Boden und hatte seinen zweifarbigen Blick darauf fokussiert.

"Wovon redest du?", fragte Chiron verwirrt. Er zog die dunklen Augenbrauen hoch.

"Willst du mich nun verlassen? Wer hat das gesagt?"

"Seit wann kann ein Visionär in die Vergangenheit blicken?"

Die Verwirrung übernahm schließlich restlos die Hauptrollte in Chirons Mimik. Er hatte bereits erwartet, dass der Blonde etwas Besonderes war doch eine umgekehrte Variante seiner Gabe zu erzeugen war etwas was als schier unmöglich galt. Oder gegolten hatte.

"Also weißt du wovon ich rede?", entgegnet Silver und ging nicht weiter auf seine Frage ein.

"Natürlich weiß ich wovon du redest. Es geht dich nur einfach nichts an", schnauzte der Ältere diesen nun an. "Ich habe Morganhaven verlassen und werde nie wieder auch nur einen Schritt dorthin zurück setzen und jetzt verschwindet!" Wütende deutete Chiron nun auf die Tür.

"Du bist im Krieg davon gelaufen, du Feigling! Mein Vater hielt dich für tot!", fuhr ihn Alistair nun hasserfüllt an. Sein Geduldsfaden war ihm gerissen und am liebsten würde er solange auf den Schwarzhaarigen einprügeln bis er versprach ihnen zu helfen. Doch dessen Körperbau machte dem Prinzen klar, dass er keine Chance gegen ihn hatte.

"Dein Vater war doch erst der Grund warum ich gegangen bin! Hätte er anders reagiert wäre es nie so gekommen! Vergil hätte nie zu solchen Mitteln gegriffen!"

Der Rothaarige lachte auf ehe er meinte: "Dann kennst du ihn verdammt schlecht."

"Nein, im Gegensatz zu dir weiß ich wer er war und was ihn zu dem gemacht hat was er jetzt ist!", er war näher an Alistair heran getreten doch dieser machte nach wie vor keine Anstalten sich selbst Einhalt zu gebieten. Im Gegensatz legte er noch einen drauf: "Vergil ist ein Mörder. Nicht mehr und nicht weniger."

Das darauf folgende Klatschen hallte sekundenlang durch die Hütte. Schockiert griff der Königssohn nach seiner Wange auf der so langsam der rote Abdruck einer großen Hand sichtbar wurde. Chiron musterte ihn währenddessen mit dunklen Zorn im Auge. "Vergil hat mir das Leben gerettet", sprach er gedämpft durch zusammen gebissene Zähne. Sofort trat Alistair ein paar Schritte zurück. Silver war beinahe erstaunt darüber zu sehen wie schnell Chiron plötzlich den Respekt des sonst so respektlosen Prinzen erhalten hatte.

Chiron atmete tief durch ehe er sich wieder auf seinen Stuhl setzte. "Erlaubt mir euch eine Geschichte zu erzählen", fing er an und musterte die Gruppe erwartungsvoll. Still setzten sich nun auch Alistair und Silver wieder.

"Meine Eltern waren mittellos. Meine anstehende Geburt und die darauf folgenden Jahren waren keine leichten für sie. Eine Tages, als ich ungefähr sieben Jahre alt war, stand ein junger Bauer vor unserer Tür. Seine Eltern hatten ihm viel Geld vermacht und so bat meinen Eltern dementsprechend viel. Sie zögerten keine Sekunde und verkauften mich an den Mann. Ich diente viele Jahre dort aber irgendwann wurde auch in mir die Sehnsucht nach einem erfüllten Leben geweckt. Adelstöchter machten mir schöne Augen wenn sie mich sahen oder so schmiedete ich den Plan einfach wegzulaufen und eine von ihnen zu heiraten. Bei meiner Flucht wurde ich allerdings erwischt und der Bauer wollte mich erschlagen. Mit einer Axt wie er sie verwendete wenn er Holz zerschlug. Wäre Vergil nicht in diesem Moment vorbeigekommen und hätte er mich nicht freigekauft wäre ich heute tot. Stattdessen brachte er mich ins Schloss. Gab mir zu essen und sorgte dafür, dass ich zum Krieger ausgebildet wurde."

Wieder trat Schweigen in die Runde. Alistair hielt den Blick gesenkt und fragte schließlich leise: "Du sagtest du weißt wodurch Vergil so skrupellos wurde. Erzähle es mir bitte."

"Vergil kam sich ungewollt vor. Darius wurde aufgrund seines Aussehens stets von Zeltin bevorzugt. Vergil wollte um jeden Preis König werden. Wohl einfach nur um zu beweisen, dass er mehr war als der ungewollte Zwilling. Dass auch ein Flame ohne dieses typische Aussehen am Thron sitzen und erfolgreich herrschen kann. Darius allerdings verhielt sich so wie es ihm Zeltin beigebracht hatte. Stets arrogant und ohne ein Fünkchen Mitgefühl für seinen Bruder. Er war der zukünftige König. Und das bekam jeder zu spüren. Vor allem Vergil."

"Darius kam mir nie so vor", murmelte Silver nachdenklich. Alistair seufzte und antwortete: "Du hast ihn auch nicht lange gekannt. Allerdings weiß ich wovon Chiron spricht. Mein Vater konnte sehr mitleidlos sein."

"Das macht Vergil aber nicht unschuldig. Er hat Darius auf dem Gewissen. Vielleicht war auch der Attentat auf Mirabelle sein Werk. Uns wollte er auf der Patrouille nach Dielonera los werden", meinte Armina.

"Wäre Eden nicht gewesen wäre sein Plan restlos erfolgreich gewesen", sprach der Prinz und musterte die Schwarzhaarige. Die Dankbarkeit in seinen grünen Augen machte die Prinzessin sprachlos.

"Das Schicksal selbst will Vergil nicht auf dem Thron sehen. Das steht nicht in Frage. Nur weiß ich nicht wie ich euch helfen kann. Sie werden uns wohl kaum einfach so ins Schloss lassen", sagte Chiron nachdenklich.

"Und deine Sternengabe kann uns auch nicht mehr ins Schloss bringen", fügte Silver hinzu. Der Ältere verzog dabei das Gesicht. "Oder kann sie?", hakte der Blonde nach und starrte Chiron erwartungsvoll an.

Dieser seufzte nun und fragte: "Weißt du wie Sternengaben funktionieren?"

"Nein, nicht so recht", musste Silver kleinlich zugeben.

"Du, ich und Eden. Wir alle wurden mit einer Augenfarbe geboren. Ich hatte beispielsweise grüne Augen. Manifestiert sich die Gabe so wechselt ein Auge die Farbe. Manchmal ist dies allerdings kaum erkennbar bis die Gabe zum ersten Mal eingesetzt wurde. Sternengaben werde nicht vererbt. Sie entstehen zufällig. Damit ist es möglich eine Gabe händisch herzustellen."

Beinahe augenblicklich verzog die Gruppe fragend das Gesicht ehe Chiron weiter erklärte: "Nimm Lyrandis und gib ihm ein grünes Auge. Binnen Tagen würde er die Gabe des Sängers entwickeln. Kein lebendes Wesen auf dieser Welt könnte je bei seiner Stimme weghören."

Dem Barden fiel beinahe die Kinnlade bei der Aussage zu Boden. Auch die anderen wirkten schockiert und überrascht zugleich.

"Es ist so einfach Zweifarbige zu erzeugen. Und die Reiche wissen davon nichts?", fragte Alistair, welcher als erstes die Stimme wiedergefunden hatte.

"Sun ist die einzige Herrscherin, die davon weiß. Sie hat vor einigen Jahren Studien dazu geführt, an welchen ich teilgenommen hatte. Skaria hat allerdings kein Interesse an Zweifarbigen."

"Besorgen wir dir also ein blaues Auge und du hast deine Gabe wieder?", hakte der Prinz weiter nach. Sofort fielen die Blicke dabei auf Silver, welcher nachdenklich Staub mit seiner Fuß häufte.

"Guckt den armen Junge dabei doch nicht so an. Selbst wenn er dazu bereit ist wissen wir nicht ob blau nicht die Farbe ist, die er bereits von Geburt an trägt. Nimmst du einem Sternenträger die falsche Farbe erblindet er in Sekunden", maulte Chiron die Gruppe nun an.

"Das kann nicht so einfach sein. Mein Vater hat jahrelang versucht so etwas zu schaffen und ist daran gescheitert", dachte Eden laut.

Der Schwarzhaarige lachte dabei und sprach: "Derjenige, der die Gabe erhalten soll, muss dafür offen sein. Wird es ihm aufgezwungen wird er krank oder stirbt unter Qualen daran."

"Was machen wir dann?", fragte Alistair knapp.

Silver dachte fieberhaft nach ehe er wie aus der Pistole geschossen antwortete: "Wir zetteln im Dorf eine Revolution an. Vergil hat sicher deinen Tod verkündet. Wenn du plötzlich wieder dort auftauchst und erzählst was wirklich vorgefallen ist wird man uns bestimmt helfen."

"Du willst das Schloss also sprichwörtlich mit Fackeln und Mistgabeln stürmen?", scherzte der Prinz und verzog dabei verwirrt das Gesicht.

"Die Idee ist nicht schlecht. Darius wurde im Dorf schon gelobt bevor er überhaupt auf dem Thron saß", stimme Chiron dem Blonden zu.

"Und als er auf dem Thron saß nahmen die Gesänge über ihn kein Ende", pflichtete der Zweifarbige nun bei.

Eden musterte Silver besorgt ehe sie meinte: "Wenn Vergils Soldaten uns dort sehen werden sie uns augenblicklich umbringen. Wir müssten untertauchen und uns versteckt halten."

"Ich kann eine Geschichte schreiben. Oder eine Ballade. Wir geben dieser einen falschen Titel und bringen sie unter die Leute. Der Titel rühmt euren Königsmörder während die Geschichte über Alistairs Rückkehr spricht. Die Soldaten werden sich nicht darum kümmern während die Bewohner hellhörig werden", plante Lyrandis und musterte die Gruppe.

"Vergil-Kämpfer der Gerechtigkeit oder Der Triumph des ungewollten Bruders", überlegte Eden.

"Das wäre vielleicht zu auffällig. Es könnte Vergil selbst dazu bringen diese Geschichte hören zu wollen", meinte Silver nachdenklich.

Chiron lachte trocken und sprach: "Wohl kaum. Er interessiert sich für nichts weniger als Musik und Kunst."

"Heißt das nicht dann, dass er mich eventuell in Gefangenschaft nehmen würde?", fragte Lyrandis unsicher nach.

"Im Gegenteil. Er wird deine Ankunft willkommen heißen. Noch dazu mit einem Stück, dass so einen Titel trägt. Vergil wird hoffentlich glauben, dass die Bewohner ihm kopflos folgen wenn du über seine guten Taten singst", antwortete der Schwarzhaarige.

"Hoffentlich", murmelte der Barde. Angst lag klar in seinen Augen.

Lyrandis war nie ein Mann der großen Taten gewesen. Er tat was er wollte. Die Verantwortung gab er stets an Personen in seinem Umfeld ab.

Chiron seufzte und trat auf den Musiker zu, welche die ganze Zeit über etwas abseits gestanden hatte. "Hör auf ständig heulend in der Ecke zu stehen, Lyrandis. Ich hab dich oft genug vor Leuten verteidigt und beschützt. Jetzt fordere ich einen Gefallen ein."

Der Musiker nickte schnell. Die Unsicherheit war klar in seinen dunklen Augen zu sehen. Dennoch antwortete er schüchtern: "Ich mache mich sofort an die Arbeit. Gebt mir eine Stunde. Dann bin ich zurück."

"Gut, wir warten auf dich."

Mit diesen Worten hatte Lyrandis die Hütte im Laufschritt verlassen und machte sich auf dem Weg in das kleine Haus in der Nähe des Stadtplatzes.

"Und du kommst mit mir. Wir müssen uns unterhalten", sagte Chiron nachdem der Barde weg war. Mit seiner Hand deutete er auf Silver, welcher kurz nickte.

"Was ist mit uns? Sollen wir einfach hier warten?", fragte Alistair ungeduldig. Er war aufgestanden und hatte die Arme verschränkt.

"Du hast es erraten. Mach einfach was ich dir sage. Es gibt für euch nichts zu tun. Übe dich in Geduld."

Der Prinz seufzte deutlich genervt und ließ sich zurück auf seinen Stuhl fallen. Chiron nickte selbstzufrieden und verließ sein Zuhause dicht gefolgt von dem blonden Sternenträger.

Sie folgten einem schmalen Weg, welcher vom Dorf wegführte. Lange wanderten sie stumm neben einander her bevor Silver unsicher fragte: "Was hast du vor? Was soll ich tun?"

"Du sollst gar nichts tun. Ich wollte mit dir sprechen. Ohne diesem aufmüpfigen Prinzen." Der Schwarzhaarige verzog das Gesicht um seine schlechte Meinung über Alistair noch zu verstärken.

Silver nickte bevor Chiron sprach: "Alistair ist nicht der einzige, der Anspruch auf den Thron hat aber das weißt du vermutlich."

"Er ist Darius' Sohn. Wie sonst außer ihm sollte das Recht haben König zu werden."

Der Ältere musterte ihn verwirrt bevor er fragte: "Darius hat dir also nie was gesagt?"

"Was gesagt?" Verwirrung spiegelte sich in Silvers zweifarbigen Blick wieder.

Erneut seufzte Chiron angestrengt bevor er erklärte: "Du bist Milenias Sohn. Tochter von Zeltin und damit Darius' und Vergils Schwester. Du trägst Flame-Blut in dir."

"Unmöglich." Silver war stehen geblieben bevor er weitersprach: "Mein Vater ist ein einfacher Schmied. Meine Mutter wurde im Krieg umgebracht und er zog mich auf."

"Kiran Maran. Wie vehement Darius damals versucht hatte Milenia diese Liebschaft aufzureden. Sie ist stur geblieben, hat ihren Namen abgelenkt und wurde schließlich schwanger."

"Woher weißt du das alles?"

"Milenia war die dritte der mutigen drei. Sie hätte Darius' linke Hand werden sollen. Trotz ihrer Heirat hätte sie Morganhaven in seiner taktischen Situation unterstützen sollen."

"Warum erzählst du mir das jetzt alles? Alistair ist der Sohn des Königs. Damit steht doch fest, dass er König wird oder nicht?"

"Ich bin der Meinung, dass ein Wechsel am Thron erfolgen sollte. Kein Flame sollte je wieder dort Platz nehmen. Sie sind Hitzköpfe und stur. Der Prinz ist ja ein Paradebeispiel dafür."

"Ich wurde nie dafür ausgebildet. Ich kann Schwerter schmieden aber kein Reich beherrschen."

"Deshalb würde ich da sein und dir als Stütze dienen. Die mutigen drei werden bereits kurz nach ihrer Ernennung ausgebildet um den König rechtmäßig unterstützen zu können. Ich würde dir helfen bis ich mir sicher bin, dass du alleine herrschen kannst."

"Und selbst wenn ich zustimmen würde, was allerdings nicht heißen soll, dass ich es tue, Alistair würde niemals den Thron hergeben", antwortete Silver nachdenklich. Er hatte mit vielen gerechnet aber mit einer derartig verwirrenden Situation. Tief im Inneren war er sich auch unklar ob Chiron tatsächlich die Wahrheit sprach. Er hatte zuvor bereits klar gemacht, dass er Alistair nicht sonderlich mochte. Aber würde er deshalb gleich jemanden zum König machen wollen, der keinen Anspruch darauf hatte?

"Da hast du wahrscheinlich Recht. Ansonsten töten wir ihn, wenn wir die Gelegenheit dazu haben", sprach der Schwarzhaarige trocken.

"Du willst was?", rief Silver schockiert aus. Chiron verdrehte die Augen und erklärte: "Ich kannte Darius und Zeltin. Zeltin war schon ein König für den ich nicht dankbar war. Darius war bereits in seiner Kriegerzeit nicht besser. Noch so ein Spross braucht Morganhaven nach dieser schweren Zeit nicht. Die Bewohner werden eine schlechte Meinung über die Flame-Familie entwickeln sobald sie hören, dass Vergil Darius umgebracht hat. Ein Maran hingegen, welcher im Dorf aufgewachsen ist während da weitaus vertrauenerweckender."

Für den Blonden klang es logisch, was der ehemalige Krieger ihm zu erklären versuchte. Doch der Gedanke Alistair deshalb einfach zu töten und ein Erbe anzutreten wofür er nicht bereit war, machte ihm Angst. Er wusste, dass der Prinz einer sehr rauen Natur entsprang aber als schlechten König hätte er ihn deshalb trotzdem nicht betitelt. Langsam machte sich allerdings auch das Gefühl in ihm breit, dass er wohl einfach nur zu wenig Ahnung davon hatte um dies richtig beurteilen zu können.

"Ich bin auf Alistair eingeschworen. Ihn zu töten würde mich zum Brecher machen", erklärte Silver plötzlich kleinlaut.

"Das hast du nicht wirklich gemacht oder?"

"Doch." Seine Stimme war kaum mehr als ein leises Flüstern.

"Was haben sie dir bitte beigebracht, dass du so naiv denkst?", fragte Chiron abfällig.

"Ich war nicht lange in Ausbildung. Dielonera hat mir dafür nicht viel Zeit gelassen."

"Dann hattest du wohl auch noch Glück, dass du als Schmied aufgewachsen bist. Ansonsten wärst wohl nicht einmal in der Lage den Griff von der Schwertschneide zu unterscheiden."

"Wie willst du das beurteilen können? Wir bitten dich um Hilfe und du mahnst dir an uns rumschubsen zu können wie du es willst."

"Nein, ich sage euch lediglich meine Meinung. Das hat wohl vor mir noch keiner gemacht."

Silver zog beleidigt die Augenbrauen hoch. "Ich wollte euch damit nicht klein reden. Ich sage was ich denke und fühle. Könnt ihr damit nicht umgehen sollte ihr nichts in der Armee zu suchen haben. Das Leben als Krieger ist blutig und unfair", sprach Chiron.

"Chiron will wohl lediglich unser Bestes. Er hätte uns auch ganz einfach draußen stehen lassen können. Wir sollten auf ihn hören, Sil", sagte plötzlich eine weibliche Stimme hinter den Männern. Eden trat langsam heran während ein sanftes Lächeln ihre Lippen umspielte.

"Was hast du mitgehört?", fragte der Ältere die Frau streng.

"Genug. Und ich muss dir Recht geben. Mein Vater lehrte mich viel über die Könige von Morganhaven. Wäre Dielonera geschickter vorgegangen hätten sich die Flames wohl schon früher gegenseitig abgeschlachtet. Ein neuer König, der besonnener und ruhiger herrscht wird Vertrauen nach außen zeigen."

"Genau das ist es", sprach Chiron erfreut. "Du hast es was es braucht um ein guter König zu sein. Du kennst das Leben im Dorf. Du denkst über deine Entscheidung nach und bist in der Lage größere zu treffen. Gut zu treffen. Und dann heiratest du noch Eden und der ewige Frieden mit Dielonera ist hergestellt." Siegessicher warf er nun die

Arme in die Luft und konnte sich das breite Grinsen dabei nicht verkneifen.

Silver allerdings wirkte alles andere als glücklich darüber. Ihm gefiel der Gedanke nicht Alistair zu töten. Als Chiron auch noch von Eden als seine Braut anfing schaltet sein System sich restlos ab. Sein Kopf schien beinahe zu explodieren während sich seine Wangen passend dazu rötlich färbten. Auch die junge Frau schien etwas überrascht von dem Plan das Älteren zu sein.

"Mephilis sitzt nach wie vor auf dem Thron", meinte sie schließlich etwas kleinlaut.

"Darüber machen wir uns Gedanken wenn Vergil besiegt ist", antwortete Chiron.

Eden und Silver tauschten kurze Blicke aus. Der Schwarzhaarige hatte beide in eine unangenehme Situation gebracht. Sie vertrauten sich und waren ohne Frage eng aneinander gebunden. Doch eine Heirat war etwas was sie beide in diesem Moment in Bedrängnis brachte.

"Soll ich euch alleine lassen?", fragte schließlich Chiron nach kurzem Schweigen. Die Blicke waren ihm nicht entgangen und er wünschte es nicht beide verunsichert zu sehen.

Silver kratzte sich unsicher am Hinterkopf während Eden nickte und sprach: "Das wäre nett von dir." Der Ältere ließ sich dies nicht zweimal sagen und wandte sich wieder um in Richtung seiner Hütte.

Als er außer Hörweite war fragte die Prinzessin: "Ist alles in Ordnung? Du wirkst überfordert."

"Wärst du das nicht wenn man dir plötzlich sagt, dass du Königsblut hast?"

"Ich weiß es nicht, Sil. Ich bin mit dem Wissen aufgewachsen."

"Und dann fängt er auch noch von dieser bescheuerten Heirat an. Als ob wir Schachfiguren wären, die er rumschieben kann wie er es möchte", murrte Silver und trat gegen einen kleinen Stein, welcher hüpfend im Gras verschwand.

"Willst du mich denn nicht heiraten?", fragte Eden mit einem Grinsen im Gesicht um die Stimmung aufzulockern.

"Das meinte ich so nicht", stotterte er.

Die Königstochter trat näher an den Krieger heran und umfasste sein Gesicht mit ihren Händen. Sie zwang ihn damit in ihre Augen zu blicken. "Es ist deine Entscheidung was du mit deinem Leben machst, Sil. Chiron versuchst uns lediglich Ratschläge zu geben womit wir am erfolgreichsten sind. Und mit dieser Heirat hat er nun einmal nicht Unrecht."

Silver wandte den Blick ab und legte seine Hand auf die von Eden. "Ich weiß. Ich bin nur vor Monaten nach Morganhaven gegangen um ein einfacher Krieger zu sein. Nicht König."

"Du bist nur mehr als ein einfacher Krieger. Du bist der Visionär. Und nur durch deine Gabe sind wir in der Lage Morganhaven zu retten. Nur durch dich konnten wir Chiron überhaupt finden."

"Ich habe nur nie darum gebeten."

"Meinst du ich habe darum gebeten die Mörderin zu werden?", fragte sie mit einem leisen Kichern.

"Vermutlich nicht", sprach Silver gedämpft und hob wieder seinen Blick. Vier Farben, die unterschiedlicher

nicht sein konnten, trafen aufeinander und sahen sich
einfach nur an.

"Dich hat das allerdings nicht interessiert. Du hast
hinter die Gabe geguckt und hast die Person dahinter
gesehen. Und du weißt gar nicht wie dankbar ich dir
dafür bin, was du für mich getan hast. Ohne dich wäre
ich bis zum Ende meines Lebens mit dieser dummen
Augenklappe rumgelaufen."

"Warum schmierst du mir derart Honig ums Maul?"

"Um dir zu zeigen, dass du mehr bist als du denkst",
lachte Eden.

Silver lehnte sein Gesicht gegen ihre rechte Hand
ohne den Blick abzuwenden. Eden war seit dem ersten
Tag jemand Besonderes für ihn gewesen. Er würde sie in
jeder Lage beschützen und ihr helfen wann immer er
konnte. Vielleicht lag Chiron richtig und diese Heirat
wäre tatsächlich keine schlechte Idee. Nicht wenn dieses
Band tatsächlich so stark war, wie er glaubte, dass es sei.

Und so stellte er dieses Band auf die Probe. Silver
nahm ihre Hände von seinem Gesicht. Stattdessen legte er
sie um seinen Nacken und legte seine Arme um Edens
Taille. Der Krieger kam ihr näher bis sich ihre
Nasenspitzen berührten. Die Prinzessin musterte ihn
unsicher. Sanft berührten sich ihre Lippen kurz darauf.
Eden erwiderte seinen Kuss und schloss die Augen. Silver
tat ihr nach und wünschte sich dabei zum ersten Mal seit
Tagen, dass die Zeit nie vergehen mochte.

Ihre Herzen schlugen ihnen im Rhythmus bis zum
Hals. Ihre Gedanken an das Kommende wurden ruhig
und alles was im Moment zählte waren sie beide. Ihre
Lippen, welche sich vorsichtig immer und immer wieder

trafen. Die Arme, mit denen sie sich gegenseitig umschlangen.

"Ich finde deine Augen außerdem wunderschön", sprach Silver nachdem sie sich voneinander gelöst hatten und sich verträumt in die Augen sahen.

"Obwohl ich dich damit jederzeit töten kann?"

"Dafür liebst du mich doch viel zu sehr."

Eden lachte erstaunt auf bevor sie meinte: "Ach, wirst du jetzt mutig?" Silver kicherte.

"Wir überleben die noch kommenden Geschehnisse oder?", fragte Eden nach einiger Zeit des Schweigens. Das der letzte Kampf schlecht für Silver ausgehen könnte war keine Angst, die die Prinzessin erst seit wenigen Tagen kannte. Im Gegenteil. Oft hatte sie nachts Wache gehalten um sicher sein zu können, dass Alistair ihn nicht erschlägt oder feindliche Krieger ihn plötzlich überraschen.

"Ich verspreche es dir", flüsterte der Blonde und gab ihr einen erneuten Kuss.

"Ich will den Moment nur ungern ruinieren aber wir sollten zurück. Lyrandis wird bestimmt bald fertig werden", meinte Eden.

Silver nickte lediglich und Hand in Hand traten sie den Weg zurück zur Hütte an. Seine Gedanken wurden geradewegs in seinem Kopf herumgeworfen. Es war ihm ohne Frage zuviel über alles nachzudenken. Es kamen große Entscheidungen auf sie zu. Entscheidungen, die die gesamte Gruppe spalten können. Und er wollte nichts lieber als diese Entscheidungen anderen zu überlassen.

NEUN

Als Eden und Silver bei der Hütte ankamen stand Chiron abseits und sah auf den glänzenden See hinaus. Die Sonne hatte bereits ihren Weg hinter den Horizont angetreten und dicke Wolken kündigten Regen an.

"Ist Lyrandis schon zurück?", fragte Eden beim näher kommen.

Kurz erschrocken wandte sich der Schwarzhaarige um und schüttelte mit dem Kopf. "Er verspätet sich. Vermutlich ist er einfach noch nicht fertig."

"Wir sollten wohl nach ihm suchen wenn er noch länger weg bleibt."

Der Ältere nickte nun und sprach kurz darauf: "Ich muss euch außerdem darum bitten eure Rüstung her zu lassen. Wir werden im Dorf untertauchen müssen. Rüstungen fallen da auf."

"Und wenn es zum Kampf kommt?", fragte Silver erstaunt.

"Dann seid ihr hoffentlich geschickt genug um ausweichen zu können bevor euch ein Schlag trifft", gab Chiron trocken zurück. "Es liegt noch genug Kleidung in der Hütte, die ihr anziehen könnt. Ist wohl noch von den Vorbesitzern."

Alistair hatte währenddessen die Stimmen gehört und war rausgetreten. Angewidert zupfte er an dem braunen Hemd rum, welches sich locker um seinen Oberkörper legte. "Während ihr weg ward hab ich mich umgesehen. In der Nähe ist ein Boot, welches wir nehmen können. Klein genug um nicht aufzufallen aber groß genug damit wir problemlos damit nach Morganhaven kommen", erklärte er.

"Der edle Prinz will also ein Boot klauen?", scherzte der Ältere. Alistair schenkte ihm einen bösen Blick bevor er meinte: "Ich will lediglich endlich auf meinen Thron. Je schneller desto besser."

"Was machen wir eigentlich wenn uns das Dorf anspringt? Wie geht es dann weiter?", fragte Silver um das Thema zu wechseln. Chirons Worte brannten ihm nach wie vor im Kopf.

"Wir müssen auf jeden Fall im Verborgenen arbeiten. Planen und nachts schlagen wir dann zu. Das Schloss dürfte da schlechter bewacht sein und wir können einfacher das Tor durchbrechen. Mit etwas Glück können wir uns eine halbwegs anständige Armee zusammenstellen. Kiran kann uns hoffentlich mit Waffen und eventuell Rüstungen unterstützen", erklärte der ehemalige Krieger.

"Das eine oder andere Schwert schaffe ich auch. Allerdings nicht viele in so kurzer Zeit", erklärte der

Blonde. "Zwei Schwerter sind immer noch besser als gar keine."

"Was passiert mit Vergil wenn wir ihn haben?", fragte Armina, welche plötzlich aus der Hütte trat. Ein einfaches weißes Kleid worum eine dunkelblaue Schürze gebunden wurde schmückte ihren Körper. Die Haare hatte sie wie Chiron geflochten.

"Na was wohl? Er soll das selbe Schicksal wie mein Vater erhalten", meinte Alistair ernst und verschränkte die Arme.

Der Ältere wandte sich von See ab und musterte den Prinzen streng. "Vergil überlasst ihr mir. Du bist nicht besser als er wenn du ihn tötest, Alistair."

"Warum sollen wir ihn dir überlassen? Welchen Plan verfolgst du?", hakte der Königssohn nach. Fragend zog er eine Augenbraue nach oben.

"Denselben wie ihr. Die Befreiung von Morganhaven. Nur muss diese nicht mit einem Blutbad geschmückt sein."

"Wir sollen dir vertrauen oder nicht? Also sprich die Wahrheit!"

Chiron lachte: "Du hast mir keine Befehle zu geben, Kleiner." Alistairs grüne Augen funkelten vor Zorn doch in diesem Moment hatte selbst er keine Lust auf eine weitere Auseinandersetzung mit dem Älteren. Den Ausgang der letzten spürte er nach wie vor in seinem Kiefer.

"Die Befreiung von Morganhaven. Was ein toller Titel für eine Ballade", ertönte plötzlich die Stimme des Musikers hinter ihnen. Lyrandis kam näher mit beiden Armen weit von sich gestreckt. Ein Blatt wirbelte in seiner rechten Hand.

"Du hast dir ja reichlich Zeit gelassen", meinte Chiron. Er kam auf den Barden zu und riss ihm das Blatt aus der Hand. Schnell überflog er den Text. "Das dürfte reichen. Eden, Silver, zieht euch um. Wir brechen sobald wie möglich auf."

Die Angesprochenen taten was ihnen gesagt wurden und verschwanden in der Hütte. Währenddessen zeterte Lyrandis: "Das dürfte reichen? Das ist ein Meisterwerk geworden!"

Der Schwarzhaarige musterte ihn mit einem vielsagenden Blick und wandte sich ab. Verdutzt sah der Musiker ihm nach bevor sein Blick auf Armina fiel. "Ihr seid wahrhaftig eine Schönheit, Mylady." Die Rothaarige verdrehte die Augen während Alistair den Barden beobachtete. Etwas Unergründliches lag dabei in seinem Blick.

Es dauerte nicht lange bis Eden und Silver zurückkamen. Wie auch Alistair trug Silver ein einfaches Hemd und Eden hatte sich Armina mit einem dunklen Kleid und roter Schürze angeschlossen. Ihre Haare waren zu einem kurzen Zopf zusammen gebunden. Beide trugen ein Auge verdeckt.

"Und jetzt geht ihr alle zurück und holt die Mäntel, die noch dort sind. Die liegen dort nicht zur Dekoration", schimpfte Chiron. Die Krieger spurten ohne zu zögern während der Ältere sich Lyrandis zuwandte: "Wir holen uns das Boot."

Minuten später brach die Gruppe schließlich auf. Die Krieger sowie Chiron hatten die Kapuzen der Umhänge tief ins Gesicht gezogen während Lyrandis seinen Text immer und immer wieder las. Sie waren nervös. Tief im Inneren versteckte sich auch die Angst während sie den großen See übersetzten. Die Nacht brach schnell herein doch die Lichter und vereinzelte Fackeln, welcher der Schwarzhaarige noch rausgesucht hatte, zeigten ihnen den Weg. Der letzte Teil und somit ihr Sieg war zum Greifen nahe.

Alistair war in Gedanken an seinem bevorstehenden Erbe. Er wiederholte Lektionen, welche sein Vater ihn einst gelehrt hatte. Er wollte ein guter König sein. Besser und erfolgreicher als Darius es je gewesen war.

Silver wiederholte ungewollt Chirons Worte in seinem Kopf. Es gefiel ihm nach wie vor nicht den Königssohn zu töten und so hoffte er auf eine Lösung, die den Prinzen auf den Thron sah und nicht ihn.

Eden hielt die Hand des Blonden fest umgriffen während sie ihren Blick stur auf Morganhaven hielt. Wenn es stimme, dass Vergil mit Mephilis zusammen arbeitete, war ihr klar, dass auch ihr Vater in den nächsten Tagen den Tod finden würde.

Lyrandis hatte blanke Angst. Er hatte lediglich den Reisenden helfen wollen und hatte dabei niemals damit gerechnet, dass er dadurch in einen Anschlag auf den König von Morganhaven verwickelt sein würde. Auf der anderen Seite genoss er die Erfahrung, die er ohne Frage früher oder später in eine Ballade verwandeln würde. Vielleicht sogar in einen ganzen Balladenband.

Chiron dachte an seinen ehemaligen Geliebten. Er fragte sich stets wie es zu diesem Ausgang kommen konnte. Der Ältere hatte Vergil viele Jahre gekannt. Er wusste, dass dieser impulsiv sein konnte doch selbst ihm musste klar gewesen sein, dass ein derartiger Plan auf ihn zurück fallen würde. Chiron war sich beinahe sicher, dass der falsche König mit seiner Herrschaft überfordert sein muss. Zeltin hatte ihn nie beigebracht ein König zu sein.

Armina beobachtete scheu den Musiker. Sie müsste lügen wenn sie behaupten würde, dass die plötzliche Aufmerksamkeit ihr nicht gefiele. Ihr Herz schlug für Alistair doch dieser schien nicht an der jungen Frau interessiert zu sein. Im Gegenteil. Sein Versuch sie Silver einzureden hatte die Kriegerin mehr verletzt als sie zugeben wollte.

In den frühen Morgenstunden legte das Boot an. Die Gruppe hatte es nicht gewagt direkt an Morganhavens Hafen einzulaufen und war dementsprechend etwas abseits an einem Feld gestrandet, welches am Ufer mit einigen Bäumen und Büschen bestückt war.

"Ich hoffe wirklich, dass sie uns nicht erkennen", murmelte Armina während sie dir blaue Kapuze tiefer ins Gesicht zog. "Wir werden auch nichts in Dorf gehen. Zumindest nicht wir alle. Lyrandis zieht abends los um seine Geschichte an möglichst geschützten Orten zu präsentieren. Zur Sicherheit geht einer von uns mit um ihn im Notfall zu verteidigen. Der Rest zieht sich in ein Gebäude zurück wo Lyrandis auch die Dorfbewohner hinschickt, die uns unterstützen wollen", erklärte Chiron nachdem alle sicher an Land waren.

"Wir wäre es mit dem Haus meines Vater? Er würde uns bestimmt Unterkunft geben. Es steht auch etwas abseits. Außerdem könnten wir direkt mit der Produktion mit Waffen anfangen", meinte Silver.

"Gute Idee. Ich hab Kiran sowieso sein Jahren nicht gesehen", scherzte der ehemalige Krieger und gab damit den Befehl zum weiteren Aufbruch.

Die Sonne blendete sie während sie sich auf den Weg machten. Silver verspürte einen Hauch von Vorfreude endlich wieder mit seinem Vater sprechen zu können. Ihm vielleicht auch erklären zu können warum er einfach gegangen war. Kiran hatte bereits klar gemacht, dass er stolz auf seinen Sohn war aber dennoch war der junge Mann sich sicher, dass er ihm trotzdem eine Erklärung schuldete. Im Nachhinein wurde ihm erst so richtig klar wie stark der alte Schmied gelitten haben musste als sein Sohn plötzlich weg war.

Doch als sie dem Haus näher kam stieg nicht wie gewohnt dunkler Rauch in den Himmel. Kein Schlagen das Hammers oder Klirren von Stahl war zu hören. Der Blonde lief an der Gruppe vorbei um schneller an der Schmiede zu sein. Er machte sich sichtlich Sorgen, dass Vergil Kiran umgebracht hatte. Vor allem nachdem was Chiron ihm erzählt hatte.

Silver riss die Tür des Hauses auf und trat ein. Der Blonde war überrascht zu sehen, dass Kiran das Gebäude nach dem Feuer beinahe restlos repariert hatte. Er drehte sich mehrmals im Kreis und versuchte ein Anzeichen zu finden, dass Kiran anwesend war. "Vater?", rief er doch Chiron legte ihm augenblicklich die Hand auf den Mund.

"Verrate doch nicht sofort den Soldaten, dass wir hier sind", maulte er den Krieger flüsternd an und sah sich ebenfalls in dem Gebäude um. Langsam nahm er die Hand vom Gesicht des Blonden und fragte: "Vielleicht schläft er noch?"

"Unmöglich. Um diese Zeit war er immer bereits am arbeiten."

"Ist er geflohen?", murmelte Eden und musterten Silver besorgt. Es brach ihr beinahe das Herz ihn derart verloren zu sehen.

"Würde er nie ohne mich", antwortete der Zweifarbige und fing an das Haus von oben nach unten zu durchsuchen. Doch allem Anschein nach war seit Tagen niemand da gewesen.

"Wir müssen ihn suchen", sagte er nach wenigen Sekunden Stille nachdem er sich wieder der Gruppe zugewandt hatte.

Chiron zog die Mundwinkel nach unten und meinte: "Dazu haben wir keine Zeit. So leid es mir auch tut."

Enttäuschung manifestierte sich in Silvers Gesicht während sich langsam Tränen in sein offenes Auge. Sein Bewusstsein hatte stets versucht derart düstere Gedanken von ihm weg zu schieben doch nun brach es auf ihn ein. Vergil hatte den Plan die Königsfamilie zu ermorden und es dürfte ihm kein Geheimnis sein, dass Silver königliches Blut besaß. Doch trotzdessen erklärte sich für den Blonden nicht warum er deshalb auch seinem Vater das Leben nehmen müssen. Doch noch weniger konnte er sich erklären wo Kiran sich sonst befinden sollte.

Doch mit diesem Gedanken, dass Vergil den Schmied eventuell getötet hatte oder töten lassen hatte erwachte etwas Neues in Silver. Er wollte den falschen König fallen sehen. Hasserfüllt biss er die Zähne zusammen und sprach: "Ich durchsuche die Schmiede nach Schwerter und Rüstungen, die zurückgelassen wurden. Schickt Lyrandis in die Stadt. Armina soll ihn begleiten. Sie ist am unauffälligsten. Nachts fange ich an Waffen herzustellen. Da wird der Rauch etwas schwerer zu erkennen sein."

Eden wollte den Mund öffnen doch da war der Blonde bereits durch die Tür verschwunden. Mit der Kapuze tief im Gesicht und dem blauen Auge wütend funkelt machte er sich auf den Weg in das kleinere Gebäude neben dem Haus. Silver durchsuchte die Truhen, welche vereinzelt in der Schmiede standen. Baute Rüstungs- und Waffenständer ab und brachte die gefunden Gegenstände ins Haus. Die Stunden vergangen und die Stube seiner alten Heimat wurde immer voller. Schwerter funkelten und Rüstungen glänzten. Er fand Waffen mit Schönheitsmakel, die nie benutzt wurde. Gegenstände, die nie abgeholt wurden aber schon perfekter Qualität waren. Kiran hatte der Gruppe einen guten Dienst getan.

Chiron war erstaunt über die plötzlichen Handlungen von dem jungen Krieger. Sein Ehrgeiz hatte ihn sichtbar gepackt. So stark, dass nicht einmal Eden in der Lage war ihn zu einer kurzen Pause zu überreden. Schweiß verklebte die vereinzelt blonden Haare, welche ihm ins Gesicht fielen. Doch der Ältere wurde damit in seiner Annahme bestätigt, dass Silver der geeignete Kandidat für den Thron war. Während er sich seine Arbeit sofort gesucht hatte und augenblicklich die Gruppe eingeteilt hatte wie es benötigt wurde, saß Alistair auf einem der Holzstühle in der Küche und beobachtete den Zweifärbigen, welcher stetig an ihm vorbei lief.

Irgendwann wurde das auch Silver bewusst und er sprach den Prinzen an: "Was hältst du eigentlich davon mal dein königliches Hinterteil hoch zu heben und mir zu helfen? Es ist schließlich dein Thron, den wir frei räumen wollen."

Wie gewohnt verzog der Königssohn das Gesicht und musterte den Krieger abfällig. "Das ist keine Aufgabe für einen König."

Der Blonde lachte und meinte: "Du bist kein König. Im Moment bist du ein Flüchtiger. Feind des Reiches. Wie wir alle."

"Was ist mit Chiron und Eden? Die sitzen doch auch nur herum."

"Wir könnten ihm ein neues Auge besorgen", antwortete Eden und deutete dabei auf Chiron.

Dieser verschränkte die Arme und sagte: "Ich will meine Gabe nicht mehr. Und noch weniger will ich jemanden ein Auge stehlen."

"Und wir sollten jeden Vorteil nutzen den wir kriegen. Eden könnte vereinzelt Soldaten ausschalten und hoffen, dass einer mit blauen Augen dabei ist", dachte Silver laut nach. Er war beinahe überrascht wie ähnlich er in diesem Moment dem Älteren ähnlich klang. Diesem war dies ebenfalls aufgefallen als er kommentierte: "Ich dachte du wärst Kirans Sohn und nicht meiner."

"Ist es nicht etwas auffällig wenn plötzlich Krieger fehlen?", warf Eden ein.

"Nicht wenn wir nur drei oder vier ausschalten. Wenn wir uns auf dielonerische konzentrieren erst recht nicht", murmelte Alistair nachdenklich.

"Dann habt ihr ja was zu tun", sprach Silver und deutete auf die Tür. Die Schwarzhaarige lachte und scherzte: "Sind schon weg."

Die Königskinder machten sich auf dem Weg zur Tür. Doch Eden kam nicht an Silver vorbei ohne, dass dieser ihr noch einen Kuss aufdrückte. Chiron lachte kurz erstaunt auf.

"Und du weißt wie man jemanden möglichst ungefährlich ein neues Auge einsetzt?", fragte der Blonde den Älteren nachdem Eden und Alistair verschwunden waren.

"Ich habe es bereits das eine oder andere Mal gesehen. Nur sollte ich dabei umkommen seid ihr auf euch alleine gestellt."

"Ich kann Vergil nur nicht ungeschoren davon kommen lassen. Nicht, wenn er meinem Vater tatsächlich etwas angetan hat."

"Wenn er klug ist hat er Kiran zu sich ins Schloss geholt. Diese Schwerter, die du geholt hast, sind unglaublich gut gemacht. Es wäre eine Verschwendung ihn umzubringen", argumentierte Chiron. Es gefiel ihm ohne Frage zu sehen wie engagiert der junge Krieger war. Dennoch wollte er ihn nicht restlos in Trauer versinken sehen.

"Willst du mir ausreden Vergil zu töten?", hakte Silver nach während er die Arme verschränkt und den Beschwörer fragend musterte.

"Ich will ihn nicht tot sehen aber das dürfte mittlerweile klar sein. Vergil ist ein guter und aufrichtiger Mann. Zumindest war er es als ich ihn kannte. Ich frage mich allerdings was ihn dazu getrieben hat seinen Bruder zu töten."

"Vielleicht hast du dich in ihm getäuscht?"

"Warum hätte er mich dann von dem Bauernhof gerettet, wenn er so ein schlechter Mensch ist?"

"Eigennutz. Ich meine, du warst ein Sternenträger."

"Und damit ein Vorteil für Zeltin und Darius. Und Vergil hat keine Person mehr gehasst als seinen Vater", erklärte Chiron. Er stieß sich von der Wand ab, an der er eben noch gelehnt hatte und trat auf Silver zu. "Vergil und ich teilen uns ein Band, welches so stark war wie das von dir und Eden. Würdest du Eden töten können wenn sie aufgrund ihres Vaters zum Monster wird?"

Der Blonde zog überraschte die Augenbrauen nach oben. "Ihr ward also Geliebte?"

Der Ältere nickte ehe er sagte: "Zumindest bis zu dem Tag an dem er es Darius erzählt hatte. Sein Zwilling hatte dies nicht akzeptiert also hielt ich es für eine gute Entscheidung zu gehen. Mittlerweile frage ich mich ob das mitunter einer der Gründe war warum er Darius derart gehasst hatte."

"Vergil hat nur viel Blut an den Händen. Das solltest du nicht vergessen wenn wir das Schloss stürmen."

"Ich bin nicht dumm, Silver."

"Die Bewohner springen an!", rief plötzlich eine weibliche Stimme. Die Tür wurde in diesem Moment aufgerissen und Armina stolperte herein. "Dann bringt sie her", meinte Chiron. Schwer atmend schüttelte die Frau den Kopf ehe sie erklärte: "Es sind zu viele als, dass sie alle im Haus Platz fänden."

Chiron und Silver tauschten einen erstaunten Blick bevor sie hinaus liefen. Unzählige Dorfbewohner hatten sich dort gesammelt. Die Sonne hatte den Himmel bereits verlassen wodurch es schwierig war die genaue Anzahl zu bestimmen. Doch sie alle musterten einander und flüsterten aufgeregt miteinander. Vor den den Dörflern stand Lyrandis, welcher sein Werk stolz betrachtete.

Eden und Alistair traten in diesem Moment ebenfalls an der Menge vorbei. Der Prinz betrachtete die Versammelten wodurch ein Ruf durch die Bewohner ging. "Der König!" Erleichtert rissen sie die Arme in die Luft und ließen ihrer Freude freien Lauf.

"Seid ruhig!", brüllte Chiron sie nun an und innerhalb weniger Sekunden herrschte wieder Ruhe. Silver überflog die Bewohner doch mit Enttäuschung musste er feststellen, dass Kiran nicht unter ihnen war.

"Einige hatten uns erzählt, dass Vergil das Dorf unterdrückt. Viele haben bereits ihr Leben verloren, weil sie sich gegen ihn ausgesprochen haben. Diese Hinrichtungen werden meist öffentlich durchgeführt wodurch sie starke Angst verspüren", erklärte Armina während sie neben Chiron stehen blieb.

"Haben sie dir gesagt wer hingerichtet wurde?", fragte der Blonde neugierig.

"Der Erste war direkt ein alter Bauer. Der Rest waren eine Mischung aus Adelsleuten und teilweise einfache Leute."

"Ein alter Bauer?", fragte der Schwarzhaarige erstaunt nach. Die junge Frau nickte.

"War ein Schmied dabei?", hakte Silver weiter nach. Doch dieses Mal schüttelte die Adelstochter den Kopf und meinte: "Ich weiß es nicht. Man konnte uns nicht alle nennen. Es scheinen innerhalb weniger Zeit soviele gewesen sein, dass nicht einmal noch Gräber geschaufelt wurden. Die Leichen wurde im Wald auf einer ehemaligen Lichtung in eine Grube geworfen."

In Alistairs Augen war der Zorn deutlich zu sehen als er näher trat. "Warum fängt man direkt damit an einen Bauern zu töten? Selbst Vergil müsste wissen, dass dies das Dorf gegen ihn bringt."

"Er nannte Vergil einen falschen König", sprach plötzlich eine weibliche Stimme. Ein ältere Frau trat an die Gruppe heran. Ihrer Kleidung nach zu urteilen war sie eine einfache Bauersfrau. Chiron verzog augenblicklich das Gesicht als er sie sah. "Dein Mann?", fragte er verbissen.

"Ja, Herr. Uns gehört der Bauernhof am Rande des Dorfes. Mit den vielen Kornfeldern", erklärte sie.

"Wie war sein Name?"

"Estus."

Plötzlich begann die Wut in dem verbliebenen Auge zu blitzen ehe Chiron sprach: "Dein Mann war ein Sklavenhalter und Mörder."

"Ihr müsst euch täuschen, Herr. Wir hatten nie mit derlei Geschäften zu tun", versuchte die Frau den Krieger zu überzeugen.

Der ehemalige Zweifarbige trat näher an sie heran und sprach bedrohlich: "Sie mir ins Gesicht und versuche noch einmal zu lügen." Sie weitete die brauen Augen. "Ich habe dich nicht erkannt. Es tut mir so leid." Die letzten Worte wiederholte sie immer und immer wieder bevor sie versuchte so schnell wie möglich wieder in der Menge zu verschwinden.

"Was war das denn?", fragte Silver als sie nicht mehr in Sichtweite war.

"Estus hatte mich als Kind gekauft und versucht zu töten", antwortete der Schwarzhaarige knapp.

"Und Vergil hat ihn umgebracht", murmelte der Blonde während er sich an Chirons Worte erinnerte. "Eine Botschaft an dich?", dachte er laut nach.

"Oder ein Versuch sein Gewissen reinzuwaschen. Vielleicht war es auch nur Zufall." Chiron zuckte mit den Schultern doch sein Gesichtsausdruck machte klar, dass er tief in Gedanken versunken war. Sein inneres Auge ließ ihn immer und immer wieder dieselbe Szene sehen. Sein Herz wurde schwer bei der Erinnerung daran als Vergil neben ihn gesessen hatte nachdem er ihn ins Schloss gebracht hatte.

Silver musterte ihn kurz bevor er sich an die anderen wandte: "Alistair, Eden, Armina, bitte haltet die Umgebung im Auge. Wir wollen nicht unangenehm überrascht werden."

"Du wirst es kaum glauben, Sil, aber das Dorf ist unbewacht. Wir haben nicht einen einzigen Soldaten gesehen", erklärte Eden.

"Schlecht für Vergil, besser für uns", antwortete der Blonde trocken bevor er sich ans Dorf wandte.

"Wir ihr gesehen habt, hat Vergil euch angelogen. Der rechtmäßige Thronerbe und Sohn von Darius Flame ist am Leben. Und wir sind zurück gekehrt um ihm seinen Platz zurück zu geben. Sucht Waffen und Rüstungen. Bereitet euch vor! Wir werden das Schloss stürmen und Vergil für das büßen lassen was er getan hat. Sein Bündnis mit Dielonera beleidigt alle, die im Krieg gegen eben dieses Reich gestorben sind. Es beleidigt Zeltin, welcher einst im Kampf sein Leben ließ. Es beleidigt Darius, welcher von seinem Bruder gewaltsam ermordet wurde. Und es beleidigt Mirabelle, welche durch einen hinterhältigen Anschlag umgebracht wurde."

Unter den Bewohner wurde es unruhig bevor ein Mann die Stimme erhob: "Warum sollten wir dir folgen? Du bist der Sohn eines Schmiedes."

Silver zog die Kapuze vom Gesicht und legte sein zweites Auge frei: "Ich bin nicht nur der Sohn eines Schmiedes. Ich bin der Visionär. Derjenige, der unseren Sieg unausweichlich macht!"

"Silver ist auf mich eingeschworen! Er will diesen Sieg genauso wie wir alle", pflichtete Alistair dem Krieger nun bei und baute sich ebenfalls auf. Wie auch dieser zuvor zog er die dunkle Kapuze aus seinem Gesicht.

Beide warfen dem Volk noch ermutigende Sätze entgegen bevor alle anfingen an die Arbeit zu gehen. Sie bereits hergestellten Rüstungsteile und Waffen wurde verteilt. Silver hatte sich in die Schmiede begeben und diese angeworfen. So gut er konnte versuchte er sich an alles zu erinnern was Kiran ihm einst beigebracht hatte. Er war bedeutend langsamer als dieser doch davon ließ der Blonde sich nicht beirren.

Eden und Armina begleitet einige Dorfbewohner und halfen diesen Waffen zu suchen. Meist waren es gewöhnliche aber dennoch effektive Gegenstände wie Messer, Äxte und Mistgabeln. Sie würden damit nicht derart viel ausrichten können wie mit guten Schwerter doch den einen oder anderen Krieger dürften sie selbst damit zu Fall bringen.

Alistair und Chiron brachten den anderen Bewohner währenddessen einfache Grundlagen im Waffenkampf bei. Sie würden keine perfekte Armee abgeben dennoch waren sie damit effektiver als würden sie lediglich zu fünft versuchen die Burg zu erstürmen.

Mitten in der Nacht als Silver beinahe schon die Augen zufielen war er gerade dabei das Feuer auszumachen als ein älterer Mann das kleine Gebäude betrat. Die grauen Haare fielen im lang und wirr ins Gesicht. Dunkelblaue Augen funkelten zwischen den Strähnen. Ein dickes Buch klemmte unter seinem rechten Arm. "Silver Maran?", fragte dieser unsicher und erschrak damit den Blonden. Dieser zuckte zusammen.

"Entschuldigt, ich wollte Euch nicht erschrecken", lächelte der Fremde nun während sich der Krieger zu ihm umwandte. "Wer seid Ihr?", fragte er ungehobelter als er eigentlich wollte doch die harte Arbeit hatte Spuren an ihm hinterlassen.

"Alkatar Colmantras. Ich habe früher im Schloss Studien geführt. Natürlich nur bis Zeltin verstorben war", stellte sich der Graue nun freundlich vor.

"Tut mir leid, sollte mir der Name bekannt sein?", fragte Silver verwirrt.

"Wohl kaum. Ich habe damals mit Zeltin die Zweifarbigen erforscht. Es ist mir eine Ehre nun vor dem Visionär zu stehen, welcher der ehemalige König immer treffen wollte", erklärte Alkatar.

"Darius erzählt mir bereits davon. Er war selbst hin und weg als er meine Gabe erkannte", witzelte der Krieger.

"Das wundert mich nicht. Den Visionär haben über Jahrtausende hinweg Legenden verfolgt. Und Ihr scheint da keine Ausnahme zu machen."

"Wie meint Ihr das?"

"Na, Ihr führt uns doch in die Schlacht gegen Vergil? Zumindest die anderen. Ich bin schon zu alt um zu kämpfen."

"Eigentlich sollte Alistair das tun. Er ist schließlich der Thronfolger."

"Dieser schien allerdings selbst sehr dankbar für Eure Worte gewesen zu sein."

"Warum seid Ihr tatsächlich hier, Alkatar? Ich wage zu bezweifeln, dass Ihr nur hier seid um mich anzuhimmeln?", hakte Silver nach während er sich mit einem Lappen den Ruß vom Gesicht wischte.

Alkatar lachte kurz ehe er nach dem Buch griff uns eine Seite raussuchte. Diese hielt er schließlich dem Blonden hin. Ganz oben waren Augen zu sehen. Sie zeigten dieselben Farben wie die des Kriegers. Dieser begann die ersten Sätze zu lesen. Erstaunt weitete sich sein Blick während er nach dem Buch griff ohne aufzuhören weiter die Zeilen durch zu gehen.

"…bis eines Tage der Visionär gegen seine eigenen Farben kämpfen musste", vollendete er einen der Sätze und warf dem Gelehrten dabei einen fragenden Blick zu.

"Dieser Satz stammt aus einer alten Legende. Bereits vor Jahrhunderten geschrieben. Sie beschreibt den heldenhaften Sieg eines Mannes mit Eurer Gabe. Zeltin und ich nahmen an, dass die Möglichkeit bestand, dass zwei Visionäre zur selben Zeit existieren könnten was für Sternengaben allerdings sehr untypisch sind. Beachtet man allerdings nun Eure Feinde wird klar, dass die Legende Euren Kampf beschreibt."

"Wie sollte eine jahrhunderte alte Legende, die Geschehnisse von heute beschreiben können?"

"Indem sie von einem Visionär geschrieben wurde. Euer Vorgänger muss den Kampf gesehen an und fertige die Legende an. Damit wir sie Euch überliefern können. Hätte Darius Eure Existenz nicht geheim gehalten hätte ich Euch bereits im Schloss angesprochen. Doch man bekam Euch ja nie zu Gesicht."

"Ich verstehe nur immer noch nicht warum das mit mir zu tun hat? Mein Feind ist Vergil und dieser hat lediglich blaue Augen."

"Aber Mephilis hat Graue." Erschrocken sah Silver von dem Buch auf und musterte den Fremden. Seine erste Vision wurde vor seinem inneren Auge plötzlich sichtbar.

Die Männer in schwarz mit grauen und blauen Augen. Der Blonde hatte nie viele Gedanken daran verschwendet doch nun wurde ihm klar wie wichtig dieses Bild damals gewesen war. Darius hätte ihm geglaubt wenn er Vergil als mögliche Gefahr enttarnt hätte.

"Wie endet die Legende?", hakte Silver weiter nach.

"Mit einem Sieg des Visionärs. Und mit einem neuen Zeitalter. Das Königsgeschlecht wurde darin als ausgelöscht beschrieben und dem Visionär fiel die Bürde zu über das Reich zu herrschen."

"Alistair ist, wie Ihr gesehen habt, lebendig. Vielleicht ist es nur Zufall, dass die Legende zusammen passt."

"Oder er verliert in der Schlacht sein Leben."

Silvers Gedanken rasten. Der Ausgang der Legende ließ die Worte Chirons in seinem Kopf wieder laut werden. Dieser war mehr als überzeugt von seiner Idee den jungen Zweifarbigen auf den Thron zu setzen. Selbst wenn er dadurch Alistair töten musste. Unsicherheit machte sich in ihm breit während er dabei zusah wie die Linien zwischen Gut und Böse verschwommen.

"Dürfte ich das Buch behalten? Ich würde gerne für ein paar Stunden die Augen schließen und es bei Gelegenheit durchblättern."

"Es gehört ganz Euch", sprach Alkatar bevor er aus der Schmiede verschwand.

Das Buch fest an sich gepresst kehrte Silver zum Haus zurück. Alistair saß davor auf einem brüchigen Stuhl und betrachtete die Umgebung. Die meisten Dorfbewohner waren in ihre Häuser zurück gekehrt während die Gruppe allesamt am Schlafen war.

"Schaffst du die Wache heute Nacht?", fragte der Blonde den Prinzen beim näher kommen.

"Irgendwer muss es machen. Und im Moment kann ich sowieso nicht schlafen. Mein Körper zittert ab und zu vor Anspannung", erklärte der Rothaarige.

"Wecke mich ruhig wenn du wechseln möchtest. Wir sollten ausgeschlafen für den Angriff sein."

Alistair nickte lediglich während Silver an ihm vorbei ins Haus schritt. Ruhe war dort eingekehrt. Man konnte Chiron im Wohnzimmer schnarchen hören. Er hatte sich auf der schmalen Bank breit gemacht. Zumindest hatte er es versucht so gut wie es ihm möglich war.

Silver trat die Treppe hoch und machte sich auf den Weg in das Zimmer, welches er einst als das seine bezeichnet hatte. Als er die Tür öffnete war er überrascht als er die schwarzen Haare entdeckte. Die junge Frau hatte den Blick aus dem Fenster gewandt und meinte bei seinem Eintreten: "Hier hast du bestimmt den Entschluss gefasst zu gehen oder? Die Aussicht lädt wahrlich zum Träumen ein."

"Kannst du nicht schlafen?", fragte der Blonde während er langsam näher kam und seine Arme um ihre Taille legte.

"Im Gegensatz zu Chiron, Armina und Lyrandis scheine ich nicht die Gabe zu besitzen jederzeit schlafen zu können."

"Wo sind Armina und Lyrandis?"

"Lyrandis schläft in der Küche am Boden. Er meinte, dass die Wärme des Ofens Balsam für seine Stimme sei. Armina schläft in dem anderen Zimmer gegenüber. Ich hoffe, das ist in Ordnung."

"Unser Vorhaben hat im Moment Vorrang. Und ich denke nicht, dass mein Vater damit ein Problem gehabt hätte. Aber wie hast du erraten, dass das hier mein

Zimmer war?", hakte Silver nach. Eden schenkte ihm ein freches Lächeln während sie erklärte: "Die Holzschwerter im Schrank waren mehr als offensichtlich."

"Du hast also mein Zimmer durchsucht?", fragte der Blonde gespielt beleidigt. Die Zweifarbige kicherte.

"Sagt dir der Name Alkatar Colmantras was?", sprach Silver nachdem sie paar Sekunden aus dem Fenster gesehen hatten.

"Nie gehört. Wieso fragst du?"

"Er scheint eine Art Gelehrter zu sein. Hat mich vorher in der Schmiede angesprochen." Der Visionär wandte sich ab und griff nach dem Buch, welches er von Alkatar erhalten hatte.

Er schlug es auf und erklärte: "Er und Zeltin haben die Zweifarbigen insbesondere den Visionär studiert. Sie stießen dabei auf eine Legende und Alkatar meint sie würde die derzeitigen Geschehnisse beschreiben."

"Wie kommt er da drauf?", fragte sie während sie die Seiten betrachtete die Silver eben aufgeschlagen hatte.

"Es wurde darin von einem Kampf geschrieben. Ein Visionär kämpft gegen seine eigenen Farben. Alkatar erklärte mir dann, dass Vergil und Mephilis blaue beziehungsweise graue Augen haben."

Eden blickte auf und sah Silver in die Augen. "Jetzt wo du es erwähnst. Das Grau in deinem Auge sieht tatsächlich dem meines Vaters ähnlich."

"Nur ist am Ende davon die Rede, dass der Visionär die Schlacht gewinnt und den Thron beansprucht. Der Königsgeschlecht würde in diesem Krieg ausgelöscht werden."

"Hast du Angst, dass Chiron einfach handelt und dir damit die Wahl nimmt ob du König wirst oder nicht?"

Der Blonde nickte nachdenklich.

"Du hast nun einmal Königsblut in dir, Sil. Das solltest du nicht vergessen."

"Genauso wie du. Würdest du denn Königin von Dielonera werden wollen?"

"Nein, um ehrlich zu sein würde ich lieber an deiner Seite über Morganhaven und Dielonera herrschen", verriet die Königstochter und sah peinlich berührt zu Boden. Silver war überrascht über ihr plötzliches Geständnis. Als er allerdings nicht antwortete meinte Eden: "Du solltest dich ausruhen, Silver. Morgen ist noch genug Zeit um über solche Dinge zu sprechen." Sie lächelte zaghaft. Zügig drückte Eden ihm einen Kuss auf die Lippen und verließ hastig den Raum. Der Zweifarbige sah ihr verwirrt nach. Er wollte sie nicht verletzen doch sein müder Kopf war am überquellen.

Der nächste Tag kam schneller als gedacht. Die Mittagssonne blendete Silver während er langsam wach wurde. Kurz erschrocken sah er sich um bevor er sich an die letzten Stunden erinnerte. Sein Kopf pulsierte wie verrückt vor Schmerz. Ächzend ließ er sich zurück ins Kissen fallen und starrte die Decke an. Das letzte Mal als der Blonde in dem Bett gelegen hatte war der Tag gewesen an dem er auch nach Morganhaven aufgebrochen war. Es kam ihm vor als läge das Jahre zurück.

Doch die Gedanken von letzter Nacht waren nach wie vor nicht leiser geworden. Sie schrien ihn sprichwörtlich an. Silver griff sich an den Kopf und kniff die Augen zusammen. Ihm war bereits vor Wochen klar gewesen, dass mit der Zeit der Kampf gegen Vergil näher kam doch dass dieser nun bereits so dicht vor der Tür stand, schien er nicht ganz zu begreifen. Oder begreifen zu wollen.

Schließlich erhob sich der Visionär und zog sich an. Sein Blick fiel dabei auf Alkatars Buch, welches am Bettende lag. Kurz überlegte er erneut darin zu lesen doch dann beschloss er doch hinunter zu den anderen zu gehen. Der Lärm, welcher durch das Fenster trat machte klar, dass diese bereits wach sein mussten.

Silver betrat die Küche wo er auf Armina und Lyrandis traf. Beide saßen am Tisch und unterhielten sich ruhig miteinander. "Ist alles in Ordnung?", fragte Silver während er an den beiden vorbeiging. Er war überrascht den Barden und die Kriegerin anzutreffen.

"Abgesehen davon, dass ein Dorfbewohner in seinem Rausch zu viel gesagt hat", entgegnete Armina. Wut lag sichtlich in ihrem Blick.

"Was meinst du? Müsste dann nicht hier etwas mehr los sein?", hakte Silver verwirrt nach. Wild sah er sich um.

"Zu unserem Glück hat er es dem richtigen erzählt. Dee steht draußen und spricht mit Chiron und Alistair."

Der Blonde nickte ihr kurz dankend zu ehe er hinaus trat. Wie versprochen standen etwas abseits die drei Männer und sprachen aufgeregt. Silver war überrascht, dass Dee keine Rüstung trug.

"Schön Euch wieder zu sehen. Wie ich sehe, dass Vergil Euch die Lüge abgenommen", begrüßte Silver den Hauptmann.

"Darüber bin ich ebenfalls sehr erfreut. Er ist sich einer unangefochtenen Herrschaft sicher", erklärte Dee mit einem frechen Grinsen im Gesicht.

"Dann treffen wir ihn ohne Frage unvorbereitet", jubelte Alistair.

"Nicht nur das. Nachdem einer der Bewohner darüber gesprochen hatte, habe ich die letzten Soldaten eingesammelt, welche Darius loyal ergeben waren. Sobald ihr den Befehl zum Angriff erteilt stehen wir hinter euch und werden euch das Tor öffnen."

"Das sind verdammt gute Nachrichten", meinte Chiron.

Silver stimmte ihm mit einem Nicken zu ehe er sprach: "Dann können wir das Schloss ohne Probleme betreten. Ich denke, dass wir trotz allem in der Unterzahl sind doch es macht das ganze Vorgehen um einiges einfacher."

"Dann locken wir Vergil aus seinem Turm und zwingen ihn dazu sich zu ergeben und den Thron aufzugeben", vollendete Chiron seine Planung.

"Wir zwingen ihn? Er hat den Tod verdient", kam es nun von Alistair wie aus der Pistole geschossen.

"Wenn wir Vergil aus Rache töten sind wir kein Stück besser als er. Und es wäre ganz nett einen König am Thron zu haben, der nicht das Blut der eigenen Familie auf den Händen kleben hat", argumentierte der Schwarzhaarige.

"Chiron hat Recht. Die Bürger sind eingeschüchtert von Vergil. Seitdem er Estus öffentlich den Kopf abgeschlagen hat fürchten sie die Grausamkeit des neuen Königs. Wenn Ihr Euren Onkel nun töten macht Euch dies in den Augen der Bevölkerung wie Vergil zum Königsmörder. Die Gefahr ist hoch, dass sie auch gegen Euch rebellieren, mein Prinz", sprach Dee ernst. Sein junges Gesicht verzog dabei keine Miene.

"Es wird schon genug Zeit in Anspruch nehmen bis sie anfangen einem Flame wieder zu vertrauen", unterstrich Chiron die Aussage des Hauptmannes.

Silver trat ungeduldig von einem Bein aufs nächste. "Könnt Ihr mir eine Frage beantworten, Dee?"

"Gewiss", nickte dieser und fixierte den Blonden mit seinem dunklen Blick.

"Wisst Ihr was mit meinem Vater passiert ist? Kiran Maran ist sein Name."

"Der alte Schmied? Er hat sich Vergil angeschlossen. Ist nach Estus' Enthauptung ihm ins Schloss gefolgt und stellt für seine Armee Waffen her. Ich durfte erst vor wenigen Tagen mein Schwert bei ihm abholen."

Entsetzen machte sich in Silvers Gesicht breit als er die Worte vernahm. "Vergil muss ihn dazu gezwungen haben."

"Es tut mir leid aber ich muss Euch enttäuschen. Kiran hat aus freien Stücken das Haupt vor ihm gebeugt."

Im Kopf des Visionärs klang alles was Dee sprach absolut skurril. Er erinnerte sich daran wie schlecht Kiran vom Königshaus gesprochen hatte. Und nun soll er sich dafür verpflichtet haben? "Er hatte bestimmt einen guten Grund", meinte Chiron und legte Silver aufmunternd die Hand auf die Schulter. Selbst ihm fiel es schwer zu glauben, dass Kiran Vergil folgte weil er es für das Richtige hielt. Er war ein kluger Mann und würde nicht so einfach auf die falschen Versprechungen reinfallen.

"Bestimmt", murmelte Silver und sah bedrückt zu Boden.

"Soll ich Kiran etwas von Euch ausrichten?", fragte Dee, welchem der traurige Blick des jungen Krieger nicht aufgefallen war. Der Hauptmann war lediglich ein paar

Jahre älter als Silver. Er hatte beide Eltern früh verloren und konnte sich vorstellen wie es dem Zweifarbigen gehen musste.

"Nein. Sollte er tatsächlich Vergil treu sein wird er nicht zögern ihm von uns zu berichten. Ich wage es zwar zu bezweifeln aber ich will nichts riskieren", antwortete Chiron statt Silver und sorgte dafür, dass dieser noch weiter den Kopf hängen ließ. Der Ältere drückte sanft seine Schulter. Dieser sah auf und traf dabei auf den grünen Blick von Chiron. Dieser stachelte ihn dazu an trotzdem nicht die Hoffnung zu verlieren.

"Ich kehre ins Schloss zurück. Vereinzelt werden Soldaten bei Eurer Tür erscheinen allerdings gehören diese dann zu mir. Ich werde dafür sorgen, dass die dielonerischen Soldaten bei ihren Patrouillen bleiben. Bitte lasst es uns augenblicklich wissen wenn der Zeitpunkt Eures Angriffes feststeht", sprach Dee und verabschiedete sich damit von der Gruppe.

"Wir hatten verdammtes Glück", meinte Alistair kurz nachdem Dee gegangen war.

"Ohne Frage. Hätte es der Falsche gehört wären wir vermutlich längst tot oder in Gefangenschaft", stimmte Chiron dem Königssohn das erste Mal zu. Es wirkte als würden auch die beiden endlich miteinander auskommen.

"Ich hoffe nur, dass mein Vater in Ordnung ist. Seine Gefolgschaft ist absurd", dachte Silver laut.

"Vergils Niederlage hat allerdings Vorrang, Silver. Vergiss das nicht", sprach der Ältere und warf dem Krieger einen schnellen Blick zu.

"Ich bin nicht dumm, Chiron", zitierte dieser den ehemaligen Krieger und wandte sich von den beiden ab.

Wer macht sich schon auf den Weg seinen Traum zu verfolgen und gerät dabei in die größte Hinterlist, die das Reich je gesehen hatte? Silver tat sich unglaublich schwer dabei seine Gedanken auf seine Aufgabe zu konzentrieren. Die Tatsache, dass sie Kirans Haus als Unterkunft nutzen machte es dem jungen Mann auch nicht gerade einfacher. Im Gegenteil alles um ihn herum erinnerte ihn an die Zeit, die er hier gelebt hatte. Vielleicht war es auch etwas das schlechte Gewissen, dass sich an seine Knochen krallte. Silver hatte seinen Vater einfach im Stich gelassen. Obwohl dieser ihn ja derart gebraucht hatte. Auf der anderen Seite wären die beiden wohl geflohen bevor überhaupt jemand den jungen Visionär hätte ausmachen können. Ohnehin hätte Alistair Chiron nie gefunden und würde nun rastlos durch die Gegend irren und versuchen eine Lösung zu finden. Während Eden bereits vor Dielonera von dem jungen Prinzen getötet worden wäre. Doch nun hatten sie eine echte Chance Vergil zu besiegen und um nichts in der Welt wollte Silver diesen Sieg riskieren.

Er würde alles in seiner Macht stehende tun um diesen Kampf zu gewinnen. Selbst wenn es ihm das Leben kosten würde.

ZEHN

Tränen spiegelten sich dem roten Auge, welches im fahlen Licht düster funkelte. Eden zog die Nase hoch und wischte sich mit dem Ärmel ihres dunklen Kleides über das freiliegende Auge. Das andere war hinter einer Klappe versteckt und wartete dort darauf eingesetzt zu werden.

Die junge Frau saß in der Ecke eines großen Zimmers in einem Turm. Es war gemütlich wenn auch dunkel eingerichtet. Die Tür, welche ihr direkt gegenüber lag war verriegelt worden. Ihr Vater hatte sie erneut aufgrund ihres Fehlverhaltens in ihr Zimmer eingesperrt. Dort war sie seiner Gnade ausgeliefert.

Schwere Schritte waren gedämpft durch die dicke Tür zu hören. Eden sprang auf und lief auf die Tür zu. Stolperte dabei fast über ihr Kleid. Die lange schwarzen Haare, auf die sie unglaublich stolz war, wirbelten frei über ihren Rücken.

Wild klopfte sie gegen die Tür und rief nach dem Soldaten, welcher eben vorbei marschiert war. Zu ihrer Überraschung trat er tatsächlich heran und fragte:" Kann ich etwas für Euch tun, Eure Majestät?"

"Lass mich hier raus! Sofort!"

"Das kann ich nicht. Befehl des Königs."

Erneut konnte Eden die schweren Schritte hören doch dieses Mal entfernten sie sich von der Tür. Die Zweifarbige sank davor wieder auf den Boden. Sie zog die Verdeckung von ihrem schwarzen Auge und ließ ihren Tränen freien Lauf.

Bereits seit sich ihre Sternengabe gezeigt hatte, war es für die Prinzessin mehr ein Fluch als ein Geschenk gewesen. Ihr Vater drillte sie darauf eine Mordmaschine zu werden, welche irgendwann die absolute Herrschaft über Dielonera, Morganhaven und Skaria ergreifen sollte.

Doch Eden wollte nicht morden. Sie wollte frei sein und ein Leben nach ihrem Sinn führen. Sie wollte sich verlieben und glücklich werden. Nicht in einem Leben gefangen sein, dass sie nicht leben konnte. Blut von hunderten Menschen klebte bereits an ihren Händen.

Um ihre Sternengabe zu trainieren hatte Mephilis unzählige Soldaten aus verschiedenen Reichen gefangen genommen. Selbst Menschen aus seinem eigenen Volk hatten bereits den Tod durch die Augen der Königstochter erhalten. Der König empfand kein Mitgefühl. Im Allgemeinen schien er keine Empathie zeigen zu können. Er war so kalt und grau wie seine Augen.

Eden schluchzte während ihr Blick auf dem kleinen Messer hängen blieb, welches auf ihrer Kommode lag. Es war eine königliche Klinge und war lediglich als

Statussymbol gedacht doch die Prinzessin wollte dem Messer eine neue Bedeutung geben.

Sie erhob sich erneut und ging darauf zu. Der zerbrochene Spiegel, zeigte ihr halbes Gesicht. Ein roter Blick musterte die Königstochter mit Trauer. Mephilis hatte vor Monaten den Spiegel eingeschlagen nachdem sie versucht hatte sich mit ihrer eigenen Gabe umzubringen.

Die Schwarzhaarige griff sanft nach der Klinge. Der Griff war schwarz und verschnörkelte. Grüne Smaragde funkelten im Licht der untergehenden Sonne, welches nur spärlich durch das kleine Fenster in den Raum drang.

Fest drückte sie die Schneide an ihr helles Handgelenk und zog.

Verschwitzt wurde Eden wach und sah sich verwirrt um. Sie seufzte dankbar als sie bemerkte, dass sie im Haus des Schmiedes war. Nachdem sie Silver verlassen hatte, hatte sie eine geräumige Abstellkammer gefunden. Den Boden hatte die junge Frau mit ein paar Decken möglichst weich gestaltet.

Eden schüttelte wild den Kopf. Der Traum von letzter Nacht klebte fest. Es war eine Erinnerung gewesen. Hatte sich Monate bevor sie Silver und seine Freunde kennen gelernt hatte zugetragen.

Die Königstochter setzte sich auf und rieb ihre Hände über ihr Gesicht. Ihr Blick blieb dabei an der langen Narbe hängen, welche sich über ihr rechtes Handgelenk zog. Krampfhaft hatte sie damals versucht Erlösung vor ihrem Vater im Tod zu suchen. Und stets hatte dieser ihre Pläne vereitelt. Mephilis hatte als Strafe Eden die Haare restlos abgeschnitten. Wochenlang hatte sie sich geschämt dafür.

Eden würde lügen wenn sie sagen würde, dass sie nicht neidisch auf ihren Geliebten war. Silvers Gabe war die eines Helden. Unzählige Geschichten sprach über die großen Taten vergangener Visionäre und bereits jetzt fing Lyrandis an eine Ballade über Silver zu schreiben. Um seinen Mut zu ehren, den er bewiesen hatte als er gemeinsam mit den anderen nach Chiron gesucht hatte.

Edens Gabe hingegen übernahm meist eine sehr schlechte Rolle in diesen Geschichten. Der Mörder war ohne Frage böse. Alistairs Misstrauen war absolut gerechtfertigt. Die Prinzessin tat so gut wie sie konnte das Richtige. Doch stets schien es das Falsche zu sein. Erneut wurde in ihr der Wunsch erweckt zu fliehen.

Sie war gerade dabei aufzustehen als ihr das Buch wieder einfiel, welches der Blonde letzte Nacht von Alkatar erhalten hatte. Eine Sammlung von Informationen über die Zweifarbigen. Vielleicht erhielt es auch interessante Sache über die Gabe des Mörders.

Flink verließ die Schwarzhaarige ihr Nachtlager und öffnete vorsichtig die Tür zu Silvers Zimmer. Sie war erleichtert zu sehen, dass der Blonde dieses bereits verlassen hatte. Beinahe lautlos schloss sie die Tür hinter sich und griff nach dem dicken Buch, welches unübersehbar am Bettende lag. Eden setzte sich daneben hin und legte den Band auf ihren Schoss.

Vorsichtig schlug sie es auf und begann darin zu lesen. Unzählige Sternengaben taten sich vor der Frau auf. Angefangen von einfachen und ungefährlichen Gaben wie dem Sänger oder Beschwörer über weltenverändernde Gaben wie dem Visionär oder

Gedankenleser bis hin zu den seltensten und gefährlichsten Gaben. In der letzten Kategorie auf einer der letzten Seiten entdeckte Eden schließlich das altbekannte Wort. *Mörder.*

Einige Informationen waren dort zusammen getragen worden doch kaum welche von denen die Kriegerin noch nicht wusste. Ausführlich wurde unter anderem über die Art des Todes geschrieben, welcher auf den Betroffenen eintraf. Angeblich fühlte sich dieser an wie ein Blitz, welcher durch den Körper schoss. Mit großen Qualen starben die Opfer in binnen Sekunden bis zu mehreren Minuten.

Doch das Spannendste las Eden auf der letzten Seite des Buches. Der Satz war in einer anderen Schrift geschrieben als der Rest des Buches. *Können die Gaben verändert werden?*

Die Prinzessin dachte an den Punkt zurück als Silver statt der Zukunft Chirons Vergangenheit gesehen hatte. Es war nicht viel gewesen aber dennoch ein Beweis dafür, dass die Gaben potenziell verändert werden konnte.

"Kann ich dann Leben erschaffen oder Leben retten?", fragte die junge Frau laut.

"Als Frau wirst du wohl beides können", erklang plötzlich eine männliche Stimme, welche Eden beinahe zu Tode erschrak. Sie zuckte zusammen und hätte beinahe das Buch fallen gelassen.

"Was suchst du denn hier?", fragte die Krieger als sie Alistair entdeckte. Dieser musterte sie mit verschränkten Armen.

"Das selbe könnte ich dich auch fragen", entgegnete dieser bitter.

Wild schlug sie den Band zu und sprang auf. "Was hast du denn da?", hakte der Königssohn und deutete auf das Buch.

"Das geht dich nichts an. Es gehört Silver."

"Schnüffelst du als in seinen Sachen herum, Sinera?" Bitterkeit lag in der Stimme des Prinzen.

"Er ist mein Geliebter. Das kann man wohl kaum als schnüffeln betrachten."

Alistair lachte bevor sein grüner Blick eiskalt wurde. Flink packte er sich das zweite Ende des Buches und versuchte es der Prinzessin aus der Hand zu reißen. "Lass das", murrte sie und versuchte die Studie möglichst festzuhalten. Doch ohne Erfolg. Alistair stolperte ein paar Schritte aus dem Raum als er das Buch endlich in seiner Hand hielt. Neugierig schlug er es auf und begann zu lesen.

Der Königssohn blätterte über mehrere Seiten hinweg bis seine Augen an einem Punkt kleben blieben. Mit erzürntem Gesichtsausdruck sah er auf und musterte Eden. "Ihr wollte also meinen Tod?", fragte er wütend.

"Nein, das ist lediglich eine Legende, Alistair. Glaub mir. Silver würde dich niemals in Gefahr bringen", versuchte sie ihn zwecklos zu überzeugen.

"Einer Sinera glauben. Das ich nicht lache." Mit diesen Worten wandte er sich ab und lief die Treppe hinunter. Eden war ihm dabei dicht auf den Fersen. Doch als sie ihn eingeholt hatte, hatte dieser bereits den Blonden erreicht. Wütend knallte er diesem das Buch vor die Füße in das Gras vor der Schmiede. Silver, welcher die Hände voll mit Schwertern hatte, die er soeben noch in dem kleine Gebäude gefunden hatte, musterte ihn fragend.

"Du willst also den Thron?", schrie Alistair ihn kurz darauf an.

"Wie kommst du denn auf die Idee?", hakte Silver sichtlich verwirrt nach.

"Nach den grausigen Morden an der Königsfamilie war der Visionär schließlich dazu gezwungen den Thron des Reiches zu besteigen", zitiere der Prinz die letzten Zeilen der Legende.

"Du redest von einer Legende, die vor Jahrhunderten geschrieben wurde. Wie kommst du auf die Idee, dass ich deshalb König werden will?" Der Verwirrung war nach wie vor nicht aus seinen Augen gewichen. Als er Eden hinter Alistair erblickte vergrößerte sich diese sogar noch.

Der Prinz verschränkte wütend die Arme während er erklärte: "Ein Visionär hat die geschrieben. Und ohne Grund wirst du wohl kaum ein Buch aus der königlichen Bibliothek bei dir tragen."

"Alkatar hat es mir gestern Nacht gegeben. Er ist der Meinung, dass es sich dabei um mich handelt. Aber um ehrlich zu sein bin ich nicht erpicht darauf König zu werden", sprach der Visionär. Das Gespräch schien für ihn damit beendet und er wollte an Alistair vorbeigehen um die Schwerter ins Haus zu tragen.

Doch Chiron hatte Recht bewiesen als er den Königssohn als Hitzkopf beschrieben hatte. Dieser schnappte in diesem Moment nach einer der Klingen und schlug damit geradewegs auf Silver ein. Die restlichen Schwerter fielen klirrend auf den Boden als der Krieger dem Schlag auswich. Der linke Ärmel seines Hemds riss. Dunkles Blut trat daraus davor. Der Blonde sog scharf die Luft ein als der Schmerz durch seine Schulter zuckte. Er sank auf die Knie.

"Bist du verrückt geworden?", schrie Eden nun Alistair an.

"Ich beschütze das was mir gehört", antwortete der Prinz bitter.

"Ich will den Thron nicht, Alistair. Wenn ich ihn wollen würde meinst du nicht ich hätte dich dann nicht schon früher umgebracht?", fuhr der Visionär den Königssohn an.

Alistair hielt die Klinge in Silvers Richtung gestreckt als er sprach: "Was verheimlichst du vor mir, Maran? Ich spüre, dass ihr Geheimnisse vor mir habt. Du und dieses Sinera-Weib."

"Silver ist Milenias Sohn. Damit fließt durch seine Adern dasselbe Blut wie durch deine", erklärte Chiron, welcher langsam näher kam. Unangebrachte Ruhe lag in seinem Gesichtsausdruck.

Der Rothaarige lachte bitter als er meinte: "War klar, dass du da auch mit drinnen steckst." Er richtete sein Schwert kurzerhand auf Chiron.

Für Alistair brach in diesem Moment die Welt restlos auseinander. Seit Silver Schwur hatte er angefangen dem jungen Krieger zu vertrauen doch nun kam alles zum Vorschein was der Tod seiner Eltern und der Verrat seines Onkels ausgelöst hatten. Er wollte und konnte den Thron nicht abgeben. Es war seine Bürde und er würde sie tragen. So wie es sein Vater von ihm verlangt hatte. Jeder war in seinen Augen ein potentieller Thronräuber. Alistair schwor sich sein Erbe zu beschützen so gut er konnte.

Silver wollte sich erheben doch augenblicklich zeigte die Schwertspitze wieder auf ihn. "Bleib da wo du hingehörst. Vor mir am Boden kniend. Oder ich werde dich töten", meinte der Prinz.

"Es wäre dumm von dir den Visionär zu ermorden, Alistair. Erblinde nicht an deiner Gier", sagte Chiron.

"Du hast mir gar nichts zu sagen", antwortete der Königssohn und musterte den Älteren mit seinen vor Zorn funkelnden Augen.

Edens darauffolgende Reaktion war zu schnell als dass sie jemand hätte vorhersehen können. Sie griff nach einem der Schwerter, die Silver zuvor fallen gelassen hatte. Mit der Klinge in der Hand sprang sie hinter Alistair und hielt ihm diese an die Kehle. Der kalte Stahl presste sich in die weiche Haut.

"Töte ihn und ich töte dich", flüsterte sie. Gedämpft aber laut genug, dass der Prinz jedes Wort verstehen konnte.

"Nehmt beide eure Schwerter runter! Wir brauchen hier kein Massaker!", brüllte plötzlich Chiron die beiden an. Die Ruhe war aus seinem Gesicht gewichen. Stattdessen übernahm eine Mischung aus Wut, Angst und Enttäuschung die Hauptrolle ein.

"Meine Familie darf nicht aussterben. Wir reagieren seit Jahrhunderten Morganhaven", warf Alistair ein.

"Niemand sprach davon dich umzubringen. Du bildest dir was ein", versuchte nun Silver den Prinzen zu beruhigen. Doch dieser schien dafür ein taubes Ohr zu haben.

"Mephilis ist an alledem Schuld und du bringst seine Tochter in unsere Reihen. Chiron hat meinen Vater im Krieg im Stich gelassen. Wie sollte ich dem vertrauen was ihr spricht?", hakte der Königssohn nun nach. Angst ließ seine Stimme zittern.

Silver legte vorsichtige seine Hand auf die scharfe Klinge des Schwertes und drückte es damit hinunter. Alistair ließ es ohne dagegen anzukämpfen passieren. "Lass das Schwert fallen. Man kann über alles sprechen", warf der Blonde daraufhin ein. Stumpf fiel der Stahl ins Gras. Eden zog daraufhin ebenfalls ihr Schwert von seiner Kehle weg.

Der Visionär erhob sich vorsichtig und tastete vorsichtig mit seiner Hand auf den Schnitt, welchen er auf der Schulter trug. Dieser war nicht tief. Blutete lediglich stark. Kurz darauf hob er seinen zweifarbigen Blick und traf dabei auf die grünen Augen des Prinzen. "Was die Legende da schreibt mag zwar zu gewissen Teilen zutreffen. Doch niemand von uns plant einen Attentat auf dich, Alistair. Ich bin auf dich eingeschworen. Es würde mich zum Brecher machen", sprach Silver vorsichtig.

"Kannst du dir vorstellen wie es ist alles um dich herum zu verlieren? Es macht dich vorsichtig. Sehr vorsichtig", erklärte Alistair. Er vergrub sein Gesicht in seine Hände. Schweiß stand auf seiner Stirn.

"Ich will dich nicht angreifen aber fühlst du dich tatsächlich in der Lage ein Reich zu beherrschen?", fragte Chiron zögernd und blickte den Rothaarige dabei mit Sorge im Auge an.

"Es ist mein Erbe. Meine Bürde. Vergil und mein Vater haben mich jahrelang dazu ausgebildet, Chiron. Ein echter König bleibt selbst in der härtesten Zeit standhaft."

"Darius konnte nicht standhaft bleiben. Und du bist deinem Vater nun einmal sehr ähnlich", meinte Silver ebenso zögerlich wie der Ältere zuvor.

Alistair sah auf und besah Silver mit einem ernsten Blick. "Dann sollte ich aufhören wie mein Vater sein zu wollen und besser werden. Genau das war Darius' und beinahe ganz Morganhavens Untergang."

"Nur werde nicht wie Zeltin. Zeltin war kalt und schonungslos. Nichts in dieser Welt hätte ihn brechen können. Und das war spürbar. Diese wundervolle und gütige Herrschaft Zeltins ist genauso erstunken und erlogen", murmelte Chiron bitter.

"Jeder Herrscher hat Dreck am Stecken", mischte sich nun auch Eden ein und sah zu Boden.

Der Ältere nickte zustimmend und erklärte: "Genau das ist es. Darius war arrogant, Vergil mordet, Sun nutzte Zweifarbige für ihre Studien aus und Mephilis missbraucht sein Volk für seine eigenen Zwecke."

"Mephilis ließ mich früher unzählige Menschen aus dem Dorf töten. Nur, dass ich Übung mit meiner Gabe bekomme", beichtete die Schwarzhaarige. Sofort erntete sie dafür einen besorgten Blick von Silver.

"Silver hat doch bewiesen, dass man Gaben umkehren kann", warf Chiron nachdenklich ein.

Eden hob daraufhin das Buch vom Boden auf und schlug die letzte Seite auf. "Alkatar und Zeltin schienen das ebenfalls bereits in Erwägung gezogen zu haben. Doch ich habe keine Ahnung wie so etwas funktionieren soll."

"Gaben werden mit dem bloßen Willen gesteuert. Was wenn du jemanden in die Augen blickst und du dabei denjenigen heilen willst. So wie du es gemacht hast wenn du jemanden töten wolltest", warf der Blonde nachdenklich ein.

"Ich will nur kein Leben dafür riskieren", erklärte Eden niedergeschlagen.

"Konzentrieren wir uns um Morganhaven. Ist das abgeschlossen kann man über andere Sache nachdenken", sprach Chiron kalt und wandte sich von den Jüngeren ab.

Erneut zogen die Tage nur so an der Gruppe vorbei. Täglich kamen mehr Dorfbewohner, die helfen wollten. Silver hatte die meisten Nächte in der Schmiede durchgearbeitet und nur selten konnte er ruhige Augenblicke mit Eden genießen. Alistair hatte sich die meiste Zeit zurückgezogen. Er versuchte sich stetig den anderen zu öffnen doch Armina blieb stets seine engste Vertraute. Diese begleitete allerdings Lyrandis fast jeden Tag ins Dorf. Sie begann eine Vorliebe für die Musik des jungen Barden zu entwickeln und dieser ließ sich die Aufmerksamkeit seiner einzigen Bewunderin nicht nehmen. Chiron ging die Studien von Alkatar durch. Mittlerweile empfand er es als Fehler sich seine Gabe zu nehmen. In dieser Situation wäre sie ihm äußerst nützlich gewesen.

Nachmittags kamen meist Dees Soldaten und erkundigten sich danach wie weit die Gruppe bereits mit ihren Plänen war. Es handelte sich nur noch um Tage bis sie das Schloss stürmen wollte.

An diesem Abend hatten sie sich alle im Wohnzimmer eingefunden. Der Stress der letzten Zeit war nicht spurlos an ihnen vorbeigegangen und so wollten sie sich eine letzte Ruhepause gönnen bis sie aufbrechen würden.

Armina hüpfte durch das Zimmer und jammerte: "Ich bin so nervös. Was wenn etwas schief geht?"

Chiron seufzte entnervt. Alistair stand etwas abseits in eine Ecke gelehnt und meinte: "Wenn alles nach Plan läuft kann auch nichts schief gehen."

"Plänen sind dazu gedacht um schief zu gehen", antwortete die Adelstochter und musterte ihn besorgt.

"Es macht keinen Sinn wenn du dich jetzt selbst fertig machst, Mina. Es wird alles gut gehen. Du wirst schon sehen", pflichtete Eden dem Prinzen bei. Der Kopf der Prinzessin lag auf Silvers Schulter, welcher vorsichtig seinen Arm um sie gelegt hatte. Der Schnitt an seiner Schulter tat ihm nach wie vor weh. Gemeinsam saßen sie auf der großen Bank, welche im Raum stand.

"Das einzige worüber ich mir Sorgen mache ist wie wir meinen Vater erwischen sollen? Ich habe keine Ahnung wo sich dieser aufhält. Und ohne seinen Tod stellt Dielonera noch immer eine Gefahr da", warf die Prinzessin kurz darauf ein.

"Vielleicht ist es ja in Morganhaven. Er und Vergil haben ja ein Bündnis geschlossen", meldete sich Chiron das erste Mal diesen Abends zu Wort.

"Ich weiß nur nicht ob er so einfach umzubringen ist."

"Warum sollte er es nicht sein?", fragte der Blonde seine Geliebte.

Eden atmete tief durch ehe sie erklärte: "Mephilis scheint irgendeine besondere Macht zu besitzen. Ich weiß nicht wie ich es beschreiben sollte. Er und seine treuesten Soldaten scheinen unsterblich zu sein. Jede noch so schwere Verwundung haben sie ohne Probleme überstanden."

Der Schwarzhaarige zog nachdenklich die Augenbrauen zusammen bevor er erzählte: "Vergil hat mal etwas erwähnt. Er sagte zu mir, dass es ein Traum gewesen sein. Indem ein ihm fremder Mann seine Wunde am Hals verheilt hatte. Aber jetzt wo du es erwähnst fällt mir auf, dass er tatsächlich eine Narbe am Hals getragen hatte."

"Dann war das wohl der Grund warum er sich mit Mephilis verbündet hat", dachte Silver laut.

"Wie könnte ihr das einfach so auf die leichte Schulter nehmen? Wir sind kurz davor den König zu stürzen!", fragte Armina entsetzt.

"Nein, wir stürzen nicht den König. Wir sind im Begriff einen Mörder zur Rechenschaft zu ziehen", meinte Alistair und trat näher an die Gruppe heran. "Seit dem Tod meines Vaters bin ich der rechtmäßige König."

"Und Silver", warf der Ältere nun ein. Silver fragte sich ob er den Königssohn damit absichtlich erzürnen wollte. Chiron hatte Alistair in letzter Zeit ziemlich oft aus der Fassung gebracht. Es schien als wollte der ehemalige Krieger keine Sekunde länger warten um den zukünftigen König weiter auszubilden.

Alistair sprang auf seine Aussage an und verzog wütend das Gesicht. Die Wut verließ seine Mimik allerdings wieder innerhalb von Sekunden und ruhig antwortete er: "Silver ist jünger als ich. In dem Fall tritt der Gesetz der König in Kraft."

"Du lernst ja tatsächlich dazu. Kein Wutausbruch seit gestern Abend", lobte Chiron den Königssohn.

"Dann war das Alistair, der gestern Abend das ganze Dorf mit seinem Brüllen wach gehalten hatte?", fragte Eden neckisch.

"Dank ihm habe ich meine Zeit damit verschwendet unkonzentriert an die Wand zu starren. Meine Ballade könnte längst fertig sein", murrte Lyrandis, welcher an dem kleinen Tisch hinter das Bank saß. Seine Feder kratzte über das Papier während er den anderen ruhig zugehört hatte.

Armina musterte ihn entzückt und fragte: "Woran schreibst du?"

"Der Aufstieg des Schmiedes. Silvers Geschichte hat einfach zuviel gutes Material als dass ich da nichts darüber schreiben könnte", erklärte der Musiker und war sichtlich erfreut über das Interesse der Rothaarigen.

Alistair verdrehte die Augen. Arminas Verbundenheit zu Lyrandis gefiel ihm gar nicht doch sein Stolz war dennoch viel zu groß als mit ihr zu sprechen. Ihr zu sagen was ihm durch den Kopf ging. Und nun schien es als wäre er ohnehin zu spät.

"Warum schreibst du über mich und nicht über Alistair? Wäre seine Geschichte nicht interessanter?", hakte der Blonde nach.

"Ein einfacher Schmiedessohn, welcher eigentlich der Visionär ist und damit ein ganzes Reich rettet. Wie soll man da nicht darüber schreiben? Ich brauche sogar kaum was abändern", säuselte der Barde während er mit geschwellter Brust sein Werk betrachtete.

Lyrandis fühlte sich wohl dabei in der Nähe der Gruppe zu sein. Nicht nur weil sie aus Kriegern bestand und ihn damit aus jeglichen Situationen retten konnte. Der Musiker fühlte sich gebraucht. Er hatte einen Teil zur Rettung von Morganhaven beigetragen. Auch wenn es nur ein kleiner Teil gewesen war. So was es doch mehr als er in seinem bisherigen Leben zustande gebracht hatte.

"Was hätten ihr eigentlich gemacht wenn ich euch nicht geholfen hätte?", fragte Lyrandis schließlich.

"Uns etwas anderes einfallen lassen. Vielleicht hätte wir jemanden ins Schloss eingeschleust oder dergleichen. Vergil wäre sicher hoch erfreut gewesen wenn der Visionär sich ihm plötzlich angeschlossen hätte", meinte Eden. Ein sanftes Lächeln umspielte ihre Lippen als sie ihren Geliebten erwähnte.

"Und dann hätte Vergil Silver gefangen genommen und der ganze Plan wäre hinüber gewesen", antwortete Chiron trocken. Ein Unterton seiner Stimme machte allerdings klar, dass er dankbar über die Hilfe des Barden war.

"Genauso hätte es auch passieren können, dass Lyrandis auffliegt und am selben Tag noch hingerichtet wird. Wir hatten Glück. Das ist alles", meinte Alistair kalt.

"Man darf auch ruhig die Arbeit anderer preisen, Alistair", antwortete der Ältere streng und musterte den Prinzen. Innerlich hatte er sich bereits geschworen dem neuen König zu helfen. Sei es nun Alistair oder Silver. Doch ihm war klar, dass mit dem Rothaarigen weitaus mehr Arbeit auf ihn wartete. Dieser schien jegliches Mitgefühl mit den Leuten um ihn herum verloren zu haben.

Armina beobachtete nun ebenfalls den Königssohn. Sie kannte ihn bereits seit Jahren. Es tat ihr im Herzen weh ihn derart gleichgültig zu sehen. Seit ihrer Entscheidung Kriegerin zu werden sprachen die meisten aus ihrem Adelshaus nicht mehr mit ihr. Selbst ihre Eltern hatten sich abgewandt. Sie konnte sich nicht vorstellen wie es sein musste Eltern zu verlieren, welche man geliebt hatte.

Alistair war währenddessen ans Fenster getreten und beobachtete die voranschreitende Nacht. "Wie weit sind wir? Können wir nächste Nacht angreifen?", fragte er ohne den Blick abzuwenden.

"Viele der Dorfbewohner sind bereits mit Waffen ausgestattet. Der Rest übernimmt die Schwerter, welche Silver gefunden oder angefertigt hat. Viele beherrschen allerdings nicht einmal die Grundlagen. Das könnte ihnen das Leben kosten", berichtete Armina.

"Wie lautet der Plan? Steht dieser?", fragte Alistair weiter. Mit seiner Haltung erinnerte er Chiron stark an Darius und Zeltin. Sie teilten sich ohne Frage dasselbe Blut.

"Wir geben Dee mithilfe eines brennenden Pfeils das Kommando. Sobald das Tor offen ist können wir das Schloss stürmen. Ihr bleibt mehr in der Mitte während ich an der Front stehe. Mit meiner Gabe ist da die Wahrscheinlichkeit höher direkt ein paar Soldaten zu Boden zu bringen", übernahm nun Eden das Wort und kassierte dafür einen schockierten Blick von Silver. "Du willst an die Front?", fragte er besorgt.

Die Prinzessin nickte schnell und erklärte: "Ich habe zum ersten mehr Kampferfahrung als ihr. Zum zweiten ist das meine Gelegenheit meine Gabe für das Gute einzusetzen."

"Ich finde die Idee gut", pflichtete Chiron der Königstochter bei. Er nickte kurz bevor er meinte: "Wir halten uns bis auf Silver verdeckt. Beziehungsweise sollten wir nicht auf unsere Kapuzen verzichten. Entdecken die Soldaten ihn werden sie Vergil Bericht erstatten und dieser wird nicht zögern selbst auf das Schlachtfeld zu kommen um den Visionär zu bezwingen."

"Warum Silver und nicht ich?", hakte Alistair nachdenklich nach.

"Das Risiko ist zu hoch, dass dich seine Soldaten sofort umbringen. Den Visionär wird Vergil lebendig wollen. So wie ich ihn kenne wird er sich nur nicht die Gelegenheit nehmen lassen selbst gegen ihn zu kämpfen", erklärte der Schwarzhaarige.

"Habt ihr für mich auch eine Aufgabe?", fragte Lyrandis und ließ seinen dunklen Blick besorgt durch die Runde gleiten.

Chiron seufzte: "Was willst du tun? Die Wachen zu Tode singen?"

"Ich könnte einen Fluchtweg vorbereiten falls etwas schief laufen sollte", meinte der Barde vorsichtig.

"Wenn etwas schief läuft kommen wir ohnehin nicht lebend raus", murmelte Chiron. Seine Stimme machte damit klar, dass selbst er Angst verspürte. Angst, dass das Reich, welches er immer verteidigt hatte doch den Untergang erfährt. Er bereute es bitter, dass er im letzten Krieg gegangen war. Die junge Gruppe hatte ihm bewiesen, dass sein Herz sich in seiner Heimat am wohlsten fühlte.

"Chiron hat wohl oder übel Recht. Vergil wird nicht zögern uns zu töten oder die Sternenträger in Gefangenschaft zu nehmen. Es gibt nur einen Weg und der führt hinein", antwortete Alistair und schluckte stark.

Silver blickte durch die Gruppe und meinte: "Wir sollten daran nicht denken. Wir müssen uns darauf konzentrieren, dass nichts schief laufen kann."

"Hätte ich meine Gabe noch könnte ich uns Drachen oder dergleichen mächtigen Wesen unterstützen. So kann ich euch nur mein Schwert bieten", warf Chiron ein und wartete auf eine Reaktion.

"Im Leben passieren Fehler. Der eine ist schwerwiegender als der andere. Und ich möchte nur ungern einem Dorfbewohner das Auge rausreißen", sprach Silver ernst.

"Du kannst deine Sternengabe wieder erhalten wenn Vergil tot ist", dachte Alistair laut. Seine Stimme ließ keinerlei Gefühlsregung zu. Sie klang kalt und gleichgültig.

Der Visionär schluckte hart als er Chirons entsetztes Gesicht sah. Der Ältere hatte daran keinen Gedanken daran verschwendet und wollte es auch nicht. In seiner Erinnerung war stets der falsche König in guter Zeit geblieben.

"Alistair hat nicht unrecht. Vergils blaue Augen sind wohl sein markantestes Merkmal", pflichtete Armina dem Prinzen nun bei und sorgte dafür, dass Chiron den Blick senkte. Sein grünes Auge fokussierte den rauen Holzboden.

"Das sollte Chirons Entscheidung sein. Bis dahin hat er genug Zeit diese zu überdenken", versuchte Silver nun das Gesprächsthema abzuschließen doch Alistair ließ sich nicht abwimmeln: "Es wäre eine Verschwendung. Der Beschwörer ist einer der machtvollsten Krieger eines Reiches. Er kann Wesen beschwören, die die gegnerische Einheit nur so zerfetzen."

"Und der Beschwörer ist ein Mensch wie du und ich, Alistair. Er hat Gefühle und Bedenken. Wenn sein Gewissen das nicht zulässt ist er tot", meinte nun Silver. Seine Stimme war ungeduldiger geworden.

"Nein, er hat Recht", sagte Chiron überraschend. Doch es nicht der Prinz, der ihn überzeugt hatte. Vergil hatte ihm oft geholfen und so wagte er zu bezweifeln, dass dieser dem ehemaligen Zweifarbigen diesen Wunsch abgeschlagen hätte. Früher hätte Chiron Vergil einfach darum bitten könnte und der falsche König hätte es getan. Ohne zu zögern.

"Wenn Alistair wirklich morgen aufbrechen will sollten wir etwas Ruhe suchen", meinte plötzlich Eden und sprach damit jedem aus der Seele. Die Gruppe nickte zustimmend bevor Armina sagte: "Dann schlaft alle gut. Lässt die Gedanken an kommende Nacht nicht zu schwer werden."

Damit zogen sie sich allesamt in ihre Nachtlager zurück. Silver und Eden waren bei ihren Schlafstätten angelangt als die Prinzessin wieder nach der Tür von der Abstellkammer ergriff.

"Du kannst auch zu mir, Eden. Dann brauchst du nicht am Boden schlafen", schlug der Blonde vor und zauberte sich damit eine warme Röte ins Gesicht.

"Ich danke dir, Sil. Mein Rücken ging gefühlt kaputt auf dem kalten Stein."

"Mein Vater hat den Raum auch nie fertig gemacht. Er hatte es immer vor aber als seine Schmiede anfing zu erblühen und er meine Mutter kennen lernte schien er dafür wohl keine Zeit mehr gehabt zu haben", lächelte Silver als er in Gedanken an die Zeit denken musste als Kiran ihm beinahe täglich von Milenia erzählt hatte. Der Schmied und die Prinzessin hatte eine Liebesgeschichte geführt, welche man nur aus Büchern kannte.

Die Geliebten verschwendeten keine weiteren Worte und kuschelten sich in dem kleinen Bett eng aneinander.

Der Mond hatte seinen Weg nicht lange fortgesetzt da waren die zwei Sternenträger bereits eingeschlafen. So unterschiedlich und doch füreinander geschaffen.

Die Sonne war gerade erst ihren Weg über den Horizont angefangen da war Alistair bereits mit der Kapuze tief im Gesicht an den großen See getreten. Sein Blick schweifte über das blaue Wasser, welches sich verheißungsvoll bewegte. Wind ließ das grüne Grase wippen und die Vögel waren ungewöhnlich still. Es war als würde selbst die Natur über die bevorstehende Schlacht Bescheid wissen.

Der Prinz hielt in seiner Hand eine dunkelrote Rose, welche er aus einem Garten unweit von der Schmiede geholt hatte. Sanft legte er diese in Wasser und beobachtete wie sie langsam von der Strömung verschluckt wurde und immer weiter in die Seemitte glitt. "Du hast mir viel gelehrt, Vater. Ich verspreche, dass ich ein guter König werde. Ein König auf den du stolz sein kannst", Flüsterte Alistair gedämpft bevor er sich ans Ufer kniete. Er verschränkte die Hände ineinander und beobachtete ruhig die Blume.

Der Königssohn hatte bisher keine Gelegenheit gehabt sich von seinem Vater zu verabschieden. Die Geschehnisse waren dafür viel zu schnell gewesen. Die Zeit war an ihm vorbei gerast. Von Tag zu Tag war es gefährlicher geworden und der Tod von Darius war damit in den Hintergrund gerutscht. Alistair hatte dies nicht zulassen wollen aber diese Entscheidung war ihm vom Schicksal abgenommen worden.

Stattdessen hatte er zugelassen, dass es ihn verändert. Es hatte ihn in eine Person verändert, die er nie sein wollte. Geplagt von der Angst, dass ihn stetig jemand tot sehen wollte. Mit der verlorenen Fähigkeit vertrauen zu können.

"Alistair?", fragte eine weibliche Stimme. Armina kam vorsichtig näher getreten und blieb hinter ihm stehen. "Alles in Ordnung? Warum bist du schon wach?", fragte der Königssohn ohne auf zu blicken.

"Ich konnte nicht schlafen. Und du? Was machst du hier draußen?", hakte die junge Frau nach und setzte sich neben ihn ins Gras. Zumindest versuchte sie es so gut es mit ihrem Kleid ging.

"Ich habe mich von meinem Vater verabschiedet. Ich hatte keine Zeit dazu." Alistair atmete tief durch. Er vermochte es nicht zu zeigen doch es fiel ihm schwer darüber zu sprechen.

"Das tut mir leid. Ich wollte dich dabei nicht stören", meinte Armina. Sie verzog traurig das Gesicht und war dabei wieder aufzustehen. Zu ihrer Überraschung griff Alistair nach ihrem Unterarm und sagte: "Nein, bleib hier. Etwas Gesellschaft würde mir vielleicht gut tun." Die Kriegerin nickte und setzte sich wieder neben ihn.

Stille kehrte ein während sie die Rose beobachteten, welche kaum noch sichtbar war. Erst als die Blüte restlos verschwunden war erhob der Prinz die Stimme: "Du verstehst dich gut mit Lyrandis?"

"Die Musik fasziniert mich. Ich hatte zuvor wenig Interesse dafür. Es ist toll zu sehen welche eine Wirkung diese Klänge auf Menschen haben kann. Aber warum fragst du?"

"Ich sehe euch einfach täglich zusammen ins Dorf gehen."

"Was brennt dir wirklich auf der Zunge, Ali? Du sprichst immer von Belanglosigkeiten wenn du über etwas Wichtiges sprechen möchtest." Arminas grüner Blick durchbohrte Alistair. Selbst ohne darauf zu achten spürte er wie sie ihn anstarrte.

"Ist es denn eine Belanglosigkeit? Du scheinst ja gerade so entzückt zu sein wenn er nur den Mund öffnet", meinte Alistair und senkte den Kopf. Es wirkte beinahe so als würde er das Gras zu seinen Füßen das erste Mal sehen.

"Willst du mir einen Vorwurf machen?" Wut und Unglaube lagen in der Stimme der Rothaarigen.

"Nein, natürlich nicht. Wir kennen uns lediglich schon seitdem wir Kinder sind. Du liegst mir am Herzen, Armina. Es wäre schwer zu verstehen wenn du nun auch gehen würdest. Wobei ich auch verstehen kann wenn du nach dem Krieg Lyrandis auf seinen Reisen begleiten möchtest."

Ihr Blick weitete sich als sie langsam verstand, was der zukünftige König ihr sagen wollte. "Ich werde nicht gehen, Ali."

"Danke", murmelte Alistair gedämpft und griff vorsichtig nach der Hand der Kriegerin. Er umschloss sie mit seinen und drückte sie vorsichtig. In seinen großen Händen wirkte ihre zierlich und klein.

"Hast du Angst?", fragte sie zögerlich.

Der Prinz nickte kaum merklich bevor er sprach: "War von uns hat denn keine Angst? Sobald wir heute Nacht aufbrechen liegt es nicht mehr an uns ob alles gut läuft oder nicht."

"Wie viele glaubst du werden auf unsere Seite fallen?"

"Zu viele. Aber uns läuft die Zeit davon. Wenn wir noch länger warten könnte Vergil auf uns aufmerksam werden. Ich hoffe einfach, dass wir überleben. Unsere Gruppe."

"Weißt du denn schon wie die Herrschaft beginnst? Du hast weder eine linke noch rechte Hand."

"Ich weiß. Ich habe bereits darüber nachgedacht aber im Moment scheint es einfach zu weit weg um wirklich einen klaren Kopf darüber haben zu können."

"Ich weiß was du meinst", stimme Armina ihm lediglich zu und ließ ihren Blick ebenfalls wieder auf das Wasser hinaus gleiten. Sie genossen einen Moment, welchen es in derartigen Zeiten nur selten gab. Ruhe umhüllte sie und ließ ihren Gedanken freien Lauf.

"Darf ich dir eine Frage stellen? Es wird vielleicht lächerlich klingen aber ich möchte, dass du sie ehrlich beantwortest", fing Alistair an und erhielt dadurch einen erschrockenen Blick. Armina nickte zögerlich.

Alistair atmete erneut tief durch bevor er anfing zu sprechen: "Silver hat mich zu dem Gedankenanstoß gebracht. Mein Vater hat nie dafür gesorgt, dass mir jemand versprochen wird und selbst wenn kann es sein, dass sie längst tot ist. Würdest du meine Braut werden wollen, Armina?"

Entsetzen übernahm die Hauptrolle im Gesicht der Adelstochter. Sooft hatte sie sich gewunschen an Alistairs Seite sein zu dürfen. Doch seine plötzliche Frage überraschte sie. "Warum ich?", fragte sie zögerlich.

Das erste Mal seitdem Armina an Alistair heran getreten war sah er sie an. Seine Stimme war ruhig und leise während er antwortete: "Weil ich dich liebe. Ich weiß, ich habe es nie wirklich gezeigt. Ich dachte es wäre sinnvoller derartige Gefühle nicht an mich heran zu lassen. Doch die Zeiten sind verwirrend. Warum also nicht meine neue Herrschaft mit einer Heirat aus Liebe beginnen?"

Es vergingen einige Sekunden bis die neue Information Armina endgültig erreicht hatte. Doch von einer Sekunde zur nächsten war sie dem Prinzen in die Arme gesprungen. Das plötzliche Gewicht ließ ihn sein Gleichgewicht verlieren und gemeinsam kippten sie zurück in das weiche Gras. "Natürlich will ich", sprach die Kriegerin schnell während sie auf dem Prinzen liegen blieb. Ein sanftes Lächeln tanzte auf seinen Lippen und die junge Frau fragte sich wann sie ihn zuletzt lächeln gesehen hatte.

Armina zögerte keine Sekunde länger und küsste ihn. Alistair warf seine dunklen Gedanken über Bord und erwiderte den Kuss. Kühler Wind zog über das frische Paar hinweg und dem Königssohn kam es vor als hätten die Vögel plötzlich wieder angefangen zu singen.

Alistair fühlte sich wohl. Er war glücklich. Derartige Gefühle hatte er seit Wochen nicht mehr verspürt. Und nun befand er sich in einem dieser Moment, die niemals verstreichen sollten.

Doch tief im Inneren war ihm schmerzlich bewusst, dass dieser Augenblick schnell vorbei sein würde. Und noch schneller würde die letzte Schlacht vor ihnen stehen.

ELF

Der Mond war vor einiger Zeit aufgegangen. Düster stand dieser voll im Himmel und schien das Dorf zu beobachten, welches sich für den Angriff wappnete. Rüstungen waren nur spärlich vorhanden, da Kiran Silver dieses Handwerk nie gelehrt hatte. Lediglich die Krieger trugen Brustplatten unter deren lange Mäntel.

Chiron hatte selbstbewusst eine Hand auf dem Schwertgriff an seiner Hüfte liegen während er auf Silver zutrat, welcher einige Dorfbewohner koordinierte. Der Blonde gab sich große Mühe das Dorf wie eine Armee funktionieren zu lassen.

Die Menge hatte sich dort eingefunden wo vor einigen Wochen Estus erschlagen worden war. Vereinzelte funkelte der Stahl der Waffen. Fackeln erleuchteten die dunkle Nacht. Wolken zogen über den Himmel und kündigten Regen an.

"Ist alles vorbereitet?", fragte der Ältere als er neben dem Visionär angekommen war. Dieser hatte sein

Gespräch mit ein paar verängstigen Bewohnern erst beendet.

"Ja. Zwei Jäger werden auf mein Kommando Pfeile abschießen, die Dee als Signal deuten sollen. Er weiß bereits, dass wir heute Nacht angreifen werden."

Armina und Alistair traten aus der Menschenmenge heraus und kamen auf die beiden Krieger zu. Deren grüne Augen funkelten selbstsicher. "Eden ist bereits an der Front", meinte der Prinz knapp.

"Dann kann es also losgehen?", fragte Silver unsicher. Angst verdrehte ihm den Magen.

"Es kann losgehen", bestätigte ihn Chiron und fixierte ihm mit seinem Blick. Angst war in dieser Nacht niemanden ein Fremdwort. Sei es nun Eden, welche selbstsicher Bewohner an der Front beruhigte, Dee, welcher auf einer Burgmauer von Morganhaven auf das Signal wartete oder Alistair, welcher in wenigen Stunden sein Erbe antreten würde. Doch viel größer war die Angst, dass Vergil auf dem Thron bleiben könnte und niemand seiner Schreckensherrschaft ein Ende setzen würde. Das Schicksal hatte die Gruppe zusammen gebracht und mit diesem Wissen schritten sie los. Traten den langen Weg hinauf, welcher auch Silver einst gegangen war als er sich der Armee angeschlossen hatte.

Hunderte von Menschen setzten sich in Bewegung. Silver führte gemeinsam mit Eden die Menge an während Alistair, Armina und Chiron sich inmitten der wütenden Meute bewegten. Sobald die Pfeile fliegen würde auch Silver zu ihnen zurück kehren.

Der Plan war fest in den Köpfen der Angreifer verankert. Das letzte, was ihnen den Sieg kosten könnte, wäre ein versteckter Angriff von Vergil. Eine Einheit, die sie außer Acht gelassen hätten.

Als Schloss Morganhaven sich bereits hoch vor ihnen erhob trennte sich Silver von der Menge. Er trat auf den Hügel hinauf auf dem vor sechzehn Jahren die mutigen drei gestanden hatten. Die Armee suchte sich unter ihm seinen Platz. Versteckt in der Dunkelheit. Die Fackeln verheißungsvoll glühend. Die Jäger, welche die Namen Fenira und Sandros trugen, bauten sich neben dem Blonden auf. Die Bögen fest in den Händen haltend.

"Macht die Pfeile bereit", sprach Silver an die beiden gewandt. Fenira und Sandros waren ein junges Paar. Ungefähr im selben Alter wie Dee. Die Jägerin trug lange braune Haare, welche streng hinter zu einem Knoten gebunden waren. Sandros stattdessen hatte brünette fast brauen Haare. Diese reichten ihm bis zur Schulter. Beide kippten Alkohol über die mit Stoff eingewickelten Spitzen. Der Blonde senkte seine Fackel und setzte damit die Pfeile in Brand.

Daraufhin nickte er und brüllte: "Schießt!"

Mit einem Surren kündigten die Pfeile ihren Aufbruch an und schossen unübersehbar in den dunklen Himmel. Dee stürzte kurz daraufhin auf die Torsteuerung zu und wies zwei weiteren seiner Soldaten an ihm zu helfen. Mit einem Knirschen begann das Tor sich langsam zu öffnen und gab den Angreifern damit freie Sicht in den Innenhof.

"Los jetzt!", kam es nun laut von Alistair und die Menge setzte sich in Bewegung. Silver lief ebenfalls los und erreichte Chirons Seite als dieser bereits kurz vor dem Eingang zum Schloss war. Die Kämpfe darin waren bereits deutlich zu hören. Schwarze Soldaten prallten auf weitere. Es war schwer diese voneinander zu unterscheiden.

Eden befand sich längst innerhalb des Hofes. Sie brachte die Feinde um sie herum schnell zu Fall. Sei es nun mit dem Schwert oder mit ihrer Gabe. Sie kämpfte mit Zuversicht und war damit nicht unterzukriegen.

Der Rest der Gruppe war ebenfalls im Schloss angekommen und beteiligte sich ebenfalls im Kampf. Lärm erfüllte das Schloss. Stahl traf auf Stahl. Menschen schrien vor Schmerz auf. Blut bedeckte den kalten Stein.

Vergil saß auf seinem Thron und betrachtete gelangweilt die Dorfbewohner, welche eben noch ein Anliegen erbracht hatten. Ein Soldaten stürmte den Thronsaal und atmete schwer als er berichtete: "Das Dorf greift das Schloss an, Eure Majestät!"

Die eisblauen Augen weiteten sich ehe er an die Fenster lief, welche in den Hof zeigten. Das Bild, welches sich im bot war grausig. Auf beiden Seiten hatte es bereits Gefallen gegeben. Köpfe rollten.

Doch etwas lenkte die gesamte Aufmerksamkeit des Königs auf sich. Blonde Haare blitzten immer und immer wieder in dem Getümmel auf. "Bringt mir meine Rüstung und Waffen!", brüllte er seinen Soldaten an, welcher sofort wieder aufbrach.

Kiran hatte sich erschrocken in seine Schmiede zurückgezogen, welche ganz hinten im Innenhof aufgebaut worden war. Verängstigt musterte er den Kampf vor sich.

"Kämpf, Schmied!", rief eine bekannte Stimme ihm zu. Vergils Soldat war auf ihn zugekommen und drückte ihm eine von den neuen Waffen in die Hand. Das Schwert war erst an diesem Tag von Kiran fertig gemacht worden und sollte eigentlich in den Besitz eines Adeligen fallen. Er schluckte hart und nahm es zögerlich entgegen.

Silver war zu diesem Zeitpunkt in ein Gefecht mit einem Soldaten verwickelt, welcher ihn überragte. Jedes Mal auf Neue prahlten die Schwerter aufeinander. Der Blonde parierte ihn ohne Probleme doch ein Gegenschlag war ihm unmöglich.

Ein weiteres Schwert erschien in seinem Augenwinkel. Doch dieses surrte auf den Fremden zu und riss diesem den Kopf von den Schultern. Dieser brach zusammen und Chiron stand vor ihm. "Du musst verbissener kämpfen, Silver", sprach er laut bevor er sich auf den nächsten Soldaten konzentrierte. Der Blonde verdrehte die Augen ehe ihm ein bekannter grauer Haarschopf auffiel. Dieser war jedoch in einen bitteren Kampf verwickelt.

Kiran kämpfte tapfer. Doch er trug weder eine Rüstung noch hatte er je spezifisch den Schwertkampf erlernt. Als Schmied beherrschte er zwar die Grundlagen doch die Soldaten um ihn herum waren weitaus stärker als er. Silvers Vater war nicht einmal bewusst gegen wen er nun kämpfen musste. In hatte im Schloss viele von Vergils Grausamkeiten erfahren doch die Soldaten sahen für ihn alle gleich aus. Und der vor ihm schien noch weniger Mitleid zu haben als der König.

Dieser brachte ihn mit einem gekonnten Streich zu Boden. Sein Gegner erhob erneut die Klinge um es endgültig zu machen doch diese wurde von einem dritten Schwert pariert.

Silver stand zwischen dem Krieger und seinen Vater und drückte die Waffe des Feindes weg. Ohne lange nachzudenken trat er den anderen von sich weg und durchtrennte mit dem Schwert dessen Kehle. Blut hustend ging er auf die Knie.

"Geht es dir gut?", fragt der Visionär während er seinem Vater auf die Beine half.

"Nur ein paar kleine Schrammen. Nichts Wildes. Du bist also der Grund warum das Dorf angreift?", fragte Kiran schwer atmend.

"In gewissermaßen. Aber das erzähle ich dir wenn wir hier fertig sind. Verstecke dich."

Der Schmied nickte schnell bevor er sprach: "Pass auf dich, mein Sohn. Ich bin stolz auf dich."

Doch noch bevor Kiran sein Versteck erreichen konnte brachte eine andere Stimme den Kampflärm zum verstummen. "Stop! Aufhören sagte ich!", brüllte Vergil, welcher auf einer der Mauern stand und auf das Getümmel hinab blickte. Silver lief durch die Menge und baute sich gemeinsam mit seinen Freunden in der Mitte der Schlacht auf. Rücken an Rücken standen sie aneinander gedrängt und bedrohten die Soldaten um sie herum mit ihren Klingen. Diese hatten allerdings augenblicklich inne gehalten.

Armina, Eden, Chiron und Alistair trugen allesamt nach wie vor ihre Kapuzen was somit unmissverständlich machte warum Vergil hinaus getreten war. Die schwarze Rüstung funkelte an seinem Körper.

"Warum bist du zurückgekehrt? Um mir meinen Thron streitig zu machen? Ein einfacher Schmied? Oder schließt du dich mir endlich an?", fragte Vergil laut an Silver gerichtet. Die blauen Augen funkelten vor Hass und Zorn.

"Ich bin hier um deiner Herrschaft ein Ende zu machen, Vergil. Du hast Darius, unseren König, getötet

und dir den Thron erschlichen! Dafür sollst du büßen!",
antwortete der Blonde bitter.

Vergil lachte bitter ehe er meinte: "Ein paar
Untertanen und ein Schmied wollen mich vom Thron
reißen? Mach dich nicht lächerlich. Du hättest ohnehin
keine Möglichkeit gegen mich zu siegen, Maran."

"Er nicht. Aber ich", kam es plötzlich von Chiron,
welcher hinter Silver stand. Er zog theatralisch die
Kapuze vom Kopf und musterte seinen früheren
Geliebten mit Wut verzerrtem Gesicht.

Jegliche Selbstsicherheit wich aus dem Gesicht des
falschen Königs als er Chiron erkannte. "Ich dachte du
seist tot." Etwas Gebrochenes lag in seiner Stimme.

"Ich bin gegangen. Fort von all dieser Grausamkeit,
die sich in Morganhaven abspielte. Nur um sechzehn
Jahre später zu erfahren, dass du, gerade du, Darius
ermordet hast."

"Du weißt, was er mir angetan hat!", versuchte sich
Vergil zu verteidigen. Doch schnell wurde klar, dass
jegliches Wort vergebens war.

"Und du hast dich davon ruinieren lassen!", brüllte
Chiron ihn an.

"Seid ihr dann fertig?", maulte Alistair und zog sich
ebenfalls die Kapuze vom Gesicht. Augenblicklich wurde
Vergil klar, dass sein Hauptmann ihn ebenfalls angelogen
hatte.

"Sei dir sicher, dass du hingerichtet wirst, Dee",
murmelte der König mehr an sich selbst als an den
Krieger gerichtet.

"Stell dich mir im Duell, Vergil. Der Sieger wird über
Morganhaven herrschen", wandte sich der Prinz nun
Vergil zu und musterte ihn mit einem verbissenen Blick.

"Wie du es wünscht. Nur sei dir gewiss, dass ich dich ausgebildet hab. Ich kenne jeden deiner Schritte bevor du ihn machst", antwortete der König und wandte sich der Treppe zu. Chiron warf Alistair einen wütenden Blick zu. Der Thronräuber hatte Recht. Es war viel zu waghalsig, dass Alistair sich ihm im Zweikampf stellte. Doch die Worte waren gesprochen worden.

Die Krieger räumten eine freie Fläche inmitten des Hofes frei. Mit einer Mischung aus Furcht und Faszination betrachteten sie Vergil und Alistair. Vergil trat durch die Reihen seiner Soldaten und stand schließlich vor dem Prinzen. Seine eisblauen Augen wirkten kälter als an jedem anderen Tag zuvor. Gier und Mordlust lagen darin.

Chiron platzierte sich hinter dem König und ließ ihn nicht aus dem Blick. Vergil musterte ihn von oben bis unten bis er sein Schwert zog und die Spitze auf Alistair ausrichtete. Dieser tat dasselbe bis sich die Klingen berührten und damit den Beginn des Duells ankündigten.

Armina verkrampfte ihre Hände so fest ineinander, dass die Knöchel weiß hervortraten. Der folgende Zweikampf würde alles entscheiden. Das Blut der Königsfamilie sollte in dieser Nacht vergossen werden doch niemand war sich sicher wessen Blut es werden würde.

Silver zog sich zu Eden zurück und legte ihr sanft die Hand auf die Schulter. Die kühne Kriegerin wirkte plötzlich klein und verängstigt. "Er schafft das", flüsterte der Blonde ihr zu. Er warf Chiron einen schnellen Blick zu und bemerkte dabei verwundernd, dass dieser sein Schwert fest umklammert hielt. Sollte er eingreifen würde Alistair den Kampf automatisch verlieren. Es wirkte als würde der Ältere erwarten, dass Vergil einen unfairen Zug wagt.

Alistair und der König waren mittlerweile in ein Gefecht verwickelt. Stetig prahlte der Stahl auf Stahl und erzeugte damit ein unangenehmes Geräusch, welches in den Ohren der Zuschauer hängen blieb.

Vergil holte zum Schlag von oben aus was Alistair eine Gelegenheit gab ihn an der rechten Flanke zu treffen. Seine Übermütigkeit wurde allerdings schnell mit einem Treffer auf seiner Schulter bestraft. Weitere Treffer des Königs folgten und verletzten Alistair im Gesicht. Blut lief über seine Wange doch er ließ sich davon nicht weiter beirren. Sein Wunsch sein Erbe anzutreten war nie größer gewesen.

Die beiden Kämpfer kamen sich stetig näher. Lediglich eine Schwertlänge passte noch zwischen die beiden. Vergil holte zu einem erneuten Schlag aus. Dieses Mal sollte dieser von rechts erfolgen. Alistair hatte keine Mühe diesen von unten hinauf zu parieren. Der König legte Druck auf seine Klinge und sorgte dafür, dass der Prinz in die Knie gehen musste um genug Kraft aufzubringen um das Schwert von ihm wegzudrücken.

Vergils linke Hand wanderte an seine Hüfte und ergriff augenblicklich den kurzen Dolch, welcher dort angebracht war. Doch noch bevor er damit Alistair ernsthaft verletzten konnte versperrte eine weitere Klinge den Weg, welche geschickte unter den Griff eingekeilt war.

Chiron hielt den Griff fest woraufhin Vergil ihn erbost musterte. "Der Zweikampf ist vorbei. Vergil hat zu unfairen Mitteln gegriffen", sprach der Ältere laut ohne dem eisblauen Blick auszuweichen.

Silver trat an Alistair heran und riss seinen Arm in die Luft. "Alistair hat gesiegt und wird damit König!", rief er.

Der Thronräuber ließ den Dolch fallen und lief mit seinem Schwert in der Hand auf Silver zu. Dieser konnte den Angriff abfangen, stolperte allerdings dennoch einige Schritte zurück und landete schließlich rücklings am Boden.

"Ich habe deine Mutter getötet und ihr geschworen dich leiden zu lassen", sprach Vergil mit einem finsteren Blick und war gerade im Begriff dem Visionär sein Schwert in den Hals zu rammen als eine andere Waffe schneller war.

Die Axt bohrte sich in den Hinterkopf des falschen Königs und brachte ihn damit zu Boden. Entsetzen trat durch die Reihen als Silver freies Sichtfeld auf Kiran bekam. Dieser atmete schwer und beobachtete Vergil während dieser zusammenbrach. Die blutige Axt glitt ihm aus der Hand und fiel dumpf auf den Boden.

In Chirons Gesicht ruhte Unglaube und unübersehbare Trauer als er die Leiche seines einstigen Geliebten sah. Er schob sein Schwert zurück in die Scheide und trat auf Vergil zu. Davor kniete er hin und sprach gedämpft: "Erlaubt mir ihn zu begraben." Der Ältere wandte sich Alistair zu. Dieser beobachtete ihn mit einer Mischung aus Mitgefühl und Entsetzen.

"Er ist ein Mörder, Chiron. Er hat die Leichen einfach in eine Grube geworfen. Verdient er tatsächlich ein Begräbnis?", fragte der König zögerlich.

"Nein, tut er nicht. Vergil hat viele Leben beendet, ich weiß. Aber meines hat er gerettet", erklärte der ehemalige Sternenträger.

Alistair nickte daraufhin kaum merklich. Chiron hob sanft den leblosen Körper hoch und platzierten diesen in seinen Armen. Gemeinsam verschwanden sie durch das Tor hinaus in die dunkle Nacht.

Aus den Schatten löste sich in diesem Moment ein dunkler Soldat. Er schoss mit gezogenem Schwert auf Eden zu. Sie entdeckte ihn früh genug und parierte den Angriff ohne Probleme. Erschrocken beobachteten die Leute um sie herum den Kampf.

Silver und Alistair tauschten fragende Blicke aus doch der Prinzessin war längst klar, wer sich hinter dem dunklen Helm versteckte.

Der Angreifer stolperte nach einem gekonnten Angriff von Eden zurück. Die Königstochter schritt auf ihn zu und riss ihm unsanft die Kopfbedeckung runter. Silver zog bei dem Anblick ebenfalls sein Schwert und positionierte sich damit neben seiner Geliebten. Die Spitze streckte er Mephilis entgegen, welcher aufgrund des Angriffes vor den beiden kniete.

"Du undankbares Weib!", blaffte er seine Tochter wütend an.

"Ich bin nicht undankbar. Ich bin lediglich nicht so machtgierig wie du", sprach sie durch zusammen gebissene Zähne.

Sie packte ihn am Nacken und zwang ihn damit ihr in die Augen zu sehen. Doch sowas wie Angst schien der König von Dielonera nicht zu empfinden. Stur hielt er den Blickkontakt aufrecht und meinte: "Du machst einen Fehler, Tochter."

"Ich tue das einzig Richtige."

Eden konzentrierte ihren gesamten Willen auf ihre Gabe. Schnell durchzog Mephilis ein brennender

Schmerz. Seine Brust zog sich zusammen und schnürte ihm den Atem ab.

"Du wirst es bereuen", ächzte er in seinen letzten Atemzügen.

"Ich bereue viel mehr es nicht schon früher getan zu haben", sagte Eden bitter. Jegliche Emotion war aus ihrem Gesicht gewichen während ihr Vater immer schwächer wurde. Seine schmalen Schultern sackten zusammen und sein Kopf fiel ihn seinen Nacken. Sein Gesicht war schmerzverzerrt als Eden ihn unsanft auf den harten Stein fallen ließ.

Silver musterte den toten Körper vor sich und sah dann zu der Prinzessin. Ihre Brust bewegte sich schwerfällig. Die Hände waren zu festen Fäusten geballt.

"Alles in Ordnung?", fragte er vorsichtig.

"Der Krieg ist damit beendet", verkündigte sie ruhig. Sekunden zogen durch das Land bis die Bewohner von Morganhaven anfingen laut zu jubeln.

"Es sind noch genug feindliche Soldaten anwesend. Ohne Vergil oder Mephilis sind sie führungslos", erklärte Alistair, welcher die Szene ruhig mit verfolgt hatte.

"Nein, sind sie nicht", meinte Eden und wandte sich zu der Menge um.

Eden seufzte schwer bevor sie laut weitersprach: "Soldaten Dieloneras, mein Vater hat für viel Leid gesorgt. Er hat das Volk beinahe zur Gänze ausgelöscht doch mit seinem Tod erhebe ich den Anspruch auf den Thron Dieloneras. Schließt euch mir an und ich werde euch versprechen, dass Reich Seite an Seite mit Morganhaven in eine neue Zeit zu führen. Eine Zeit des Friedens und Wohlstandes."

Die Königstochter warf dem Rothaarige einen schnellen Blick zu ehe auf er die Stimme erhob: "Die Kriege zwischen Dielonera und Morganhaven finden heute ihr Ende. Wir werden ein Bündnis aushandeln, welches unsere Reiche vereinen soll. Gemeinsam sind wir stark und können erstmals seit Jahrhunderten in Frieden leben ohne einen weiteren Angriff zu befürchten. Das haben wir all jenen zu verdanken, die bei diesem Vorhaben bereits gescheitert sind und doch einen Stein in die Richtung gelegt haben. Wir haben es all jenen zu verdanken, die heute Nacht mit uns gekämpft haben."

Silver trat zwischen die beiden und riss deren Hände in die Luft. "Morganhaven, jubelt für euren neuen König, Alistair. Sohn von Darius und Mirabelle Flame. Der Grund, warum wir Morganhaven überhaupt befreien konnten. Dielonera, jubelt für eure neue Königin, Eden. Tochter von Mephilis Sinera. Der Grund, warum Dielonera endlich frei leben kann", rief er.

Alistair grinste breit ehe er ebenfalls anfing zu sprechen: "Und jubelt für Silver Maran. Sohn von Kiran Maran und Milenia Flame. Der Visionär, der uns durch diese Zeit begleitet hat und unseren Sieg unausweichlich machte."

Die Bewohner brachen in eine Mischung aus Freude und Zuversicht aus. Sie fielen sich in die Arme und waren dankbar für den Ausgang dieser Nacht. Vor ihnen lag ohne Frage noch viel Arbeit doch Seite an Seite würden sie es schaffen. Sie mussten keine Kriege mehr fürchten. Der größte Feind war zum stärksten Verbündeten geworden.

Silver trat hinaus auf den Innenhof. Die Sonne stand bereits hoch am Himmel. Seit der Schlacht waren einige Tage vergangen. Vereinzelt konnte man noch Blutreste am Stein finden doch man hatte sich Mühe gegeben diese so gut wie möglich wegzuwaschen.

Elegante schwarze Kleidung um schmiegte seinen Körper während er auf das große Tor zutrat. Eden empfing ihn dort mit offenen Armen. Ihre Haare fielen ihr offen über die Schulter. Sie trug ein langes schwarzes Kleid und eine silberne Krone mit violetten Juwelen funkelte auf ihrem Kopf.

"Können wir los?", fragte sie als der Blonde näher kam. Die Königin schenkte ihm dabei ein einladendes Lächeln. Silver nickte und streckte ihr seinen Arm entgegen woraufhin sie sich bei ihm einhakte.

"Wie fühlt es sich an Königin zu sein?", fragte der Visionär nachdem sie das Schloss verlassen haben.

"Anstrengend. Mephilis hat mehr ruiniert als ich gedacht hatte."

"Du schaffst das schon."

"Natürlich. Auch wenn es alleine schwierig wird", meinte sie bitter.

Silver seufzte schwer ehe er meinte: "Irgendwann schließe ich mich dir als dein Bräutigam an, Liebste. Aber die Zeit ist noch nicht reif."

"Ich weiß. Du willst zuvor deinen Traum als freier Krieger ausleben. Das hast du oft genug betont."

"Ich hoffe du kannst das verstehen. Ich will dich damit nicht verletzen."

"Natürlich verstehe ich dich", lächelte Eden sanft und blieb vor ihm stehen. Zärtlich drückte sie ihm einen Kuss auf die Lippen. Und dann noch einen. Und diesem folgte der nächste.

"Wir kommen noch zu spät. Lass uns weitergehen", murrte Silver während er vergeblich versuchte sein Grinsen zu verstecken.

"Nur wenn ich dich nachher ganz für mich haben darf, Maran", säuselte die Schwarzhaarige. Der Visionär nickte lachend bevor sie ihren Weg fortsetzten.

Bald schon tat sich vor ihnen der große Friedhof von Morganhaven auf. Einige Bewohner waren bereits eingetroffen. Unter ihnen auch Armina, Alistair und Chiron.

Auf Alistair Kopf thronte die mächtige Krone Morganhavens, welche sie auch einst sein Vater getragen hatte. Vollkommen in schwarz gekleidet stach die rote Rose in seiner Hand hervor.

Armina stand dicht neben ihm und hielt eine weiße Rose in der Hand. Auf ihrem rechten Ringfinger steckte ein edler goldener Ring mit einem roten Juwel versehen. Silver war nicht überrascht gewesen, als dass junge Paar seine Verlobung bekannt gegeben hatte.

Chiron stand etwas abseits und hatte seine Hände in den tiefen Taschen seiner Hose vergraben. Zum ersten Mal, sah der Blonde ihn mit offenen Haaren, welche ihm locker über die Brust fielen. Sein fehlendes Auge war mit einer Augenklappe verdeckt.

Silver blieb dicht neben ihm stehen und schenkte ihm zur Begrüßung ein Nicken. "Alles gut?", flüsterte er dem Älteren zu.

"Alles gut", bestätige Chiron ihn. Auch wenn er dabei unbeholfen log. Vergils Tod lag auf seinen Gedanken wie ein schwerer Stein. Oft musste er in den letzten Tag an ihn denken und immer öfter vermisste er die Zeit, die er mit ihm verbracht hatte. Lautlos hatte er ihn in der Nacht seines Todes auf der Lichtung begraben auf der sie sich immer heimlich getroffen hatten.

Der Visionär lenkte seinen Blick auf das Grab um dem sie alle herum standen. Ein großer Stein war darauf aufgebaut worden. Eine Krone zierte diesen während darauf klar und deutlich die Buchstaben zu lesen waren. *In Erinnerung an Darius Flame. König, Vater und Bruder.*

Ein Mann mit einer schwarzen Kutte stand hinter dem Grab und begann mit seiner Rede. Doch niemand schien ihm wirklich zuzuhören. Viel zu tief waren sie in ihren eigenen Gedanken vertief.

"Möchte jemand den verstorbenen mit seinen Worten ehren?", fragte der Mann und sah durch die Runde.

Zögerlich hob Silver die Hand. Sofort wandten sich alle Blicke ihm zu während er zögerlich anfing zu sprechen: "Ich kannte Darius leider nicht lange. Doch mein Leben lang hatte ich davon geträumt von ihm ausgebildet zu werden. Er war mein Mentor, welcher mir stets mit Rat und Tat zur Seite stand. Ich bin ihm dankbar für alles was er in dieser kurzen Zeit für mich getan hat."

Wenige Sekunden der Stille verstrichen ehe auch Alistair seine Stimme erhob: "Darius war ein strenger Vater. Doch er hat mir gelehrt, was mir nun helfen wird das Reich zu führen." Sanft legte er die Blume auf das Grab und trat einige Schritte zurück.

"Darius", begann plötzlich Chiron: "war ein guter Freund. Oft bekamen wir uns in die Haare doch am Ende stand er immer hinter mir. Er hat viele Fehler gemacht. Doch stets hat er versucht das Richtige zu tun."

Nach der Reihe legten auch die anderen die Rosen aufs Grab. Ein wunderschönes Farbenspiel aus rot, weiß und violett entstand dabei und erwies Darius damit die letzte Ehre. Sein Tod hatte viel Leid und Grausamkeit verursacht doch schließlich erblühte daraus der Frieden zwischen Dielonera und Morganhaven. Ein Friede, von welchem viele jahrelang nur geträumt hatten. Ein Friede, welcher jahrhundertelang als unmöglich gegolten hatte.

EPILOG

Zwei Jahre waren nach dem Krieg ins Land gezogen. Die Reiche begannen wieder aufzublühen und fanden neuem Reichtum in der Zeit des Friedens.

Kiran war zum Hofschmied von Morganhaven ernannt worden. Er verdiente gut und erhielt langsam seinen einstigen Optimismus zurück. Silver und der Schmied verbrachten viel Zeit zusammen und ab und an versuchte Kiran ihn zu überreden zurück ins Schmiedegeschäft zu kehren.

Chiron wurde zum Berater des Königs. Er unterstützte Alistair in schwierigen Entscheidungen. Er hatte sein Schwert restlos niedergelegt doch gerne vertrieb er sich die Zeit mit seiner wiedererlangten Sternengabe. Es hatte den Beschwörer viel Überwindung gekostet Vergils Auge als das seine zu tragen doch so trug er stets ein Erinnerungsstück bei sich, das ihn ab und an in seine Zeit mit dem Schwarzhaarigen zurücksetzte. Er besuchte dessen Grab auch regelmäßig und erzählte ihm davon wie gut es in Morganhaven lief.

Lyrandis war zum gefeierten Hofbarden von Morganhaven geworden. Jeder wusste, dass es mitunter ihm zu verdanken war, dass das Reich befreit worden war. Doch das hinderte den jungen Musiker nicht daran trotzallem von Reich zu Reich und von Stadt zu Stadt zu reisen um dort seine Balladen über den heldenhaften Sieg zum Besten zu geben.

Alistair wurde zum Liebling des Reiches. Stets traf er wichtige Entscheidung mit Bedacht, was er wohl auch Chiron zu verdanken hatte. Der Bündnisvertrag zwischen Morganhaven und Dielonera war allerdings alleine sein Werk gewesen. Ein Werk mit dem er in die Geschichte eingehen sollte.

Armina heiratete den König früh nach der Schlacht. Sie war glücklich und war eine tapfere und mitfühlende Königin geworden. Ihr Adelshaus versuchte stets wieder den Kontakt zu ihr zu suchen doch diese Versuche blockte sie erfolgreich ab. Ab und an wandte sie ihren Pflichten den Rücken zu und begleitete Lyrandis auf seinen Reisen. Der Barde hatte angefangen der Königin beizubringen ein Instrument zu beherrschen und diese blühte sichtlich dabei auf.

Unter Edens Herrschaft begann auch Dielonera sich wieder zu erholen. Die Bevölkerung verdoppelte sich in den zwei Jahren und das Dorf erstrahlte zu neuem Glanz. Die Dunkelheit, die Dielonera einst ausgestrahlt hatte, verschwand durch das Licht der neuen Königin.

Dee hatte von Alistair das Kommando über die Armee zugeteilt bekommen. Er hatte viel Erfahrung im Krieg und schaffte beinahe täglich neue Rekruten ins

Schloss. Die Armee wurde stärker. Der ehemalige Hauptmann achtete stark auf die sorgfältige Ausbildung und wurde dafür in höchsten Tönen gefeiert.

Alkatar setzte seine Studien mit Chiron über die Zweifarbigen fort. Gemeinsam brachten sie neue Geheimnisse ans Licht, welche die Forschung von Skaria weit übertrumpften.

Silver war seinem Wort treu geblieben und diente Morganhaven als Krieger. Oft patrouillierte er zwischen Dielonera und Morganhaven um regelmäßig seine geliebte Eden zu sehen. Alistair hatte ihn zum Mutigen ernannt. Ein Titel, welcher dasselbe Gewicht trug als wenn er Teil der mutigen drei gewesen wäre. Diese Tradition wurde allerdings zum ersten Mal abgelegt, da der Krieg zu viele Opfer gefordert hatte. Chiron unterstütze Silver dabei seine Gabe besser zu beherrschen und damit waren weder die Vergangenheit noch die Zukunft ein Geheimnis für den jungen Krieger.

Der Blonde stand auf der Schlossmauer von Morganhaven und beobachtete den Sonnenuntergang. Tief in Gedanken verlor er sich in der möglichen Zukunft für die beiden Reiche. Die Völker hatten sich restlos vom Krieg erholt und dafür war er dankbar.

Doch schnell wurde klar, dass er sich zu tief in der Zukunft verloren hatte. Die bekannte Schwärze nahm ihm sein Sichtfeld. Vorsichtig hielt er sich am Gestein fest und ging auf die Knie während er die Bilder beobachtete. Doch die Abfolge war schnell und sollte nicht viel zeigen. Als würde er sich im Kopf eines Vogels befinden sah er den großen See über den er zu fliegen schien. Doch schnell wurde alles um ihn herum dunkler. Düsterer

Nebel tat sich vor ihm auf. Silver schoss er darauf zu und blieb kurz vor einer gigantischen Armee hängen. Dieser Anblick hielt nicht lange an. Die Perspektive konzentrierte sich auf den möglichen Anführer dieser Armee. Seine Rüstung war dunkel und grau. Sein Gesicht war beinahe weiß während die hohen Wangenknochen es kantig wirken ließ. Der Fremde riss die Hand hoch und befahl damit den Angriff.

Seine Augenfarbe war unverkennbar. Ein Auge war blau. Das andere war grau.